Nika Lubitsch

Das 5. Gebot

Kriminalroman

Bibliografische Information der Deutschen Nationalbibliothek
Die Deutsche Nationalbibliothek verzeichnet diese
Publikation in der Deutschen Nationalbibliografie.
Detaillierte bibliografische Daten sind im Internet über http://dnb.d-nb.de abrufbar.

1. Auflage 2013 by print!t

Lindenthaler Allee 36
D-14163 Berlin
Tel: 030 770 59 774
Fax: 030 770 59 776

Im Vertrieb der Münchner Verlagsgruppe GmbH,
Nymphenburger Straße 86
D-80636 München
Tel.: 089 651285-0
Fax: 089 652096
www.muenchner-verlagsgruppe.de

Lektorat: Regine Weisbrod, www.lektorat-weisbrod.de
Korrektorat: ebokks Corinna Rindlisbacher, www.ebokks.de
Umschlagabbildung, Layout und Gestaltung:
Hanspeter Ludwig, www.imaginary-world.de
Druck: CPI – Ebner & Spiegel, Ulm
Printed in Germany

ISBN 978-3-86882-465-0

Inhalt

Prolog

Er blinzelte in die Sonne, die bereits viel zu hoch am Himmel stand. Wo blieb sie nur, seine kleine Freundin? Er legte das Fernglas in den Schoß und rieb sich die Augen. Wenn sie morgens nicht am Schlachtensee joggte, dann lief sie nebenan um die Krumme Lanke. Aber immer gönnte sie sich anschließend einen Cappuccino auf der Terrasse der *Fischerhütte* am Schlachtensee, die er von seinem Sitzplatz im Frühjahr sehen konnte. Manchmal lief sie sogar zweimal am Tag.

Vor ein paar Wochen hatte er sie durch Zufall entdeckt. Seitdem bezog er jeden Morgen seinen Beobachtungsposten. Sie hatte etwas an sich, das ihn um den Schlaf brachte. Vielleicht war es die Art, wie sie lief, diese besondere Art, wie sie dabei den Kopf hielt. Oder war es ihr braunes Haar, von dem er ganz genau wusste, wie es duftete? Er sehnte sich danach, ihr die schweißnassen Ringellöckchen aus dem Gesicht zu streichen; aus diesem vom Laufen geröteten, eifrigen Gesicht.

Vor ein paar Tagen hatte sie ihn direkt angeblickt. Sie war am Ufer stehen geblieben und hatte zu seinem Sitzplatz geschaut. Er war sich sicher, dass sie ihn angelächelt hatte. Dieses Lächeln. Es war ein Lächeln aus einer anderen Zeit, als sein Leben noch in der Spur gewesen war. Genau so ein Lächeln war das. Dieses Lächeln hatte ihn fast zerrissen. Beinahe hatte er sich daran gewöhnt, dass er ein Leben lebte, das sich nicht wie seines anfühlte. Es hatte sie nur ein Lächeln gekostet, und schon war alles wieder da. Dieser ganze Dreck.

1. Vicky

„Nein!“ George rüttelte an ihrer Schulter. „Psst, Vicky!“ Victoria stieß ihn weg und blinzelte. Ihr Gesicht war tränennass. Das fahle Licht, das sie durch die geschlossenen Jalousien wahrnahm, sagte ihr, dass es ungefähr fünf Uhr morgens sein musste. Die Geisterstunde ist vorbei, dachte sie und wischte sich das Gesicht mit einem Zipfel ihrer Bettdecke trocken. George lag neben ihr auf dem Rücken, sie hörte seine gleichmäßigen Atemzüge, die ein bisschen so klangen, als atmete er durch einen Schnorchel. Er schien sofort wieder eingeschlafen zu sein. Sie drehte sich ebenfalls auf den Rücken und starrte in die Dämmerung. Wieder dieser Traum. Immer wieder derselbe Traum, sie hatte ihn schon geträumt, als sie noch ein Kind gewesen war. Streng genommen war es gar kein Alptraum. Ein kleines Mädchen lief mit ausgestreckten Armen auf sie zu und rief: *Ela! Ela!* Aber es muss doch ein Alptraum sein, dachte sie, wenn ich dabei immer weine.

Sie setzte sich im Bett auf und versuchte, im Dunklen nach ihren Flip-Flops zu fischen. Trotz der leisen Schnorchelgeräusche ihres Mannes fühlte sie sich entsetzlich einsam. Als Kind war sie nach diesem Traum immer zu ihrer Mutter ins Bett gekrabbelt. Ihre Mutter hatte den Arm um sie gelegt, ihr Gesicht mit Küssen bedeckt und sie in den Schlaf gewiegt. Bei dem Gedanken an ihre Mutter musste Victoria schlucken. Leise zog sie die Tür des Schlafzimmers hinter sich zu und schlich ins Bad. Durch die Dachfenster sickerte Morgenlicht. Sie öffnete den Wasserhahn und ließ lauwarmes Wasser in die Hände laufen. Dabei schaute sie in den großen, indirekt beleuchteten Spiegel. Ich sehe aus wie ein Gespenst, dachte sie und benetzte ihr Gesicht mit Wasser.

Ela, Ela! Vicky schüttelte sich, um die Kinderstimme aus ihrem Traum loszuwerden. Dieser Traum war so schrecklich realistisch. Sie griff nach einem der meergrünen, flauschigen Handtücher und tupfte sich das Gesicht ab. Ihre braunen Augen leuchteten ihr aus dem Spiegel entgegen, und sie wusste, dass es dieselben Augen waren, die sie in ihrem Traum anschauten. Nicht mehr ganz so unschuldig, nicht mehr ganz so verletzlich, aber es waren ihre eigenen Augen, die sie nachts zum Weinen brachten.

Sie schaltete das Licht im Badezimmer aus und stieg die Treppe hinunter in den großen Wohnraum, der fast zur Hälfte von der cremeweißen Ledercouch ausgefüllt wurde. Obwohl sie schon seit fünf Monaten in Berlin wohnten, hatten sie noch nicht viele Möbel. Sie schlurfte in die Küche und schenkte sich ein Glas Milch ein. Damit machte sie es sich auf der Couch bequem. Das kühle Leder ließ sie frösteln. Sie nahm die hellbraune Wolldecke, die über der Lehne hing, und wickelte sich darin ein.

Wie gern hätte sie jetzt eine Zigarette geraucht. Aber das Rauchen war das Erste, was sie aufgegeben hatte. Und Victoria hatte eine Menge aufgegeben. Eigentlich habe ich mein ganzes Leben aufgeben, dachte sie. Dabei war sie es, die alles verlassen hatte: Ihren Job. Ihre Freunde. Ihre Familie. Vicky merkte, wie sich ihr Herz zusammenzog, sie hatte das Gefühl, kaum noch Luft zu kriegen. Raus hier, dachte sie. Leise schlich sie in die Kammer, die ihnen als Kleiderschrank diente, und schnappte sich ihre Laufklamotten. Sie musste an die frische Luft. Für

George ließ sie in der Küche einen Zettel liegen: *Bin joggen, Kuss, Vicky.*

2. Krumme Lanke

Victoria stellte sich die Geräusche des Waldes oft als Partitur vor. Rund um die Krumme Lanke hatte jede Tageszeit ihren eigenen Rhythmus. Das Stakkato der Nordic Walker, das sie mit ihren Skistöcken auf dem ausgetretenen Waldboden erzeugten, war der Rhythmus des frühen Vormittags. Jetzt, kurz nach Sonnenaufgang, war der Rhythmus dumpfer, schneller, angestrengter, eindeutig Allegro, der Rhythmus der joggenden Businessfrauen. Ganz selten sah man frühmorgens joggende Männer, sie kamen erst abends, und wenn sie mit ihren Hunden um die Wette hechelten, wurde das Tempo zu einem ehrgeizigen, fordernden Presto.

Meistens lief Vicky am frühen Vormittag, wenn der Wald all jenen gehörte, die tagsüber Zeit hatten: Rentnerinnen, Gattinnen, jungen Müttern, die ihre Kinder in den Waldorf-Kindergarten gebracht hatten, all jenen, die sich vorgenommen hatten, endlich mal wieder etwas für sich zu tun, verbunden in ihrem aussichtslosen Kampf gegen die Pfunde, gegen die Verkalkung oder gegen die Langeweile. Ein riesiger, schwitzender Harem, dachte Victoria.

Sie fühlte sich weder zu der einen noch zu der anderen Gruppe zugehörig, auch wenn die Frauen ihr freundlich zunickten. Man grüßte sich im Berliner Grunewald. Vicky war schmerzlich bewusst, dass sie keine fitnessbewusste Karrierefrau mehr war, aber als hauptberufliche Gattin mochte sie sich auch nicht sehen. Sicher würde das mit einem Baby anders werden.

Als sie am Ende des Sees auf der schmiedeeisernen Brücke über dem Stichkanal angekommen war, schien es ihr, als hätte sie all die schnaufenden, mehr oder weniger durchtrainierten Frauen weit hinter sich gelassen. Alles, was sie hörte, war das Pochen des Blutes in ihren Ohren, das Rauschen der Silberweiden, das Flirren der Insekten und das Gezwitscher der Vögel, die sich paarten.

Ein Schrei ließ das Blut und die Vögel verstummen.

Vicky hatte noch nie in ihrem Leben jemanden so grauenvoll schreien hören. Ohne nachzudenken kehrte sie um, lief in Richtung dieses Schreis, der sich wie Sirenenalarm über das Riemeisterfenn legte, zurück über die Brücke, hinein in die modrig riechende Niederung. Der wabbelige Boden schmatzte unter ihren Joggingschuhen. Eine ältere Frau mit kurzen, roten Haaren rannte ihr entgegen, sie schrie und schrie und schrie, das Gesicht verzerrt und schon ganz rot vom Schreien. Nie würde Victoria den Klang dieser gellenden Schreie vergessen. Das sind Todesschreie, dachte sie, so muss sich Todesangst anhören. Die Frau kam mit panikgeweiteten Augen auf sie zu, fuchtelte mit den Händen, an denen etwas Grünes klebte, und zeigte immer wieder auf eine Stelle weiter hinten neben dem Zaun, der das komplizierte ökologische Gleichgewicht des Fenns vor allzu neugierigen Bewunderern schützte.

„Handy, um Gottes willen, haben Sie ein Handy, da liegt eine Frau im Gebüsch, Blut, überall Blut, die Polizei, schnell“, schrie die Frau sie keuchend an. Vicky hielt die Frau fest, sie verstand nicht, was sie ihr sagen wollte, denn sie sprach kaum Deutsch. Die Frau riss sich los und rannte weiter, dabei schien sie noch lauter zu schreien als zuvor.

Victoria lief auf die Stelle zu, auf die die Frau wild gestikulierend gedeutet hatte. Sie bahnte sich ihren Weg durch Holunder und Erlenbruch. Gibt es hier eigentlich Schlangen?, fragte sie sich. Was für ein absurder Gedanke!

Und dann sah sie sie: Verborgen im Unterholz und versteckt hinter Schneebeerensträuchern ragten seltsam verdrehte Beine hervor, die in weißen Joggingschuhen steckten. Die zerrissenen, grauen Hosenbeine waren voll von geronnenem Blut. Vicky schob mit einer Hand die Zweige eines jungen Ahornbaums zur Seite. Ein trockenes Schluchzen drang aus ihrer Kehle.

Victoria blickte in ihr eigenes angstverzerrtes, mit blutigen Striemen verunziertes Gesicht, sie sah ihr eigenes braungelocktes, blutverschmiertes Haar. Es waren ihre braunen, schreckgeweiteten Augen, die sie blicklos anstarrten.

Sie ließ die Zweige zurückschnellen und stolperte wie blind durch das Moor.

Ela, Ela!, schrie das Kind in ihrem Kopf. Ela ist zu spät gekommen, dachte Vicky.

Sie fühlte sich schuldig.

Vicky wusste nicht, wo sie war, sie hatte vollkommen die Orientierung verloren. Ihr Atem ging stoßweise, die Knie zitterten und Tränen rannen ihr über die Wangen. Das langgezogene Tatütata der Martinshörner schien jetzt von überall her zu kommen. Sie sah vor sich das Zucken von Blaulichtern zwischen den kahlen Baumstämmen, irgendwo da vorn musste eine Straße sein. Sie würde nicht zurücklaufen, auf keinen Fall würde sie zurücklaufen, bloß nicht der Polizei in die Arme. Als sie bergauf rannte, hatte sie bald wieder festeren Boden unter den Füßen, dankbar ließ sie sich am Fuß einer hohen Kiefer auf den nadelüberzogenen Waldboden sinken. Sie schlang die Arme um die zitternden Knie, während sie von einem Weinkrampf geschüttelt wurde. Ruhig, Vicky, du hast dir was eingebildet, sagte sie sich. Aber die Augen, die sie in stummem Entsetzen angestarrt hatten, waren ihre eigenen Augen gewesen. Es war, als hätte sie in einen Spiegel geblickt. Es kann nicht sein, redete sie sich ein, die Frau hatte vielleicht eine flüchtige Ähnlichkeit mit mir. Aber tatsächlich wusste Vicky, dass das nicht stimmte. Die Frau war ihr Ebenbild.

Sie schaute auf ihre völlig verdreckten weißen Laufschuhe; auf dem rechten Schuh hatte sich eine kleine Ameisenexpedition in Marsch gesetzt. Ihr Blick fiel auf ihre mit Modder besprenkelte graue Jogginghose – sie waren sogar fast gleich angezogen. Ela, Ela! Vicky kniff sich in den Arm, nein, sie träumte nicht. Diesmal träumte sie nicht. Wie oft hatte sie in ihren Träumen diesen Ruf gehört: Ela, Ela! Vicky wischte sich mit ihrem weißen T-Shirt die Tränen ab. Sie musste nach Hause, raus aus diesem Wald. Sie stand auf und folgte den Autogeräuschen. Bei jedem Schritt sank Vicky ein bisschen in den feuchten Waldboden ein, der mit trockenen Eichenblättern übersät war. Endlich sah sie eine schmale Straße, die von einer Siedlung mit spitzgiebligen, steingrauen Reihenhäusern gesäumt wurde. Unschlüssig blieb Vicky stehen. Rechts oder links? Sie wusste absolut nicht, wo sie war. Normalerweise kokettierte Vicky mit ihrem schlechten Orientierungssinn. Sie pflegte zu sagen, dass sie ein Orientierungsvermögen wie Einstein habe: nämlich gar keins.

Vicky entschied sich für links. In diesem Moment rasten silberblaue Polizeiwagen von beiden Seiten in die schmale Straße. Vicky ging weiter, als habe sie es eilig, nach Hause zu kommen. An der nächsten Querstraße fand sie ein Straßenschild. Quermatenweg. War das nicht die alte Nazi-Siedlung? Schnell weg hier!

Nach ein paar hundert Metern stieß sie auf eine weitere Querstraße. Als sie auf dem Straßenschild Onkel-Tom-Straße las, war sie ein wenig erleichtert, denn jetzt wusste sie, wo sie war. Der Straßenname war ihr im Gedächtnis geblieben; es gab sogar eine U-Bahn-Station Onkel-Toms-Hütte.

Vicky versuchte, ihre Panik zu unterdrücken. Sollte sie zur U-Bahn-Station laufen und von dort aus den Bus nehmen? Nein, sie beschloss, zu Fuß nach Hause zu gehen, um sich zu beruhigen. Ihren Wagen, den sie wie jeden Morgen auf dem Parkplatz der *Alten Fischerhütte* am Schlachtensee geparkt hatte, würde sie später abholen. Ruhig, Vicky, durchatmen!

3. Zehlendorf

Natürlich war George längst weg. Warum hatte sie auch kein Handy mitgenommen? Mit flatternden Händen wählte sie Georges Nummer. „Komm nach Hause, jetzt, bitte!“, schluchzte sie. George fragte nicht nach. Wenn er es einrichten konnte, kam er auf Zuruf. Sie hatten einen Deal. Sobald sie ihre fruchtbaren Zeiten hatte, würde er da sein.

Mit immer noch zitternden Knien zog Vicky ihre verdreckten Joggingsachen aus und stieg unter die Dusche. Unter dem heißen Wasser schrubbte sie sich die Haut mit einem Luffa-Handschuh, bis sie rot war und brannte. Aber die Erinnerung an das schreckliche Bild im Fenn ließ sich nicht abschrubben. Es war, als habe sie in einen blutbespritzten Spiegel geblickt. Sie griff sich ein riesiges Frotteebadetuch und wickelte sich darin ein. Am liebsten hätte sie sich eine Zigarette angesteckt. Stattdessen ging sie in die Küche und machte sich einen Cappuccino. War sie wirklich erst seit fünf Monaten in Berlin? War es wirklich erst fünf Monate her, dass sie ihren Job als Rechtsanwältin bei der Gesellschaft für Opferschutz in London gekündigt hatte?

„Was hältst du davon, wenn unser Kind in Berlin aufwachsen würde?“ Diese Frage von George war wie eine Brandbombe aus dem Zweiten Weltkrieg in ihr Leben eingeschlagen.

„In Deutschland?", hatte sie entgeistert gesagt. „Bei den Nazis? Bist du verrückt?"

„Du hast ja gar keine Vorurteile, stimmt's?", hatte George lachend geantwortet.

Dabei waren die Nazis nur ein Vorwand für sie, auch wenn schon ihre Mutter die Deutschen immer „die Hunnen" genannt hatte und ihr Großvater von den „Hunnen" abgeschossen worden war.

Tatsächlich ging es um nichts Geringeres als um ihre gemeinsame Lebensplanung. Vor der Hochzeit vor sieben Jahren waren sich Vicky und George einig gewesen: Sie wollten ein Kind, und in den ersten Jahren würde Victoria sich voll und ganz um den Nachwuchs kümmern und zu Hause bleiben. *Ich will mein Kind nicht irgendwelchen schlecht Englisch sprechenden ukrainischen Au-pair-Mädchen oder Sari tragenden Kindergärtnerinnen überlassen, die staatliche Erziehungsnormen abhaken,* hatte sie getönt. Was warst du doch schlau, Vicky, dachte sie heute manchmal. Inzwischen war sie siebenunddreißig, hatte einen Beruf, den sie liebte, und konnte sich beim besten Willen nicht vorstellen, Babybrei zu kochen und Windeln zu wechseln. In den letzten Jahren war sie sich zunehmend vorgekommen wie eine tickende Zeitbombe. Sie wusste, dass sie bald zu alt für ein Kind sein würde. Aber es gab so vieles, was sie vorher noch machen wollte. Und dann kam George ausgerechnet mit diesem Job in Berlin. Die Leitung der Niederlassung seines Onkels in Deutschland zu übernehmen, war ein Angebot, das George nicht ausschlagen konnte. Die „Krauts", wie Onkel Willy die Deutschen nannte, waren nur eine Übergangsstation auf Georges Weg ganz nach oben im Familienunternehmen. „Vier Jahre, Maximum", hatte George ihr versprochen.

Bis dahin hatte Vicky geglaubt, eine glückliche Ehe zu führen. Aber George hatte keinen Zweifel daran gelassen, dass nichts Geringeres als ihre Ehe zur Disposition stand. Er wollte eine

„richtige Familie“, wie er es nannte. Widerstrebend hatte Vicky sich entschieden. Für George, für Berlin, für ein Kind. Für das Kind übten sie noch. Aber Vicky bereitete sich darauf mit der gleichen Sorgfalt vor wie auf alles in ihrem Leben.

Nach Londoner Maßstäben hatten sie für einen lächerlich niedrigen Preis eine sonnendurchflutete Wohnung in Zehlendorf gefunden. Die moderne Stadtvilla hatte einen Garten, in dem ihr Kind eines Tages würde spielen können – der einzige Grund, warum Vicky kein Loft mitten in der City gesucht hatte, obwohl sie zeit ihres Lebens eine Abneigung gegen Vorstädte gehabt hatte. Natürlich war Zehlendorf nicht die übliche Vorstadt mit unendlichen Reihenhaussiedlungen, wie Victoria sie aus England kannte, sondern ein Viertel mit majestätischen Rotbuchen, knorrigen Blutkiefern und trutzigen Gründerzeitvillen. Was Victoria am meisten gefiel, waren die vielen Seen, die sich wie eine Perlenschnur durch den Berliner Grunewald schlängelten. Hier siedelte sich nicht die junge, kreative Szene an, nach Zehlendorf zog es die Diplomaten, Politiker und Führungskräfte, die aus der ganzen Welt nach Berlin kamen. Wenn sie morgens im Grunewald joggte oder im *Bogenhaus* einkaufen ging, hörte sie Englisch, Spanisch, Französisch, Japanisch und Russisch. Außerdem gab es in der Nähe eine internationale, englischsprachige Krabbelgruppe, wie die Maklerin ihr bei der Besichtigung der Wohnung in einer modernen Stadtvilla erklärte. Das hatte den Ausschlag gegeben.

Vicky zog ihren Hausanzug an, der um die Hüften etwas spannte. Sieben Kilo hatte sie zugenommen, seitdem sie das Rauchen aufgegeben hatte, da half alles Joggen nichts. Jedes Mal, wenn Vicky in den Spiegel im Schlafzimmer schaute, hätte sie am liebsten laut geschrien. Die Frau, die ihr entgegenblickte, hatte wenig mit ihrer Vorstellung von Victoria McIntosh zu tun. Zudem behauptete George, dass sie zu viel naschte, dabei stimmte das gar nicht, fand sie.

Vicky ließ sich aufs Bett sinken und starrte auf die alten Kastanien vor ihrem gekippten Schlafzimmerfenster. Aus dem Garten drang Kinderlachen. Victoria schloss die Augen und versuchte sich vorzustellen, dass ihr eigenes Kind unten im Sandkasten spielen würde. Sofort war das Bild der toten Frau wieder da. Abrupt setzte sich Vicky auf. Sie griff nach dem Telefon auf ihrem Nachttisch. Wenigstens die Stimme ihrer Mutter musste sie hören. Aber ihre Mutter war nicht zu Hause. Vicky fiel ein, dass Dienstag war. Dienstags half ihre Mutter im Pflegeheim der Gemeinde aus.

Hoffentlich kam George bald. Vicky stand auf und setzte sich an ihren Schminktisch, auf dem der Computer stand, mit dem sie auch ihre fruchtbaren Zeiten errechnete. „Liebling", hörte sie Georges Stimme aus dem Hausflur. Gott sei Dank.

4. Nora Lizzy

Wann eigentlich, fragte er sich, fingen die Dinge an, aus dem Ruder zu laufen? Früher hatte er sich das oft gefragt, aber niemals eine befriedigende Antwort gefunden. Im Laufe der Jahre hatte es ihn immer weniger interessiert, so wie es gleichgültig ist, woher eine alte Narbe stammt. Die Zeit hatte seine Erinnerungen weich gepolstert, schichtweise Noppenfolie über den Schmerz gelegt, so dass er irgendwann erträglich geworden war. Es war alles so lange her. So viele Schichten Noppenfolie. So viele Tote.

Manchmal tauchten die Gesichter der Frauen an die Oberfläche, er sah sie zwischen den kleinen Wellen auf dem Schlachtensee, in denen sich die Sonne spiegelte. Es war, als habe eine unsichtbare Hand die Gesichter aus Silberpapier ausgewickelt, wie ein funkelndes Geschenk.

Nora Lizzy war die Erste gewesen. Er dachte an ihre klugen, braunen Augen, die immer ein wenig hilflos wirkten, wenn sie ihre dicke Brille abnahm. Ein Trugbild, denn sie war alles andere als hilflos. Ihre frechen Sprüche, ihr scharfer Verstand konnten verletzen. Nora Lizzy mit den Kräusellocken und den schönen Beinen. Seitdem war er auf Beine fixiert. Lang mussten sie sein, schlank und wohlgeformt. Dazu trug sie hohe Absätze, oh ja, sie wusste genau, womit man Männern den Verstand rauben konnte. Nora Lizzy war ein Luder. Sie war seine Mutter. Er war dreizehn, als sie starb.

5. George

„Vicky, du willst mir doch nicht im Ernst erzählen, dass du heute auf eine Zwillingsschwester gestoßen bist, von der du seit siebenunddreißig Jahren nichts gewusst hast“, sagte George, als sie abends im Restaurant saßen. Er musterte seine Frau zweifelnd, während sie ein Stück Brot über ihrem Teller zerpflückte.

„Wenn du die Tote gesehen hättest, würdest du das Gleiche denken. Die Frau sah genauso aus wie ich. Irrte er sich oder glitzerten da schon wieder Tränen in Vickys Augen?

Sie hatten sich schon am Morgen gestritten. „Fass mich nicht an“, hatte sie geschrien, als er sie tröstend in die Arme nehmen wollte. Dafür war er extra aus einem Meeting fortgeeilt. So kannte George seine Frau nicht. Vicky neigte normalerweise nicht zur Hysterie. Dabei hatte er den Eindruck gehabt, dass sie sich in der Zwischenzeit wieder gefangen hatte. Sie waren zum Abendessen in die *Alte Fischerhütte* gefahren, vor der immer noch Vickys Smart parkte.

„Schatz, gibt es vielleicht etwas zu feiern? Du hast nicht zufällig Appetit auf Gurke? Oder auf Eiscreme mit Senf?“

„Tut mir leid, George, ich habe heute früh meine Tage gekriegt.“

„Ach so, und ich dachte schon, es sind die Hormone.“ Im selben Moment merkte er, dass er sich seinen ironischen Unterton besser verkneifen sollte. „Vicky, es gibt nur eine begrenzte Anzahl von menschlichen Typen. Es ist ganz normal, dass viele Menschen einander ähnlich sehen. Ich verstehe ja, dass du unter Schock gestanden hast, da kann man sich leicht etwas einbilden, vor allem, wenn die Frau der gleiche Typ war wie du. Aber ich verstehe immer noch nicht, warum du so kopflos weggelaufen bist. Die coole Juristin, die ich mal geheiratet habe, hätte auf die Polizei gewartet. Und wenn die Tote von der Krummen Lanke wirklich genauso aussieht wie du, dann hätte meine schnoddrige Frau, so wie ich sie kenne, zu den Polizisten gesagt: Wie wäre es mit einem Gentest, sieht so aus, als ob mein Dad fremdgegangen ist und ich eine Schwester hatte, von der ich nichts wusste."

„Du weißt ganz genau, dass Daddy nicht fremdgegangen sein kann. Er war schon todkrank, als er Mum geheiratet hat. Die Monate vor meiner Geburt hat er zu Hause im Bett gelegen, bis er gestorben ist! Meine Mutter hat es doch oft genug erzählt."

„Ja, deine Mutter. .." George nickte dem Mann unmerklich zu, der sich an ihrem Tisch vorbeizwängte.

„Willst du meiner Mutter unterstellen, dass sie lügt? Und Onkel Willy auch?"

„Irre ich mich oder wohnte Onkel Willy zum Zeitpunkt deiner Geburt nicht ein paar hundert Meilen entfernt im lauschigen Sheffield?", fragte George. Onkel Willy war ihm schon immer auf die Nerven gegangen. Vor allem, weil er Mühe hatte, Onkel Willys Akzent zu verstehen. Der ehemalige Bergarbeiter pflegte seine Herkunft wie andere Leute ihren Vorgarten.

„Ich rede nicht von einer Schwester, die mir entfernt ähnlich sieht, George. Du hast es eben gesagt: Ich rede von einer Zwillingsschwester."

Eine Träne rann über Vickys Wange. George versuchte die Hand seiner Frau zu greifen, aber sie entzog sich ihm.

„Also Daddy war ein Chorknabe", sagte er, „und hat nie eine andere Frau als deine Mutter gehabt. Das glaubst du doch selbst nicht. Er war nicht zufällig in Deutschland stationiert, als er bei der Armee war?“ Auf was für eine Diskussion lasse ich mich hier eigentlich gerade ein?, fragte sich George. Das war einfach hirnrissig.

„Mein Vater ist nie bei der Armee gewesen. Er war immer krank. Mum hat ihn im Krankenhaus kennengelernt, er hat auf ihrer Station gelegen.“

„Und wenn Daddy gar nicht Daddy war, sondern deine Mutter fremdgegangen ist? Wäre ja auch eine denkbare Variante.“

„Ich bin doch kein Kuckuckskind!“

„Oh, Verzeihung …“ Es wird Zeit, dass Vicky etwas zu tun kriegt, dachte George, sonst dreht sie völlig durch. Natürlich wusste er, wie sehr Victoria an ihrer Mutter hing und wie sehr sie ihr hier fehlte. Die beiden waren immer zwei gegen den Rest der Welt gewesen. Eigentlich mochte er seine Schwiegermutter. Wenn sie nur nicht so schrecklich fixiert auf Vicky gewesen wäre. Sie hatte ihr gesamtes Leben auf die Erziehung ihrer Tochter ausgerichtet, was als junge Witwe schwer genug gewesen war. Jahrelang hatte Fiona nur Nachtdienste gemacht, um tagsüber für ihre Tochter da sein zu können.

„George, dein Ton gefällt mir nicht. Nur weil ich im Moment nicht arbeite, bin ich nicht plötzlich verblödet. Du weißt doch ganz genau, dass meine Mutter nach dem Tod meines Vaters nie wieder einen anderen Mann auch nur angeguckt hat.“

George schaute aus dem großen Fenster des Restaurants auf die beleuchtete Terrasse. Nein, schoss es ihm durch den Kopf, es war wahrscheinlich kein Mann mehr krank genug für Mutter Teresa.

Der Kellner kam mit der Rechnung. In der Weinstube der *Alten Fischerhütte* leerten sich die ersten Tische.

„Wie wäre es, wenn du morgen zur Polizei gehst und denen sagst, es tut dir leid, dass du abgehauen bist, aber die Ähnlichkeit mit der Toten hätte dich erschreckt?“, schlug George vor, wohl wissend, dass seine Frau sich diese Blöße niemals geben würde. Nichts hasste Vicky mehr als unprofessionelles Verhalten.

„Ach, George, wahrscheinlich hast du recht. Wahrscheinlich bin ich einfach nur total hysterisch, und die Tote sieht mir überhaupt nicht ähnlich." Vicky lächelte. „Begleitest du mich gleich zu meinem Wagen?"

Draußen war es zum ersten Mal in diesem Jahr noch recht warm. Auf der Terrasse am Schlachtensee waren alle Tische besetzt, die Lichterketten wiegten sich sanft im Wind. George legte einen Arm um Vicky und geleitete sie zu ihrem limonengrünen Smart. Dem Mann, der etwas außerhalb des Lichtkegels der Laterne stand und rauchte, warf er nur einen schnellen Blick zu.

6. Krumme Lanke

„Die Lieferung von gestern muss ich leider reklamieren“, sagte er und schaute dabei den Menschen hinterher, die die Treppen der U-Bahn-Station Krumme Lanke hinunterhasteten.

„Zug nach Nollendorfplatz, zurückbleiben!“, schallte es vom Bahnsteig in die Eingangshalle hinauf.

„Reklamieren? Wieso? Ich pünktlich geliefert. Ware vollständig. Zuverlässig!“, schrie der Mann, der sich Krzysztof nannte, ins Telefon.

„Nur nicht das, was ich bestellt habe.“ Seine Stimme klang gefährlich leise.

„Was reden, lesen Zeitung!“

Natürlich hatte er am frühen Morgen als Erstes einen Blick in die Zeitungen geworfen. Der Name der Toten im Fenn wurde wie üblich nicht genannt. Doch zumindest wurde bestätigt, dass es sich um eine französische Touristin handelte.

„Nein, nein“, sagte er, „meine Bestellung war gestern Abend in der *Alten Fischerhütte* zu bestaunen.“

„Das nix möglich, das Verwechslung.“

„Doch, ich habe es mit eigenen Augen gesehen. Sie ist in einem hellgrünen Smart mit dem Kennzeichen B – NV 837 weggefahren. Sehen Sie zu, dass Sie die Dame ausfindig machen.

Ich will wissen, wer das ist, wo sie herkommt, wo sie wohnt. Aber vorerst keine neue Lieferung, haben Sie mich verstanden?“

Ohne Gruß legte er auf und ging zu seinem Wagen, der auf dem Parkplatz des Supermarkts gegenüber parkte. Krzysztof und seine Leute würden das Problem lösen, da war er sich sicher. Wie praktisch doch die Nähe Berlins zur polnischen Grenze war. Seine Geschäftspartner kamen für ein paar Stunden, um ihre Arbeit zu verrichten, und waren über die Grenze sofort wieder verschwunden. Leise, unauffällig, preiswert und sicher. „Nennen Sie mich Krzysztof.“ So einfach war das.

Allerdings quälte ihn eine Frage: Wer war die Tote, die man gestern im Riemeisterfenn gefunden hatte? Krzysztof hatte Fotos bekommen und eine Adresse. Entweder einer hatte geschlampt oder … So viele Zufälle gab es doch überhaupt nicht.

Er würde abwarten müssen, was bei Krzysztofs Recherche herauskam. Man würde sehen. Bis dahin würde er die Lieferung nicht bezahlen. So einfach war auch das.

7. Schlachtensee

Sobald George am Morgen das Haus verlassen hatte, war Vicky in ihre Laufschuhe geschlüpft. Bangemachen gilt nicht, sagte sie sich und fuhr zum Schlachtensee. Natürlich hatte George versucht, ihr das Joggen am See auszureden. Sie hatte ihm versprochen, dass sie nicht mehr kurz nach Sonnenaufgang in den Wald gehen würde, der Vormittag mit seinen Stakkato-Klängen erschien ihr als tragbarer Kompromiss. Schließlich sah man um diese Tageszeit kaum noch Wald vor lauter Skistöcken.

Nach einer halben Stunde Lauftraining merkte sie, wie sich ihre Verkrampfung zu lösen begann. Was war gestern nur los gewesen mit ihr? Total hysterisch. Wenn sie so weitermachte, würde sie George verlieren. Natürlich hatte George recht, die Frau hatte höchstens eine entfernte Ähnlichkeit mit ihr gehabt, wenn überhaupt. Warum zum Teufel konnte sie eigentlich nicht zugeben, dass sie angesichts einer Frauenleiche in Panik geraten war?

Vicky blieb am Seeufer stehen, um zu verschnaufen. Der Schlachtensee war größer als die Krumme Lanke. Sie konnte ihn trotz regelmäßigen Trainings nicht einfach so umrunden, aber freute sich darüber, dass sie ihren Umkehrpunkt immer weiter hinausschob.

Ihr Blick fiel auf die gegenüberliegende Uferseite. Von Tag

zu Tag war der Wald grüner geworden, jetzt waren die Villen am anderen Ufer fast völlig hinter den uralten Baumkronen verschwunden, die sich im dunklen Wasser spiegelten. Diese Häuser faszinierten sie, weil sie aus so unterschiedlichen Zeiten zu stammen schienen und in teilweise ungewöhnlichen Baustilen errichtet waren. Ein Hanggrundstück am Schlachtensee kann man heutzutage wahrscheinlich gar nicht mehr kaufen, dachte sie, bevor sie umkehrte. So etwas kann man nur erben.

Ein alter Herr mit vollem, weißem Haarschopf blieb neben ihr stehen und stützte sich auf seinen Stock. „Schön, nicht wahr?“, sagte er, während er die Hand über die Augen legte, um sie vor der Sonne zu schützen.

„Wunderschön“, sagte Vicky auf Deutsch.

Während sie bei ihrem obligatorischen Cappuccino auf der unteren Terrasse der *Fischerhütte* einem Labrador und einem Westie beim Liebesspiel zusah, fasste sie den Entschluss, Zeitungen zu kaufen. Lisa würde ihr beim Lesen helfen.

8. Michael

„Der Boss kommt", sagte seine Sekretärin und legte auf. Danke für die Vorwarnung, dachte er und war gleichzeitig stocksauer. Sie nannten ihn immer noch den „Boss", dabei war er hier seit mehr als fünfzehn Jahren der Chef, und nicht sein Onkel. Es war immer das Gleiche, alle standen stramm, der Pförtner tätigte Warnanrufe, und plötzlich hatten es alle eilig, wie zufällig durch die Flure zu laufen. Seine Topmanager entblödeten sich nicht, sich wie Klassenprimusse zu benehmen. Es wunderte ihn, dass sich noch keiner einen Bandscheibenvorfall beim Buckeln geholt hatte. Michael erwischte jedes Mal die kalte Wut. Es war schon schwer genug gewesen, den Alten davon zu überzeugen, dass seine Zeit gekommen war und er ihm die Leitung seiner Firma anvertrauen konnte. Dabei war es gar nicht so, dass Onkel Gerhard ihm den Job nicht zugetraut hätte. Onkel Gerhard vertraute niemandem. Grundsätzlich. Und schon gar nicht seinem eigenen Fleisch und Blut. Was er sogar verstehen konnte. Irgendwie.

Michael stand auf und öffnete den eichengetäfelten Wandschrank, hinter dem sich Onkel Gerhard ein Waschbecken hatte einbauen lassen. Michael ließ kaltes Wasser über seine Hände laufen, um sich ein bisschen zu beruhigen. Gleich würde der Alte ohne Vorwarnung in sein Büro reinplatzen, als ob es immer noch seines wäre. Obwohl seine Sekretärin Frau Zimmer erst zu ihm gekommen war, als der Alte bereits seinen wohlverdienten Ruhestand angetreten hatte, hatte sie so viel Respekt vor dem Alten, dass sie sich nicht traute, ihn, wie alle anderen, darauf hinzuweisen, dass man nicht ohne Anmeldung ins Chefzimmer gelangte. Michael hatte peinlich darauf geachtet, dass seine engsten Mitarbeiter der Nach-Gerhard-Ära entsprangen. Er hatte sie persönlich ausgewählt und angeheuert, in der Hoffnung, dem Firmenkonsortium zwar nicht den Namen, aber zumindest den Geist von Gerhard dem Großen auszutreiben. Eine Illusion, wie er inzwischen festgestellt hatte. Legenden lebten ewig.

Er trocknete sich sorgfältig die Hände ab, während er sich fragte, was der Alte hier heute wollte. Sie waren doch erst vor zwei Tagen zu ihrem obligaten Mittagessen bei *Reinhard's im Kempinski* am Kudamm zusammengetroffen. Einmal in der Woche musste er antreten zum Gebet, wie er insgeheim diese Arbeitsessen nannte. Gerhard hatte wie jeden Dienstag Tafelspitz bestellt, von dem er wie immer drei Viertel liegen ließ, während Michael Rapport erstatten musste. Es ärgerte ihn, dass er sich dabei immer noch vorkam wie der kleine Schulbub, der ganz lieb zu Onkel Gerhard sein musste.

„Das ist dein Erbonkel“, hatte seine Mutter immer gesagt. Seine Mutter hatte von ihrem Vater nur einen Pflichtteil geerbt, weil Opa nicht einverstanden war mit der Wahl ihres Ehemanns. Leider war sein Großvater gestorben, bevor Michael das Licht der Welt erblickt hatte. So ganz falsch hatte sein Großvater mit seiner Einschätzung nicht gelegen. Michaels Vater hatte nur knapp drei Jahre gebraucht, um das Erbe seiner Frau zu verspielen, und schon bei dem Pflichtteil handelte es sich um eine erhebliche Summe.

Michael hatte viele Jahre das Gefühl gehabt, um sein rechtmäßiges Erbe betrogen worden zu sein. Er war sich sicher, dass sein Großvater ihm die Hälfte des Familienvermögens vermacht hätte. Stattdessen musste er sein ganzes Leben lang den Bückling machen vor Onkel Gerhard. Man musste dem Alten zugutehalten, dass er das Familienvermögen um ein Vielfaches vermehrt hatte. Aber schließlich hatte auch er, Michael, kräftig dazu beigetragen, dass die Unternehmensgruppe wuchs und gedieh. Insbesondere, als nach dem Fall der Mauer die Familienbank wieder an sie zurückgefallen war. Zu diesem Zeitpunkt war er in die Firma eingetreten.

Michael hatte gerade sein Sportstudium beendet, als das mit Gerhards Tochter passierte. Onkel Gerhard hatte darauf gedrungen, dass er noch mal Betriebswirtschaft studierte. „Du bist jetzt mein einziger Erbe", hatte er gesagt. „Eines Tages wirst du alles übernehmen. Also bereite dich darauf vor."

Seitdem wusste er, dass er das Erbe seiner Mutter wieder zurückholen würde.

„Ich versprech's dir, Mama", hatte er ihr noch auf ihrem Sterbebett gesagt.

Wo blieb sein Onkel nur? Eigentlich müsste der Alte längst bei ihm sein. Er öffnete die Tür zum Vorzimmer.

„Haben Sie meinen Onkel gesehen?"

Frau Zimmer hob nicht mal den Kopf. „Bei Neumann."

Michael wurde heiß. Er schloss die Tür und atmete tief durch. Was zum Teufel machte der Alte bei Neumann, dem Sicherheitschef? Obwohl Michael alle neu zu besetzenden Posten mit seinen eigenen Leuten ausgestattet hatte, gab es immer noch ein paar Abteilungsleiter, die schon unter dem Alten gedient hatten. Wegen Neumann hatte er sich schon ein paar Mal mit seinem Onkel in den Haaren gelegen. Michael hatte argumentiert, dass der inzwischen Vierundsechzigjährige zu alt sei für einen Job, in dem es darauf ankam, auf der Höhe der Zeit zu sein. Auf die modernen Bedrohungen für das Unternehmen konnte nicht mehr nur mit Personenschutz und gepanzerten Limousinen geantwortet werden. Die aktuellen Bedrohungen waren diebisches Personal, ausgeklügelte Internetkriminalität, vielleicht auch Erpresser.

„Dem Neumann verdanke ich mein Leben“, hatte der Alte gesagt und damit einen Punkt gesetzt. Wenn er diesen bestimmten Unterton an den Tag legte, wussten alle, dass jede Art von Argumentation zwecklos war. Also hatte Michael einen externen Dienstleister für die modernen Anforderungen an die Abteilung Sicherheit angeheuert. Sollte Neumann doch sein Gnadenbrot bekommen. Das hatte auch Vorteile.

Das Sicherheitsunternehmen, das für ihn tätig war, konnte er kontrollieren, schließlich war seine Unternehmensgruppe der größte Kunde. Was bedeutete, dass die angeschlossene Detektei Winter nur die Unterlagen zu sehen bekam, die er auswählte. Was auch bedeutete, dass Neumann und sein Team nicht über das Wissen verfügten, das ihm gefährlich werden konnte. Oder doch?

Michael lockerte seine Krawatte. Verdammt, was wollte der Alte bei Neumann? Die Bücher waren alle wasserdicht, da war er sich sicher. Bankenaufsichtskompatibel. Wenn doch bloß nicht diese ganze Scheiße mit Lehman passiert wäre. Er hatte sich auf der sicheren Seite gefühlt und sich kurzfristig private Darlehen genehmigt. Wenn Gerhard der Große das entdecken würde, hätte er genau zehn Minuten, um seinen Schreibtisch zu räumen. Und seine Erbschaft könnte er auch gleich ans Tierasyl in Potsdam oder an die Treberhilfe abtreten. Gerhard Gnadenlos hatte da bestimmt noch ein paar schicke Ideen.

9. Zehlendorf

„Kaffee?", fragte Vicky auf Deutsch.

„Wie heißt das?", fragte Lisa.

„Möchtest du einen Kaffee trinken? Richtig?"

„Sehr gut. Ja, ich möchte einen Milchkaffee, bitte."

Vicky lächelte, sie mochte Lisa, die für sie viel mehr war als nur ihre Deutschlehrerin. Vor allem liebte sie Lisas trockenen Humor, der ihr sehr undeutsch erschien. Die zwei mal drei Stunden in der Woche waren für Vicky Höhepunkte, auf die sie sich immer mehr freute.

Lisa war eine Anhängerin des praktischen Unterrichts. Sie gingen zusammen einkaufen, fuhren S- und U-Bahn, besuchten Cafés, Restaurants oder Museen. „Schließlich musst du keine Doktorarbeit auf Deutsch verfassen, sondern in der Lage sein, zu fragen, was der Blumenkohl kostet und wo die nächste Apotheke ist." Vicky hatte mit Lisa die Umgebung kennengelernt, und es war Lisa, die ihr die Laufwege an den beiden Nachbarseen Schlachtensee und Krumme Lanke gezeigt hatte. Natürlich spürte Vicky, dass Lisa sie auch behutsam in die Tiefen der deutschen Mentalität einführte. Und das nicht ohne Erfolg, musste sich Vicky eingestehen, denn inzwischen fand sie einiges an ihrer neuen Heimat sogar ausgesprochen sympathisch.

Gemeinsam setzten sie sich an den großen Olivenholztisch, den Vicky im Erker ihrer Wohnküche aufgestellt hatte.

„Du willst heute Zeitungen lesen?“, fragte Lisa und zeigte auf den Stapel, den Vicky ausgelegt hatte.

„Ich dachte, du könntest mir ein bisschen helfen mit den Berliner Zeitungen“, sagte Vicky, während sie die Milch aufschäumte.

Lisa blätterte. „Du hast nichts ausgelassen“, sagte sie auf Englisch. Vicky setzte sich neben sie.

„Das nennen wir Boulevardzeitungen“, sagte Lisa und legte die Blätter mit dem grellen Rot im Titel auf einen Stapel. „Die eignen sich besonders gut zum Deutschlernen. Viele kurze Sätze und aussagekräftige Bilder.“ Lisa zeigte auf eine barbusige Frau auf der Titelseite.

„Ich bin einfach neugierig. Gestern war ich an der Krummen Lanke joggen, und dann war plötzlich überall Polizei. Ich will wissen, was passiert ist“, sagte Vicky auf Englisch.

„Polizei? Die Polizeinachrichten findest du unter Lokales. In manchen Zeitungen steht einfach nur *Berlin* darüber“, sagte Lisa und öffnete die Berliner Zeitung.

„Hier, das muss es sein.“ Lisa zeigte auf einen Artikel mit der Überschrift: *Die Tote im Fenn.* „Weißt du noch, was Fenn bedeutet?“

„Ja, Frau Lehrerin, an diese Lektion kann ich mich tatsächlich erinnern. Mit Fenn bezeichnet man hier in Brandenburg Moor. Genauso wie Luch. Riemeisterfenn, Langes Luch. Schlachtensee. Krumme Lanke. Was für martialisch klingende Namen! So typisch deutsch.“

„Na ja, eher flämisch. Aber für eine Engländerin sprichst du diese schweren Worte richtig gut aus“, sagte Lisa. „Komm, lass uns den Artikel jetzt Wort für Wort übersetzen.“ Sie riss die Meldung aus der Zeitung heraus.

Die Tote im Fenn

Zum Mittagessen stand Bärlauchpesto auf dem Speiseplan. Als eine Berliner Kräutersammlerin am Mittwochmorgen im Grunewald Bärlauch pflücken wollte, machte die Frau eine grausige Entdeckung: Im Riemeisterfenn fand sie hinter einem Gebüsch die Leiche einer Frau. Wie die Polizei mitteilte, wurde die Tote Opfer eines Gewaltverbrechens.

Nach Angaben der Polizei ist nicht ausgeschlossen, dass die Frau an einem anderen Ort getötet und später zum Fundort gebracht wurde. Ebenso ist nicht ausgeschlossen, dass sie einem Sexualdelikt zum Opfer fiel.

Vermutlich handelt es sich bei der am Mittwochmorgen entdeckten Toten um eine 38-jährige französische Staatsbürgerin, die sich als Touristin in Berlin aufhielt. Sie konnte aufgrund der Ausweispapiere, die in der Nähe der Leiche gefunden wurden, identifiziert werden. Die Frau war zuletzt gesehen worden, als sie um kurz vor fünf ihr Hotel in Zehlendorf verließ, vermutlich um im nahen Grunewald zu joggen. Am Mittwoch suchte eine Hundertschaft der Polizei das Waldgelände großflächig ab, um eventuelle Beweismittel zu finden. Gleichzeitig sucht die Mordkommission Zeugen, die in der Zeit zwischen 5.00 Uhr und 6.00 Uhr in der Nähe des Leichenfundorts Verdächtiges beobachtet haben. Die Kräutersammlerin, die die Leiche gefunden hat, wird psychologisch betreut.

„Bist du um die Zeit da gewesen?“, fragte Lisa. „Als Zeugin tauge ich nicht. Ich bin später gelaufen, weil ich morgens mit Kopfweh aufgewacht bin. Schade, dass sie nicht schreiben, wer die Tote ist.“

Vicky hatte sich über eine Schüssel mit Amarettini hergemacht, die sie geräuschvoll zermalmte. „Bei uns hieße das sofort: Victoria M. aus Poole, 38“, fuhr sie fort, während sie hoffte, dass Lisa nicht bemerkte, wie sie die Altersangabe in der Zeitung erleichtert hatte. Die Frau konnte nicht ihre Zwillingsschwester sein, sie war ein Jahr älter als sie. Außerdem ausländische Staatsbürgerin. Sie musste aufhören, sich verrückt zu machen.

„Bei uns auch, wenn die Zeitungen selbst recherchieren. Die Polizei darf die Identität der Frau natürlich nicht preisgeben", sagte Lisa und griff nun ihrerseits in die inzwischen fast leere Keksschale. „Vielleicht sollten wir in Zukunft nur noch in männlicher Begleitung im Wald laufen. Oder uns einen Dackel zulegen."

„Und was mache ich, wenn der Dackel auf mein Baby eifersüchtig wird?"

„Eintopf."

Vicky musste sich die Hand vor den Mund halten, sonst hätte sie Amarettinikrümel über den Tisch geprustet.

10. Krumme Lanke

Die Fotos waren eindeutig. Er fand sie in seinem Postfach. Das große, braune Kuvert trug keinen Absender. Das brauchte es auch nicht. Er wusste auch so, dass der Brief von Krzysztof kam. Poststempel Frankfurt/Oder. Niemand sonst kannte dieses Postfach.

„Nix Mail, nix Computer, nix Spuren", hatte Krzysztof gesagt. „Sie Postfach haben."

Der Fotograf hätte sein Geld jederzeit in einem ordentlichen Job bei der Presse verdienen können, so scharf waren die Fotos, so gut getroffen das Model. Es gab keinen Zweifel, sie war es. Auf der Fotorückseite stand mit Schreibmaschine geschrieben:

Victoria McIntosh
37, geboren in Branksome/Poole, Great Britain,
als Tochter von Fiona Pratchett
Berliner Adresse: 14163 Berlin, Gilgestraße 27

So also war das. Victoria McIntosh. Tochter von Fiona Pratchett. Vielleicht konnte er zwei Fliegen mit einer Klappe schlagen. Er musste nachdenken. Dringend. Krzysztofs Leute waren spezialisiert darauf, es wie einen Unfall oder Zufall aussehen zu lassen. Victoria McIntosh durfte auf keinen Fall in Berlin etwas zustoßen. Da würde die Berliner Polizei sofort einen Zusammenhang herstellen, so zufällig kann ein Unfall oder Überfall gar nicht aussehen. Das Fräulein musste nach England gelotst werden. Natürlich. Das war die Idee. Zwei Fliegen mit einer Klappe. Bevor die Fliege anfängt zu summen.

11. Zehlendorf

„Soll ich uns noch eine Flasche aufmachen?", fragte George, während er die letzten Tropfen des Grauburgunders in Vickys Glas einschenkte. Sie genossen den warmen Abend auf ihrer Terrasse, die Victoria in der letzten Woche mit Margeriten, Oleander und Lavendel bepflanzt hatte. Vicky lächelte ihn amüsiert an. Sie hatte an diesem Freitag nach Lisas Anleitung deutsch gekocht, und man sah ihm an, dass er mit dem Ergebnis äußerst zufrieden war.

„Schließlich müssen wir die ersten Königsberger Klopse deines Lebens gebührend feiern", sagte George.

Vicky streckte sich in ihrem Terrassensessel aus. „Denk bloß nicht, dass Kochen bei mir jetzt zur Gewohnheit wird." Der schwere Duft des Scheinjasmins und der blühenden Linden im Garten hüllte sie ein wie eine warme Decke.

„Das nächste Mal kannst du noch mehr Kapern reinmachen. Ganz viele Kapern!"

„Guck mal", rief Vicky, „eine Fledermaus! Und da, noch eine!"

„Woher weißt du, dass das Fledermäuse sind?", fragte George.

„Das hört man. Die klappern beim Fliegen. Außerdem schlafen die meisten Vögel jetzt."

„Ich denke, Nachtigallen singen nachts."

„Hast du das schon mal gehört oder weißt du das von Shakespeare?"

„*Es ist nicht die Nachtigall, es ist die Lerche.* Ich hole uns noch ein Fläschchen aus dem Kühlschrank. Wer nicht schwanger ist, darf saufen!"

Als er den Kühlschrank öffnete, klingelte das Telefon. George schaute auf die Küchenuhr, die über der Tür hing. Zwanzig vor elf abends – wer mochte das sein?

Er nahm ab. Die Stimme war kaum zu verstehen, so sehr überschlug sie sich. Die Frau wollte Vicky sprechen, es sei etwas passiert. George legte den Flaschenöffner beiseite und ging mit dem Telefon zur Terrassentür. „Vicky, kommst du mal bitte?"

„Gib her, ich bin zu faul zum Aufstehen, wer ist es denn?", rief Vicky, die sich aber sofort erhob, als sie sah, dass George den Kopf schüttelte.

Er drückte Vicky in einen Korbsessel und reichte ihr erst danach das Telefon. Es war etwas Furchtbares passiert, so viel stand fest. George blieb hinter seiner Frau stehen, die sich kurz mit ihrem Namen gemeldet hatte und nun ins Telefon lauschte.

„Oh Gott, wie geht es ihr?", hörte George sie sagen. „In welchem Krankenhaus?"

Sie schwieg einen Moment.

„Bitte beruhigen Sie sich doch erst mal, Frau Dzembritzki. Und die Polizei, kann ich mit der Polizei sprechen?"

George holte einen Block und einen Kuli.

„Wann sind Sie gerufen worden?" Vicky hatte jetzt offensichtlich einen Polizisten am Telefon. Sie stellte ihre Fragen so präzise, als befände sie sich in einem Gerichtssaal.

„Wie lange, schätzen Sie, war der Überfall her, nachdem meine Mutter gefunden wurde?" Vicky kritzelte die Antwort auf den Block.

„War sie ansprechbar, als Sie gekommen sind, konnte sie Ihnen Auskünfte geben?"

„Haben Sie die Telefonnummer des Krankenhauses?" Der Polizist schien suchen zu müssen, denn es dauerte eine Weile, bis Vicky die Zahlenreihe aufschreiben konnte. George machte sich daran, einen Kaffee zu kochen.

„Danke für Ihre Hilfe, ich werde auch meinen Onkel benachrichtigen."

„Was ist passiert?", fragte George, nachdem sie aufgelegt hatte.

„Bei uns ist eingebrochen worden. Mum hat die Einbrecher überrascht und ist niedergeschlagen worden. Die alte Mrs. Dzembritzki vom Haus rechts neben uns hat sie gefunden. Beziehungsweise ihr Hund. Du weißt ja, dass der gern durch die Katzenklappe kriecht und früher Miss Jekyll, unserer alten Katze, das Futter weggefressen hat."

„Wie geht es deiner Mutter?"

„Weiß ich noch nicht, ich rufe jetzt sofort das Krankenhaus an", sagte Vicky und tippte bereits die Vorwahl ein. „Sie haben sie ins Royal nach Bournemouth gebracht."

George kam mit zwei Bechern Kaffee zum Küchentisch.

„Hast du gefragt, ob etwas gestohlen wurde?", sagte er.

„Woher sollen die das wissen. Im Haus sieht es schrecklich aus, sagt die Dzembritzki. Aber was gibt es bei Mum schon zu holen?"

Vicky erklärte nunmehr zum dritten Mal jemandem im Krankenhaus, dass sie die Tochter von Fiona Pratchett sei, die vor kurzem als Notfall eingeliefert wurde, und gern wissen würde, wie es ihrer Mutter gehe.

„Ich weiß, dass Sie eigentlich keine Auskünfte geben dürfen. Nein, ich kann nicht sofort ins Krankenhaus kommen, ich rufe aus Berlin an, aus Deutschland!" Vickys Stimme hatte jenen Unterton angenommen, mit dem sie sich in ihrer Organisation jederzeit Respekt verschafft hatte.

Sie schien mit halb Bournemouth verbunden zu werden. Erneut setzte sie an: „Guten Abend, mein Name ist Victoria McIntosh, ich bin die Tochter …" Weiter kam sie diesmal nicht.

George sah, wie aus Vickys konzentriertem, erhitztem Gesicht alle Farbe wich. „Bitte, nein, ich kann nicht, ich bin in Berlin, vor morgen früh komme ich hier nicht weg! Bitte, passen Sie auf sie auf, ja?“

George zog sich das Notebook heran, das auf dem Küchentisch stand, und fuhr das Programm hoch. So, wie sich das anhörte, würde Vicky den ersten Flieger nach London brauchen.

Vicky hatte im Krankenhaus ihre Nummer hinterlassen und aufgelegt.

„Oh Gott, George, er hat gesagt, wenn ich meine Mutter noch lebend sehen will, dann sollte ich mich beeilen.“

„Sieben Uhr fünfunddreißig, British Airways nach Heathrow. Soll ich für uns beide buchen?“

Vicky nickte. „Danke. Und einen Mietwagen.“

Dann rief sie Onkel Willy an, der in Sheffield lebte, wenn er sich nicht gerade bei ihrer Mutter „zur Pflege“ eingenistet hatte. Er war der einzige noch lebende Verwandte, den Vicky außer ihrer Mutter hatte, eigentlich ihr Großonkel.

Selbst George hörte den volltönenden Bariton von Onkel Willy, der im breitesten Yorkshire-Slang versicherte, er werde ganz gewiss zu seinem *Lass* fahren. *Lass* war Onkel Willys Ausdruck für Mädchen, so viel Dialekt verstand George gerade noch. Wahrscheinlich war Onkel Willy mal wieder volltrunken.

Während George die Buchungen durchführte, hörte er, wie seine Frau im Schlafzimmer ein paar Sachen zusammenpackte.

12. Bournemouth

Der Zustand ihrer Mutter sei sehr kritisch, wurde Vicky am Telefon mitgeteilt, als sie in Heathrow gelandet waren. Die Abfertigungsprozedur kam ihr heute viel langsamer vor als sonst. Sie ließ sich neben George auf den Beifahrersitz des Mietwagens fallen und nach Bournemouth fahren. Ihre Hände waren feucht, ihr Magen flatterte und in ihrem Mund sammelte sich der Speichel. Hitzewellen ließen das Blut in ihren Ohren klingeln. So also fühlte sich Todesangst an. Bitte, bitte, lieber Gott, lass sie leben, betete Vicky stumm, obwohl sie sich nicht als gläubige Christin bezeichnet hätte. George fuhr stumm und konzentriert über die M3, die an diesem Samstagmorgen noch nicht so stark befahren war wie sonst. Es tat Vicky gut, ihn neben sich zu haben. Sie wäre nicht in der Lage gewesen, Auto zu fahren.

Immer wieder warf sie einen Blick auf die Uhr, es schien überhaupt nicht voranzugehen. Vicky hatte das Gefühl, als säßen sie seit zehn Stunden in diesem Auto. Endlich kam das Ortsschild von Ringwood in Sicht. Jetzt war es nicht mehr weit, die Heimat war zum Greifen nah.

„Ich lasse dich vor dem Haupteingang aussteigen und suche dann einen Parkplatz", sagte George, als sie in die Castle Lane East einbogen. Vicky nickte, unfähig zu sprechen. Kaum hatte

George den Wagen vor dem riesigen Flachbau zum Stehen gebracht, sprang Vicky auch schon hinaus.

Das Erste, was sie sah, als sie das Foyer betrat, war ein zusammengesackter Onkel Willy in der Sitzecke. Die Welt beschleunigte auf zwei Umdrehungen pro Minute. Vickys Herzschlag peitschte sie zur Sitzecke. Onkel Willy blinzelte. In der Kraterlandschaft seines Gesichts schimmerten Tränen.

„Zu spät, Vicky, zu spät. Fiona ist von uns gegangen", krächzte er.

Vicky ließ sich neben ihn in den Stuhl fallen. „Wann?"

„Weiß nicht, vor einer halben Stunde ungefähr."

„Ich bin zu spät gekommen." Vicky starrte fassungslos auf die Uhr, die im Foyer aufgehängt war. Zu spät.

„Hast du noch mit ihr gesprochen?"

„Hab mein Lass noch gesehen. Ja. Überall Verbände. Nur reden konntse nich mehr, Vicky. Der Mistkerl, dieser verdammte Saukerl. Hat ihr den Schädel zertrümmert." Onkel Willy ballte die blaugeäderten Hände zu Fäusten.

Vicky spürte, wie sie erstarrte. George kam mit langen Schritten auf sie zugelaufen.

„Oh Gott, tut mir leid", sagte er, als er die beiden sah. Er setzte sich neben Vicky und legte einen Arm um sie.

„Wie bist du überhaupt so schnell hierhergekommen?", fragte Vicky ihren Großonkel.

„Haste doch angerufen, bin ich sofort losgefahren", tönte Onkel Willy durch das Foyer.

„Du bist selbst gefahren?", fragte George, der ausnahmsweise verstanden hatte, was Willy gesagt hatte. Es waren über dreihundert Kilometer von Sheffield nach Bournemouth. Onkel Willy war sechsundachtzig Jahre alt, und nüchtern war er eigentlich nie. Wenn Onkel Willy in seinen Uralt-Ford stieg, holten die Bürger von Sheffield ihre Autos von der Straße.

„Nee, hab den Studierten rausgeklingelt. Los, Baden fahrn, nach Bournemouth, zum Strand, hab ich gesagt. Hatta gemacht."

„Auf welcher Station hat sie gelegen? Ich muss mit dem Arzt reden“, sagte Vicky und sprang auf.

„Ich mach mich sachkundig, bleib du mal bei Onkel Willy“, sagte George und drückte seine Frau zurück in den Stuhl.

„Dann hast du ja gar nicht geschlafen“, stellte Vicky fest, als George gegangen war.

„Brauch nich mehr so viel Schlaf.“

„Wir fahren gleich nach Hause. Dann haust du dich erst mal aufs Ohr“, sagte Vicky und sog tief den tröstlichen Geruch von Onkel Willy ein. Er roch ungewaschen, unrasiert, nach einigen Bierchen und viel zu vielen billigen Zigarren. „Jetzt gibt es nur noch uns, Lassie“, sagte er. Die Schultern des alten Mannes, den so schnell nichts in seinem Leben umgehauen hatte, zuckten.

Vicky starrte in das Foyer.

George kam mit einer kleinen Tüte zurück. „Der Arzt ist erst morgen zu sprechen, seine Schicht ist zu Ende“, sagte er. „Aber du kannst deine Mutter noch sehen.“ Vicky schüttelte energisch den Kopf. „Nein, um Gottes willen, nein.“ Vicky schrie fast. „Ich will Mami so in Erinnerung behalten, wie sie immer war. So lieb, so gütig, so lebendig.“ Endlich flossen die Tränen.

Onkel Willy nahm sie in den Arm. „Komm nach Hause, Lassie.“

13. Branksome

Schon von weitem sahen sie, dass Fionas rot geklinkertes Reihenhäuschen weiträumig abgesperrt war. Davor standen Wagen der Dorset Police. Eine Menge Nachbarn hatten sich vor dem Absperrband versammelt. George parkte vor dem Haus der alten Frau Dzembritzki, die selbst kein Auto hatte.

„Da ist Vicky, lasst doch Vicky mal durch“, rief ein alter Mann, an dessen Namen sich Vicky in diesem Moment nicht erinnern konnte. Er wohnte zwei Häuser weiter. Vicky lächelte ihn hilflos an. Die Nachbarn bildeten eine Gasse.

„Vicky, wie geht es Fiona, hast du sie gesehen?“, wollte Sarah wissen, die schräg gegenüber wohnte und mit Fiona befreundet war.

„Mama ist tot“, sagte Vicky leise. Es wurde ganz still.

Victoria spürte, wie Hände nach ihr griffen, sich Arme ausstreckten. Am Absperrband stand ein Polizist. „Dürfen wir ins Haus?“, fragte sie. Diese Frage stellte der Polizist umgehend in ein Walkie-Talkie. „Sie mögen bitte hier draußen warten, Detective Inspector Ferguson kommt gleich“, sagte er kurz darauf.

In diesem Moment trat eine rothaarige Frau aus der Tür, die etwa in Vickys Alter war. „Detective Inspector Ferguson, Madam. Sie sind die Tochter?“

Vicky nickte und stellte sich vor. „Was genau ist passiert? Darf ich ins Haus?“

„Tut mir leid, Mrs. McIntosh, die Spurensicherung ist noch nicht fertig. Danach brauche ich Sie aber dringend, wir würden natürlich gern wissen, was gestohlen wurde. Wo kann ich Sie erreichen?“

Mrs. Dzembritzki hatte den Kopf aus dem Wohnzimmerfenster gesteckt. „Hallo, Vicky, Honey, kommt rein, ihr könnt bei mir bleiben!“, rief sie. Vicky hörte Onkel Willy hinter sich vernehmlich schnaufen. Die alte Mrs. Dee, wie alle sie hier nannten, war seit Jahren hinter Onkel Willy her. „Wie lange wird es noch dauern, bis wir ins Haus können?“, fragte sie die Polizistin.

„An Ihrer Stelle würde ich mir vorerst ein Hotelzimmer nehmen“, sagte Ferguson.

„Dann sind wir erst mal bei Mrs. Dzembritzki und werden uns von dort aus ein Hotelzimmer organisieren. Wir werden Ihnen dann Bescheid geben, wo wir zu erreichen sind“, sagte George und legte den Arm um seine Frau.

14. Fiona

Seiner Erfahrung nach benötigten die meisten Familien genau zwanzig Minuten nach einer Beerdigung, um sich endgültig zu zerstreiten. George saß inmitten der Gemeinde seiner Schwiegermutter, die sich im Vorraum der Kirche um eine lange Tafel versammelt hatte. Freunde und Nachbarn waren nach dem Gottesdienst eingeladen worden, sich an Tee und Sandwiches zu bedienen. George fühlte sich in etwa so dazugehörig wie beim Besuch einer Moschee in Istanbul. Das rege Gemeindeleben seiner Schwiegermutter war ihm immer ein wenig suspekt gewesen, was vor allem daran lag, dass George aus einer Familie von bekennenden Atheisten stammte, die sich, für seinen Geschmack immer noch viel zu häufig, ausschließlich bei offiziellen Anlässen begegneten. Charity, das waren für seine Familie endlose, gesetzte Dinner, vor denen man sich nicht drücken konnte und von denen man sich am Schluss durch einen großzügigen Scheck loskaufte.

Vicky, eingekeilt zwischen zwei älteren Frauen, warf ihm einen hilflosen Blick zu. Das gesamte Ausmaß von Fionas Engagement in dieser Gemeinde schien auch sie zu verblüffen. Offensichtlich hatte sich Fiona mehr und mehr in der Baptistengemeinde engagiert, nachdem Victoria nach London gezogen war.

„Wir wissen gar nicht, wie wir weitermachen sollen“, sagte eine Frau am Kopfende des Tisches. „Niemand von uns hat ein so großes Wohnzimmer, dass wir uns darin jeden Freitag zum Hauskreis treffen könnten. Es war immer so schön bei Fiona.“

George nickte ergeben. Du liebe Güte, was denn noch alles. Hauskreis, Bibelstunde, Seniorengruppe, Gottesdienste mit Kaffeeklatsch, Abwaschdienst, Eindeckdienst, Alte betreuen, Essen für Bedürftige vorbereiten …

„Sie war eine Stütze unserer Gemeinde“, sagte der Pfarrer.

„Das kann ich mir gut vorstellen“, murmelte George.

„Sie war so ein gutes Herz, mein Lass, mein Lass“, sagte Onkel Willy. „Kein leichtes Leben, nicht wahr, kein leichtes Leben. Der Vater, was mein Bruder war, abgeschossen von den Krauts, die Mutter, das arme Ding, hat das Kind ganz allein durchbringen müssen, mit der kleinen Witwenrente. Nichts gelernt, nicht wahr, nichts gelernt. War ja damals so, mit den Frauen. Unsereins lernte einen ordentlichen Beruf. Die Mädchen lernten sticken. Andre Zeiten, damals, andre Zeiten.“

„Und trotzdem hat sie ihre Tochter zu einem rechten Menschen erzogen. Was die Frauen damals alle geleistet haben, das war schon enorm“, sagte eine Frau, die in etwa in Onkel Willys Alter war.

„Ja, ein rechter, ein aufrechter Mensch, das war Fiona wirklich“, sagte der Pfarrer, dessen geplatzte Äderchen auf der Nase von einer heimlichen Leidenschaft erzählten. „Hilfsbereit zu jedermann, auf Fiona konnte man zählen.“

„Sie hat sich für jeden aufgeopfert“, stimmte Victorias Nachbarin zur Linken zu, in der George Sarah erkannte, Fionas Freundin und Nachbarin von schräg gegenüber. „Wissen Sie eigentlich“, sagte sie zu George und beugte sich so nah zu ihm herüber, dass er ihr in ihren gewaltigen Ausschnitt gucken konnte, „dass ihr Spitzname bei uns Mrs. Nightingale war? So lange ich Fiona kenne, und das sind nun – ach, ich mag gar nicht dran denken – also auf jeden Fall, seitdem sie mit ihrem Mann in unsere Straße gezogen ist, so lange hat Fiona sich immer für irgendjemanden aufgeopfert. Ihr Mann war ja damals schon so krank, sie hat ihn im Krankenhaus kennengelernt, müssen Sie wissen, wo sie ihn als Krankenschwester betreut hat. Hab ihn kaum gekannt, ihn hat man ja so gut wie nie gesehen, nachdem er das Haus gekauft hatte. Er war immer bettlägerig, Krebs, müssen Sie wissen, Darmkrebs, nicht schön, wirklich. Sie hat ihn geheiratet, obwohl sie gewusst hat, dass er unheilbar krank war. Trotzdem war er ihre große Liebe, Fiona hat nie wieder einen anderen Mann angeguckt, nachdem John so früh gestorben war. Sie hat geglaubt, dass das Kind, unsere Vicky, ihm neuen Lebensmut geben würde. *Weißt du*, hat sie mir mal gesagt, *wenn ich Vicky anschaue, dann sehe ich John. Sie hat seine Augen und seinen starken Willen und sein Gerechtigkeitsgefühl. Sie kommt ganz nach ihm. So ist er immer noch bei mir*, hat sie gesagt. Neun Wochen vor Vickys Geburt ist John gestorben, ist das nicht furchtbar traurig? Er hat sein Kind nie gesehen!"

George nickte und nippte an einer Tasse Tee. „Ja, sehr traurig", sagte er und warf seiner Frau einen sorgenvollen Blick zu. Victoria sah fast durchsichtig aus, sie hatte die ganze Nacht geweint, und auch am Grab ihrer Mutter hatte sie erbärmlich geschluchzt. Ob er um seine Mutter auch so weinen würde, hatte George sich gefragt. Er konnte sich das beim besten Willen nicht vorstellten.

„Sie ist damals, als John starb, völlig zusammengebrochen, die Arme. Dabei hat sie gewusst, dass er todkrank war", sagte Sarah.

„Völlig ausgeflippt ist sie", sagte Vickys Nachbarin zur Rechten, eine Frau, die George noch nie gesehen hatte. „Fing plötzlich an, Hippiekleider zu tragen, und das ganze Haus stank nach Räucherstäbchen. Ich glaube, sie hat gehascht."

George lächelte in sich hinein, er konnte sich seine Schwiegermutter beim besten Willen nicht als kiffenden Hippie vorstellen.

„Klar hat sie gehascht", sagte Sarah, „sie hat doch ihrem John immer das Marihuana besorgt, gegen die Schmerzen, das hat sie dann nach der Geburt unserer kleinen Vicky selbst dagegen verwendet. Waren andere Zeiten damals."

George mochte sich nicht vorstellen, was Sarah darunter noch alles verstand.

„Nix Rauschgift, mein Lass hat nie Rauschgift genommen!" Onkel Willy wurde fast böse. „Nicht mal getrunken hat sie, nicht mal ein einziges kleines Schlückchen hat sie sich gegönnt. Sarah kicherte, und Vicky warf George einen bedeutungsvollen Blick zu. Also doch, dachte er, seine Schwiegermutter hatte wohl das eine oder andere Geheimnis vor Onkel Willy gehabt.

„Weggelaufen ist das arme Kind, hat ihr Baby genommen und hat sich auf die Reise gemacht. Erst nach Übersee. Weil ihr John da herkam. Aus San Francisco. Wollte sehen, wo er aufgewachsen war. Seine Familie in Amerika kennenlernen. Von da aus ist sie dann nach Indien."

„Goa", sagte Sarah.

„Sag ich doch, Indien."

„Sie hat ein Hospital mit aufgebaut in Goa", sagte Sarah und sah Vicky fragend an: „Erinnerst du dich eigentlich noch an Goa?"

Vicky schüttelte den Kopf. „Nein. Es sind nur Erinnerungsfetzen, die ich kaum greifen kann. Ich erinnere mich an das Häuschen, ein winziges helles Steinhäuschen, das Mum gemietet hatte. Es muss wohl einen Garten gegeben haben. Ich habe darin oft gespielt. Es gab eine Dusche draußen vor dem Haus, da tröpfelte das Wasser nur in Rinnsalen raus. Und ich erinnere mich an riesige Pflanzen. Exotische Pflanzen, exotische Blüten, riesige Früchte, Mangos, Bananen und so was. Es war heiß, daran entsinne ich mich. Heiß und staubig. Was eigentlich komisch ist, denn es war immer irgendwie auch feucht. Trotzdem sehe ich staubende Straßen vor mir, vielleicht von den Bauarbeiten, sie haben ja ein Krankenhaus gebaut. Und an den Hund der Nachbarn, an den kann ich mich noch ganz genau erinnern. Eine hässliche Promenadenmischung. Aber ich war viel zu klein, vielleicht sind das auch keine wirklichen Erinnerungen, vielleicht erinnere ich mich einfach an alte Fotos, die meine Mutter mir gezeigt hat."

„Ach, du warst so niedlich", sagte Sarah und strich Vicky über ihre in der feuchten Seeluft gekräuselten Haare. George wusste, dass Vicky nichts mehr hasste, als wenn ihre sorgfältig gestylten Haare bei Feuchtigkeit in tausend kleine Löckchen zersprangen, was er ganz und gar entzückend fand.

„Du sahst aus wie eine von diesen Negerpuppen, mit denen wir als Kinder gespielt haben", sagte Sarah. George fing Vickys gequälten Blick auf. „Dunkelbraun gebrannt und dazu deine wilden, dunklen Locken und diese riesigen, braunen Knopfaugen, dabei hattest du als Baby die blausten Augen, die man sich vorstellen kann."

„Das ist ganz normal", sagte die Frau, die rechts neben Vicky saß. „Ich habe noch nie ein Baby geholt, das keine blauen Augen hatte", fügte sie hinzu. Jetzt wusste George auch wieder ihren Namen: Elsie, die Hebamme, neben Sarah Fionas beste Freundin. „Die Pigmentierung entwickelt sich erst im Laufe der ersten Monate, so nach circa einem Jahr kann man dann mit Sicherheit sagen, welche Farbe die Augen eines Kindes haben."

„Auf jeden Fall war unsere Vicky hier ein ganz niedliches Kind. Und dazu sprachst du ein ganz merkwürdiges Kauderwelsch aus allen möglichen Sprachen, wir mussten dir erst mal richtig Englisch beibringen, du hast in allen Sprachen rauf und runter gebabbelt."

„Ich erinnere mich daran, wie wir zurückgekommen sind

nach England. Meine Erinnerung scheint mit dem Moment einzusetzen, als wir wieder in Branksome waren.“

„Was hat Fiona eigentlich mit dem Haus gemacht, während sie weg war?“, fragte George.

„Nichts. Sie hat es nicht vermietet, wenn Sie das meinen, es war ja voll abbezahlt von der Erbschaft ihres Mannes. Fiona wollte ursprünglich gar nicht so lange wegbleiben, eigentlich wollte sie nur ein paar Wochen nach San Francisco. Sie hatte uns den Schlüssel gegeben und uns gebeten, die Blumen zu gießen und ab und an zu lüften. Das haben wir dann auch gemacht, drei Jahre lang“, sagte Sarah und lachte, was ungefähr eine Million Fältchen auf ihrer fast durchsichtigen, sommersprossigen Haut explodieren ließ.

„Das nenne ich Nachbarschaftsdienst“, sagte George, der sich beim besten Willen nicht vorstellen konnte, dass man freiwillig drei Jahre lang das Haus eines anderen hütete. „Hat sie sich in der Zwischenzeit bei Ihnen gemeldet?“

„Oh ja, sie hat uns wundervolle Ansichtskarten geschickt aus Amerika. Und dann hat sie angerufen. War ganz aus dem Häuschen, sagte, sie habe eine Gruppe von ganz tollen Leuten kennengelernt. Und mit denen werde sie ein Entwicklungshilfeprojekt aufbauen. Irgendwo, mitten im Urwald, da werde sie mitgehen, wir sollten uns keine Sorgen machen.“

„Stimmt, bei mir hat sie damals auch angerufen und mir erzählt, dass sie im Krankenhaus gekündigt habe, um an diesem Entwicklungshilfeprojekt mitzuarbeiten. Was machen wir mit deinem Haus?, habe ich sie gefragt, und sie hat gesagt, weiter lüften, ich komme irgendwann zurück und kümmere mich darum, mal sehen, wie es läuft mit dem Projekt“, sagte Elsie. „Natürlich haben wir sie für verrückt erklärt, aber auf der anderen Seite war es gut für sie, dass sie etwas hatte, worum sie sich kümmern konnte, das hat ihr über Johns Tod hinweggeholfen.“

„Meine Mutter ist nie über Daddys Tod hinweggekommen“,

sagte Vicky. „In den ersten Jahren, als wir wieder in Branksome waren, bin ich immer auf Zehenspitzen durchs Haus gelaufen, weil ich Angst hatte, Daddy aufzuwecken. Entsinnt ihr euch an Miss Jekyll, unsere entsetzlich verquatschte Siamkatze? Irgendwann bin ich ihr im dunklen Flur auf den Schwanz getreten, und sie fing laut an zu zetern. Pssst, habe ich gesagt, Daddy schläft. Er war so unglaublich präsent in diesem Haus, meine ganze Jugend über. Daddy denkt dies, Daddy sagt das.“ Vicky lächelte traurig. „Ich hatte das Glück, einen Vater zu haben, der irgendwie immer zu Hause war. Vielleicht war er mir mehr ein Vater als all die Väter, die nur zum Essen und zum Schlafen nach Hause kommen und sich einen Dreck um ihre Familie kümmern.“ George fing Vickys Blick auf.

„Dein Dad hat immer auf dich aufgepasst, da bin ich mir ganz sicher“, sagte Sarah, und George, dem diese Art von Glauben an ein Leben nach dem Tod höchst suspekt war, hustete, weil er sich am Tee verschluckt hatte.

„Genauso, wie Mum immer bei mir sein wird.“ Vickys Augen füllten sich erneut mit Tränen.

„Aber sicher, Lassie“, sagte Onkel Willy, „sie sind alle bei uns, alle, die wir lieben, alle, die wir lieben.“

15. Branksome

„Ich kann dich hier doch nicht ganz alleine lassen", hatte George mit einem Blick gesagt, der einem Golden Retriever gut gestanden hätte.

„Doch, du kannst", hatte Vicky ihn gedrängt.

Natürlich musste ihr Mann zurück nach Berlin, sie waren sich einig darüber, dass Vicky noch ein paar Tage in England bleiben würde, um das Haus auszuräumen und einen Makler mit dem Verkauf zu beauftragen. Wie sollte Vicky ihm auch sagen, dass sie dem Alleinsein förmlich entgegenfieberte. Seit dem Tod ihrer Mutter war sie von lieben, hilfsbereiten, wohlmeinenden Menschen umringt gewesen, die ihr nicht eine Sekunde Zeit gelassen hatten zu trauern. Vicky wollte sich von ihrer Mutter verabschieden. Allein.

Nachdem sie Onkel Willy gegen heftigsten Protest endlich in den Zug nach Sheffield gesetzt hatten, brachte George Vicky mit dem Mietwagen nach Branksome. Sie hatten verabredet, dass Vicky Fionas alten Ford als Fortbewegungsmittel nutzen konnte. Allerdings hatte George darauf bestanden, dass Vicky weiterhin im Langtry Manor wohnte und nicht, wie sie ursprünglich beabsichtigt hatte, im Haus ihrer Mutter schlief, das die Polizei mittlerweile freigegeben hatte. Vicky hatte dem rasch zugestimmt, sie mochte das Langtry Manor in Bournemouth wirklich gern, und wenn sie ehrlich zu sich war, war sie nicht sicher, ob sie sich allein in ihrem Elternhaus nach diesem entsetzlichen Verbrechen gruseln würde.

Auf Anweisung der Polizei hatte sie zusammen mit Onkel Willy nur sehr oberflächlich nach Wertgegenständen gesucht, die eventuell fehlen könnten. Dabei konnten sie sich beim besten Willen nicht vorstellen, was ein Einbrecher bei ihrer Mom hätte suchen können. Außer einer Perlenkette, den Eheringen und einem alten Ring mit einem Amethyst war ihrer Einschätzung nach nichts verschwunden. Mehr Wertsachen besaß ihre Mutter auch nicht. Wie viel Bargeld im Haus gewesen war, wusste natürlich niemand.

George parkte vor der Tür und begleitete Vicky ins Haus. Als sie die Haustür öffnete, schlug ihnen ein furchtbarer Geruch entgegen.

„Puh, das stinkt ja ekelig“, sagte George. Vicky ging in das rechts neben dem Eingang gelegene Wohnzimmer und stockte erneut angesichts der Kreidestriche auf dem Teppichboden. Neben dem Kaminsofa zeichnete sich ein großer, dunkler Fleck ab. George riss das Fenster zur Straße auf.

„Du wirst den Teppichboden ganz schnell rausreißen lassen müssen, Blut ist nun mal Blut.“

„Ich werde mich sofort darum kümmern. Honey, willst du noch einen Tee, bevor du aufbrichst?“, fragte Vicky und öffnete die Terrassentür, die vom Esszimmer aus in den Garten führte.

„Ich muss mich beeilen, du weißt doch, wie oft wir auf dieser blöden Strecke Stau haben.“ George trat hinter sie und schlang die Arme um sie. „Ich habe ein schlechtes Gefühl dabei, dich hier allein zu lassen, in diesem Haus.“

„Das ist mein Elternhaus, George!“

„Es ist ein Haus, in dem vor kurzem ein Mord geschehen ist.“

„Du glaubst doch nicht etwa an Gespenster?“

„Darling, ich bin Banker, ich glaube an Habgier und an sonst gar nichts", sagte George. „Tu mir einen Gefallen und schließe alle Türen, wenn du hier alleine bist, und lass um Gottes willen nicht die Terrassentür offen!"

„Das wird den Nachbarn aber nicht gefallen, wenn sie klingeln müssen."

George zog sie an sich und drückte einen Kuss auf ihr Haar.

„Okay, versprochen, ich schließe zu. Aber nun mach, dass du wegkommst, sonst geht deine Niederlassung noch pleite."

„Erst probieren wir aus, ob Fionas Karre auch fahrtüchtig ist, damit du von hier wegkommst", sagte er. Vicky griff sich den Autoschlüssel vom Brett in der Küche und ging durch die Küchentür in die Garage. Während George das Tor öffnete, startete Vicky den Wagen. Der Ford sprang an und schnurrte wie eine Katze, die man hinter dem Ohr krault. Vicky fuhr das Auto aus der Garage, drehte eine Ehrenrunde um den kleinen Grünzug, der die Straße in der Mitte teilte, öffnete das Fenster und setzte den Ford rückwärts in die Garage. George schloss die Tür zur Garage sorgfältig zu.

„Das ist doch nicht nötig", sagte sie.

„Doch."

Vicky biss sich auf die Zunge. George wusste ganz genau, dass sie Probleme in einer geschlossenen Garage hatte. In geschlossenen Garagen und vor allem in geschlossenen Fahrstühlen. Natürlich hatte sie keine Klaustrophobie, nur einfach Probleme. Sie fühlte sich schlicht nicht wohl in kleinen, geschlossenen Räumen.

Victoria begleitete George zu seinem Auto und winkte ihm so lange hinterher, bis sein Mietwagen außer Sichtweite war. Sie sah, wie im schräg gegenüberliegenden Haus jemand ein paar Lamellen der Jalousie zusammenschob. Vicky winkte Sarah zu, die offensichtlich gerade das Mittagessen bereitete. Wie sollte sie sich hier gruseln, sie war wahrscheinlich die bestbewachte Frau von ganz England, außer der Queen natürlich. Mit gesenktem Kopf ging Vicky zurück ins Haus, bei jedem Schritt war sie sich der Blicke ihrer Nachbarn bewusst. Früher hätte sie die Teilhabe am Leben der anderen als unerträglich spießig empfunden. Seitdem sie in Deutschland war und erst recht in den letzten Tagen, seit dem Tod ihrer Mutter, war sie sich nicht mehr so sicher, ob nicht genau das einen Teil von Zuhause, von Heimat ausmachte. Das Interesse am Leben der anderen. Ein Teil zu sein vom Leben der anderen.

„Zu Hause ist da, wo niemand fragt, woher du kommst", dachte Vicky und wischte sich mit ihrem langärmligen T-Shirt über die Augen. Nach all den Jahren in London, in denen sie ihr anonymes Single-Dasein genossen hatte, fand sie die Anteilnahme der Nachbarn nicht nur tröstlich, sondern wirklich rührend. Sie wusste ganz genau, dass sie heute nicht würde kochen müssen, weil ihr garantiert jemand „einen schönen heißen Tee" und etwas Essbares anbieten würde. Hier glaubten die Menschen noch an die Wunderheilung aller Wehwehchen durch Tee.

Vicky stand unschlüssig im Wohnzimmer. George hatte recht, der Teppichboden musste so schnell wie möglich raus. Nicht wegen des Geruchs, Vicky ertrug einfach nicht den Anblick des Kreideumrisses und das getrocknete Blut. Hier hatte ihre Mutter gelegen. Hatte sie Schmerzen gehabt? War sie sofort bewusstlos gewesen oder hatte sie sich gewehrt oder gar versucht, Hilfe zu holen? Hatte sie ihren Mörder gesehen oder war sie von ihm von hinten so überrascht worden, dass sie nichts mehr mitbekommen hat? Vicky hoffte das inständig. Seitdem sie in England war, ließen sie die Gedanken daran nicht mehr los. Sie würde wohl für den Rest ihres Lebens darüber grübeln, ob ihre Mutter hatte leiden müssen. Die Polizei hatte ihr darauf auch keine befriedigende Antwort geben können.

Es musste eine Menge vernichtet werden. Victoria graute es bei dem Gedanken, dass sie das gesamte Haus würde leerräumen müssen. Als Erstes bestellte sie einen Container, in dem sie den Abfall entsorgen konnte. Entsorgen lassen, hatte George gesagt. Irgendwie kam Vicky das nicht richtig vor. Sie konnte doch nicht fremde Leute damit beauftragen, Mums Sachen zu vernichten! Nein, sie würde das selbst machen. Das war sie ihrer Mutter schuldig. Mum hatte sich ihr Leben lang für sie krumm gemacht, da konnte sie auch mal ein paar Tage für sie schwitzen. Als Nächstes bestellte sie bei einem Speditionsunternehmen Umzugskartons, um darin die Habseligkeiten ihrer Mutter zu sortieren. Was sie selbst nicht mitnehmen wollte oder auf den Bazar kam, würde sie im Container entsorgen. Sie würde Mutters Sachen nicht den neugierigen Blicken der Nachbarn aussetzen.

Die schrille Telefonklingel zerriss die Stille. Es war der Pfarrer. Er fragte, ob es recht sei, wenn morgen um drei Uhr der Lastwagen komme. Es war ihr recht, je schneller das Sofa und die beiden Bücherregale, die links und rechts vom Kamin standen, aus dem Wohnzimmer verschwunden waren, desto schneller konnte sie den Teppichboden herausreißen. Wenn morgen früh die Umzugskartons kamen, hatte sie immer noch genug Zeit, die Bücherschränke auszuräumen. Den Fernseher und die Essgruppe mit der Anrichte aus dem Speisezimmer konnte die Gemeinde ebenfalls brauchen, so dass sie sich um die Zimmer im Erdgeschoss keine weiteren Gedanken machen musste. Die Möbel hier waren wenig gebraucht, ihre Mutter hatte sich neu eingerichtet, bevor sie in Rente gegangen war.

Nichts erinnerte im Wohnzimmer mehr an ihre gemütlichen Winterabende auf der petrolblauen Couch mit den zerschlissenen Armlehnen. Ihre Mutter hatte ihr gegenüber im Schaukelstuhl gesessen und mit unendlicher Geduld Quilts für den Bazar genäht, Stich für Stich, den Kopf tief gebeugt unter der Stehlampe mit den Bommeln am Schirm, die die Siamkatze Miss Jekyll zeit ihres Lebens fasziniert hatten. Sie hatten zusammen „Das Haus am Eaton Place“ oder „Der Doktor und das liebe Vieh“ im Fernsehen geguckt. Vicky meinte noch das leise Zischen des Gasfeuers im Kamin zu hören und das Schnurren von Miss Jekyll, wenn sie sich an den Armlehnen des Sofas mit Inbrunst die Krallen wetzte.

Vicky stieg die schmale Treppe ins Obergeschoss hoch. Dort oben war alles noch so wie vor fünfzehn Jahren, als sie ihr Elternhaus verlassen hatte. Links die Toilette, daneben das Bad mit seinen rosa-lila Blümchentapeten und den dicken Raffgardinen. Eine Porzellanschale war bei der Suchaktion der Einbrecher zerbrochen, auf den hellen Fliesen war lilafarbenes Potpourri verstreut, das einen zarten Lavendelduft verströmte. Aus dem Weichholzwaschtisch quollen Watte, Pflaster und anderes Verbandsmaterial. Das linke Zimmer war das Schlafzimmer ihrer Eltern, und noch immer stand darin das alte Doppelbett in weißem Schleiflack. In diesem Bett war ihr Vater gestorben. Fiona hatte es nie übers Herz gebracht, das alte Schlafzimmer zu entsorgen. „Es wäre so, als würde ich ihn aus unserem Hochzeitsfoto herausschneiden“, hatte sie gesagt. Als Vicky klein gewesen war, durfte sie ab und zu in „Papas Bett“ schlafen. Die lindgrünen Pannesamt-Gardinen waren zugezogen, es roch nach Staub, Rheumasalbe und Vitamintabletten. Auf der Erde türmten sich Handtaschen, Schuhe und Unterwäsche, die Schubladen der Nachtische waren herausgezogen, Pillenschachteln, Salbentuben und Fieberthermometer lagen auf dem ebenfalls lindgrünen Teppichboden.

Was hatten die Einbrecher nur gesucht in diesem bescheidenen Reihenhäuschen? Geld wahrscheinlich, Schmuck. Beides hatte ihre Mutter nicht gerade üppig. Auf den Möbeln und allen anderen glatten Flächen lag eine zarte Staubschicht – vom Puder, den die Kriminaltechniker aufbrachten, um die Fingerabdrücke zu sichern, und vom Staub, der sich in der Zwischenzeit über die Einrichtung gelegt hatte.

Neben dem Schlafzimmer lag Vickys Zimmer, das Fiona ebenfalls nahezu unverändert gelassen hatte. Mit einer Ausnahme: Statt der Bettcouch gab es mittlerweile ein Queensize-Bett, das mit einem von Fionas wunderschönen Quilts abgedeckt war, damit Vicky, wenn sie mit ihrem Mann nach Branksome kam, hier übernachten konnte. In diesem Zimmer quartierte sich auch Onkel Willy mit Vorliebe ein, was dazu führte, dass in den rosenholzfarbenen Gardinen immer ein leicht muffiger Geruch von altem Zigarrenrauch hing. In dem Zimmer stand noch ihre alte Stereoanlage, der größte Schatz, den sie als Teenager ihr eigen genannt hatte. Das vierstöckige, anthrazitfarbene Monstrum mit Radio, Plattenspieler, CD-Player und Tapedeck war ein Weihnachtsgeschenk von Onkel Willy gewesen. Eine größere Freude hätte Onkel Willy seiner zwölfjährigen Nichte damals nicht machen können.

Vicky dachte an die vielen Nachmittage mit ihrer Freundin Celia, an denen sie auf der Bettcouch gehockt hatten, sich gegenseitig Fingernägel anklebten, über Jungs redeten und dabei wieder und wieder „I Just Died in Your Arms" hörten. Da Fiona meist Nachtschichten machte, konnten sie in Vickys Zimmer auch rauchen, denn Victoria hatte hinterher genügend Zeit, so lange zu lüften, bis der ganze Zigarettenqualm sich verflüchtigt hatte.

An der Stirnseite des Hauses lag ein kleineres Zimmer, das Fiona zusammen mit ihrem todkranken Mann vor Vickys Geburt als Babyzimmer eingerichtet hatte. Vicky hatte hier ihre ersten Wochen verbracht, das Babybettchen stand noch immer in der Ecke und diente jetzt als Lagerstätte für Stoffe und Futtermaterial, die Fiona für die Herstellung ihrer farbenprächtigen Quilts benötigt hatte. Am Fenster, auf dem ehemaligen Wickeltisch, stand ihre Nähmaschine. In diesem Zimmer waren – wie im gesamten Obergeschoss – niemals die Tapeten gewechselt worden, so dass Winnie the Pooh in tausendfacher Ausfertigung auf das Chaos herablächelte. Was für ein anheimelndes Zimmer, dachte Victoria. Neben dem Babybettchen stand ein weißer, hoher Sekretär, in dem sich normalerweise Schachteln und Kisten türmten. Jetzt lag deren Inhalt verstreut auf dem Erdboden. Vicky ließ sich zwischen Garnrollen und Knöpfen, zwischen Papieren, Schnittmustern, Fotos und Zeitschriften auf der Erde nieder.

Sie griff nach einem Fotoalbum, das aufgeschlagen neben ihr lag. Vicky lächelte. Auf den Fotos war eine stolz lächelnde Frau zu sehen, die ein heulendes, dickliches Kind an der Hand hielt. Victoria konnte sich noch genau daran erinnern, wo diese Fotos gemacht worden waren. Es war an ihrem ersten Tag im Kindergarten gewesen, und sie wollte nicht weg von ihrer Mutter, sie wollte nicht in diesen Kindergarten, sie wollte wieder zurück nach Goa, wo es warm war und wo ihre Spielgefährten waren.

Was sie doch für eine hübsche Frau gewesen war, mit ihren schönen langen, dunkelblonden Haaren. Vicky nahm das Album hoch, um sich die anderen Seiten anzuschauen. Dabei fielen ein paar Fotos und ein alter Pass heraus. Sie lächelte, als sie das obere Foto sah. Es war schon sehr verblichen, es zeigte Fiona mit Vicky auf dem Schoß.

Vicky legte den Pass auf ihre Beine und blätterte weiter in dem Fotoalbum. Sie fand einige Bilder von der Siamkatze Miss Jekyll, die so alt geworden war wie Methusalem und so geschwätzig wie ein Waschweib. Sie fand ausgeblichene Bilder von einem Kindergeburtstag, für den Fiona den Garten mit bunten Lampions und Luftballons geschmückt hatte. Vicky dachte an die üppigen Kinderbüfetts, für die Fiona tagelang in der Küche gestanden hatte. In einem Jahr hatte sie einen ganzen Zoo aus Zuckerguss hergestellt, es gab Wackelpudding in Neonfarben und Schokolade, bis allen Kindern schlecht war.

Vicky fand Bilder, auf denen sie bei Onkel Willy auf dem Schoß saß, der Kamin weihnachtlich geschmückt mit roten

Filzsocken und einer Girlande mit Weihnachtskarten. Vicky schloss die Augen und dachte an die Weihnachtsfeste, an denen sie morgens die Treppe hinunterschlich, um zu schauen, was Santa Claus ihr gebracht hatte, während ihre Mutter und Onkel Willy noch taten, als ob sie schliefen. Fiona hatte zwar nie viel Geld verdient, aber sie hatte versucht, Vicky jeden erdenklichen Wunsch zu erfüllenVicky wischte sich die Tränen aus den Augen. Endlich konnte sie in Ruhe heulen. Um Mami, um ihre kleine Familie. Um all die Geborgenheit und Liebe, die ihre Mutter ihr gegeben hatte. Jede Sekunde ihres Lebens hatte sie in der absoluten Gewissheit verbracht, unendlich und bedingungslos geliebt zu werden. Und jetzt? Jetzt würde sie selbst einen Plumpudding backen müssen und ihre Liebe weitergeben an ein Kind, von dem sie noch nicht einmal genau wusste, ob sie es auch wirklich wollte. Und ob sie es überhaupt je bekommen würde.

Sie schaute sich um, ob sie irgendwo einen Fetzen Stoff finden konnte, um zu schnauben, als sie ein Geräusch hörte. Schlich da etwa jemand durch das Haus?

Ihr wurde heiß, als ihr einfiel, dass sie entgegen ihrem Versprechen an George die Terrassentür weit offen gelassen hatte. Die Macht der Gewohnheit. Wie gelähmt lauschte Vicky auf Geräusche aus dem Haus. Da war doch was. Sie griff die Fotos und den Pass, die in ihrem Schoß lagen, steckte alles in ihre Jackentasche und versuchte, sich lautlos aufzurichten. Sie hörte ein Geräusch von der Treppe.

„Ist da jemand?“, rief sie in die dröhnende Stille. Auf Zehenspitzen schlich Vicky hinter die Zimmertür, ihr Herz klopfte so laut, dass sie Angst hatte, man könne es bis unten hören. Die oberste Stufe der Treppe knarrte, sie hörte jemanden schnaufen. Vicky hielt den Atem an und kniff unwillkürlich beide Augen zu. Das Geräusch kam näher. Bitte, lieber Gott. .., betete sie, da stupste sie etwas am Bein. Vicky öffnete die Augen und sackte vor Erleichterung in die Knie. Neben ihr stand ein begeistert mit dem Schwanz wedelnder Balou, der völlig verfettete Beagle von Mrs. Dzembritzki.

Vicky vergrub den Kopf in den Halsfalten des Beagles, während sie sich daran erinnerte, wie die Küche ihrer Mutter früher stets einem Tierasyl geglichen hatte. Die Hunde und Katzen aus der Nachbarschaft fühlten sich bei Fiona zu Hause und fanden – trotz lautstarker Proteste von Miss Jekyll – immer Schälchen mit Wasser und Futter vor, aus denen sie sich reichlich bedienten. Wie oft hatten die Nachbarinnen den Kopf durch die Küchentür gesteckt, auf der Suche nach ihrem Hund, ihrer Katze, ihrem Kind, einem heißen Tee, ein bisschen Tratsch oder ein wenig Trost. Genauso wie sie selbst mit einer Horde Nachbarskinder in fremden Küchen mit Pfefferminztee, Süßigkeiten, Pflaster und Trost versorgt worden war. Wie konnte es passieren, dass das Leben ihrer Mutter in dieser Umgebung ein so furchtbares Ende gefunden hatte? Wann war diese heile Welt zerbrochen? Wo waren sie gewesen, die Beagles, Bassetts und Retriever, als ihre Mutter starb?

„Vicky, Vicky, wo bist du? Balou, komm her!“, schallte es aus dem Wohnzimmer.

„Wir sind hier oben, Mrs. Dee“, rief Vicky und stieg zusammen mit dem verfetteten Beagle die Treppe hinunter. Die Treppe war so schmal, dass sie hinter dem Hund herlaufen musste.

„Hallo, mein Kind, ich dachte, ich schau mal nach dir, ich habe Hähnchen-Pie gemacht, du bist doch sicher hungrig. Und ein Tässchen Tee könnte dir bestimmt nicht schaden“, sagte Mrs. Dee.

„Das ist aber lieb“, antwortete Vicky und meinte es genau so.

16. Poole

Vicky sah auf die Uhr. Es war bereits kurz nach vier, sie musste sich sputen. Nach dem Mittagessen bei Mrs. Dee hatte sie ihre alte Freundin Celia angerufen. Celia, die nach dem Abitur bei der Stadtverwaltung eine Ausbildung gemacht hatte, war inzwischen Mutter von drei temperamentvollen Mädchen. Sie hatte sie auf einen Cappuccino in ihr Haus in Poole eingeladen. Vicky hoffte inständig, dass die Mädels mit Freunden verabredet waren, Schularbeiten machen mussten oder beim Sport waren. Ein vernünftiges Gespräch war sonst einfach nicht möglich.

Sorgfältig verschloss Vicky alle Türen und Fenster bis auf die Klappfenster im Wohnzimmer. Morgen Abend würde es hier schon anders aussehen. Nachdem sie den alten Ford auf die Auffahrt gefahren hatte, verschloss sie ebenso sorgfältig die Garagentür, winkte Sarah zu, die sie durch das Küchenfenster beobachtete, und fuhr davon.

Seit Vicky in Berlin war, fuhr sie Smart. Im Vergleich dazu fand sie, dass sich der Ford ihrer Mutter erstaunlich leicht fuhr, er glitt wie eine Sänfte die Branksome Wood Road hinunter. Das Einzige, was nicht funktionierte, war der Sicherheitsgurt, er ließ sich einfach nicht aus der Halterung ziehen. Egal, dachte sie, öffnete das Seitenfenster und atmete tief die würzige Seeluft ein.

Es war ein schöner warmer Tag, leider hatte der Feierabendverkehr bereits eingesetzt. Vor ihr versperrte ein LKW die freie Sicht auf die Straßen ihrer Heimatstadt, für deren Atmosphäre sie jetzt besonders empfänglich war. Es war, als würde jedes bekannte Haus sie grüßen, jeder Baum sich ihr zuneigen, jede Straßenkreuzung ihr zuwinken. Am Nachmittag hatte es geregnet, so dass jetzt alles aussah wie frisch gewaschen. Sie schaltete das Radio ein, sie spielten, wie für sie bestellt, „I Just Died In Your Arms". Victoria sang laut mit, während ihr die Tränen herunterliefen. Sie würde unten an der Küste entlangfahren, entschied sie sich. Hier konnte das Auge sich in der blaugrauen Weite erholen, so ganz anders als in Berlin. Sie mochte die Seen und Wälder rund um ihr neues Zuhause, aber es war eben etwas anderes als hier am Meer mit seinen kilometerlangen Sandstränden. Victoria war früher kein Strandfan gewesen. Strände waren etwas für Touristen, hatte sie befunden. Die Arroganz der besitzenden Klasse, dachte sie nun und musste unwillkürlich lächeln. Der Mensch war einfach nie zufrieden. Hatte er Meer, wollte er Berge, hatte er Berge, wollte er Stadt. Aber heute erschien ihr ihre Heimatstadt wie das verlorene Paradies, wie ein Land, das sie ausgewiesen hatte. Sie sah eine Landschaft, nach der sie sich jetzt schon vor Sehnsucht verzehrte.

Der LKW ging ihr zunehmend auf die Nerven, er versperrte ihr die Sicht. Sie fuhr ein wenig rechts raus, um zu sehen, ob Gegenverkehr kam. Nein, na dann: Kick-down, dachte sie und trat das Gaspedal durch. Sie scherte aus, dachte, ach ja, der hat ja gar keinen Kick-down, sah den über den Hügel entgegenkommenden LKW, hörte die Hupe, sie trat auf die Bremse, warum bremste der Wagen nicht, sie riss das Steuer herum, ihr Kotflügel traf den LKW neben ihr, Blech schrammte an Blech, sie hörte das Kreischen von blockierenden Rädern, Hupen, sie versuchte zu lenken, wohin lenken, es gab keinen Platz, sie war viel zu schnell. Die Bremse, Mädchen, die Bremse! Sie trat mit aller Kraft auf das Bremspedal, der Wagen wurde immer schneller, schleuderte und fuhr direkt auf den entgegenkommenden LKW zu. Sie versuchte gegenzulenken, es ging nicht, die Bremse, verdammt, die Bremse, sie zog die Handbremse, der Wagen brach aus, drehte sich, sie war zu schnell, entsetzlich zu schnell, sie hörte das Hupen, spürte, wie sie von hinten vom LKW erfasst wurde, wirbelte durch die Luft, hörte einen Schrei. War es ihrer?

17. Anne

Der Wind spielte Dudelsack mit den Kiefern. Er schaute hinab auf den Schlachtensee, der heute wie frischer Beton unter dunklen Wolken im Grunewald lag. Er war immer da gewesen, vor seiner Nase, dieser See, dessen ursprünglich slawischer Name *Slat* nichts mit Schlachten zu tun hatte, auch wenn er sich das gern vorstellte. Er liebte das Schlachtensee-Gedicht von dieser, wie hieß sie doch gleich? Hasskiel? Hesskiel? Hesekiel, genau das war es, Ludovica Hesekiel, was für ein Name!

Der Regen peitscht die Wellen,
die lachende Schar wird stumm.
Am Schlachtensee die Geister
der alten Wenden gehen um.

Als Kinder hatten sie in diesem See geangelt und sich dabei Gruselgeschichten erzählt. Aale, Schleie, Hechte und Zander. „Ich bin der Geist von Albrecht, dem Bären, dem Schröcken der Wenden“, hatte er gerufen und sie mit einem feuchten Aal durch den Grunewald getrieben. „Igittigitt, pfui, hör auf“, hatte Anne geschrien. Sie war gestolpert und der Länge nach ins Schilf gefallen. Er war über sie gefallen. Sie hatten sich geküsst. Es roch nach Aal.

Anne mit den braunen Locken und den großen, braunen Augen. Anne, die bei ihrem Vater Zigaretten klaute, die sie gemeinsam im Wald rauchten. Anne, mit der er Onkel Doktor gespielt hatte, unten im Weinkeller seines Vaters. Anne, mit der man Ruder ansägen und Muster in Vaters Mercedes ritzen konnte. Sie war wie eine Schwester für ihn gewesen, bis zu jenem Tag.

Später hatte er ihr versprochen, ihr einen Stern vom Himmel zu holen. Der Stern war ihr zum Verhängnis geworden. Warum nur war sie nicht weggelaufen?

Anne war die Zweite. Sie war sechzehn, als sie starb.

18. Poole

„Hallo, hören Sie mich?“ Victoria vernahm von fern eine Stimme. „Können Sie mich hören? Mrs. Pratchett, können Sie mich hören?“ Mami, dachte Victoria. Sie versuchte die Augen zu öffnen, aber die hatte man ihr zugeklebt.

„Mrs. Pratchett, hallo, wenn Sie mich hören können, dann nicken Sie bitte.“

Wieso hatte man ihr die Augen zugeklebt? Sie wollte den Mund öffnen, sagen, *hallo, ich bin Victoria McIntosh, ich höre Sie*, aber den Mund hatte man ihr auch zugeklebt. Wieso hatte man ihr Mund und Augen zugeklebt? Ich träume, dachte sie, bitte nicht schon wieder diesen entsetzlichen Traum, in dem ich mich nicht bewegen kann. Ich will schreien und kann nicht, ich will den Arm heben und kann nicht, ich will nicken und kann nicht. Sie fühlte einen Schmerz im rechten Arm, es tat so unglaublich weh. „Sie ist wach, ich glaube, sie kann mich hören“, hörte sie die Frau sagen. Natürlich bin ich nicht wach, ich träume, ich habe einen entsetzlichen Alptraum, dachte Vicky.

„Mrs. Pratchett, zeigen Sie uns, dass Sie wach sind“, sagte die Frau noch einmal.

Vicky versuchte erneut ihre Augenlider gegen diesen entsetzlichen Kleber zu stemmen. Sie blinzelte.

„Aha, willkommen zurück im Leben, Mrs. Pratchett“, sagte

ein Mann. Weiß, es war alles weiß. Und so hell, ich will nicht, ich will weiterschlafen, mir tut der Arm so weh.

Victoria versuchte noch einmal den Mund zu öffnen. „Wo. ..“ Mehr brachte sie nicht heraus.

„Sie sind im Krankenhaus, Mrs. Pratchett. Sie haben noch mal Glück gehabt. Wissen Sie, wie Sie heißen?“

Victoria versuchte zu nicken. Wie weh das tat. Sie hob einen Arm und befühlte ihren Kopf. Sie fasste in etwas klebrig Verklumptes. „Ich. .. bin. .. Victoria McIntosh.“ Ging doch. „Victoria McIntosh.“

„Oh“, sagte die Frau.

„Was ist passiert?“, fragte Vicky.

„Sie hatten einen Unfall. Einen schweren Unfall. Wir dachten, Sie seien Fiona Pratchett, ihr Wagen ist auf Fiona Pratchett zugelassen.“

Vicky schloss die Augen. Ihr Kopf dröhnte. Langsam kam alles wieder. „Fiona Pratchett ist. .. Meine Mutter ist tot.“ Warum konnte sie nicht einfach weiterschlafen, diesen tiefen, traumlosen, erlösenden Schlaf. Sie war so müde.

„Wir bringen Sie jetzt zum Röntgen“, sagte die Stimme. Victoria hörte sie nur von ferne, während sie hinüberglitt in ein tröstliches Nichts.

Mit einem Schrei kam Victoria wieder zu sich. „Schon gut, schon gut, Mrs. McIntosh, wir haben ihren Arm eingerenkt“, sagte ein junger Mann in Weiß.

„Was ist mit mir?“, fragte Vicky den – wie sie fand – blutjungen Arzt, der sich ihre Röntgenbilder konzentriert anschaute. „Gehirnerschütterung, Schleudertrauma, ein paar Prellungen, ein paar gebrochene Rippen, eine gebrochene Nase, ein paar Schürfwunden, erstaunlicherweise nichts wirklich Ernstes“, sagte er. „Den Arm haben wir gerade eingerenkt, und Ihre Nase haben wir auch gerichtet. So gerade war die vorher bestimmt nicht, nahezu klassisches Griechenland. Die Wunden im Gesicht haben wir geklebt, die werden voraussichtlich keine Narben hinterlassen. Jetzt bindet Schwester Julie Ihnen noch einen coolen Turban und eine angesagte Halskrause, und dann dürfen Sie sich ausruhen."

„Nichts Ernstes also", sagte Vicky. Ihr Kopf dröhnte, und der Arm tat entsetzlich weh. „Und wozu dann das?" Sie hob den Arm und zeigte auf den darin steckenden Schlauch.

„Schmerzmittel. Antibiotika. Wir sehen uns morgen", sagte der Arzt, der Vicky nun richtiggehend kindlich vorkam.

„Mir ist schlecht", sagte Vicky mit einem Stöhnen.

„Sag ich doch, Gehirnerschütterung", sagte der Arzt an der Tür. Schwester Julie reichte ihr eine Spuckschale.

„So, das brennt jetzt ein bisschen", sagte die Schwester und machte sich an die Reinigung der Platzwunde am Kopf. „Die Polizei sagt, dass Sie ein Glückskind sind. Jeder normale Mensch hätte diesen Unfall nicht überlebt. Es grenzt an ein Wunder, haben die gesagt."

„Wissen Sie, was passiert ist?", fragte Vicky die Schwester, deren wogender Busen beruhigend auf sie wirkte.

„Nicht genau, aber die Polizei will nachher noch mit Ihnen reden. Die werden Ihnen bestimmt Näheres sagen können. Soll ich jemanden für Sie benachrichtigen?"

Vickys Gedanken überschlugen sich. „Wo ist mein Handy?"

„Handy? Kindchen, seien Sie froh, dass Sie mit dem nackten Leben davongekommen sind. Ihr Auto ist ausgebrannt, Ihre Sachen sind wahrscheinlich futsch."

Sie wollte zu George. Wie spät war es eigentlich? War George überhaupt schon in Berlin? Aber er sollte um Gottes willen nicht vom Krankenhaus aus angerufen werden. Den Schock musste sie ihm ersparen. Und Onkel Willy? Der war sicher in der Bahnhofskneipe in Sheffield gestrandet. Aber Onkel Willy musste nicht alles wissen. Celia. Natürlich, Celia, sie war doch mit ihr verabredet gewesen. Aber ihre neue Telefonnummer hatte sie nicht im Kopf. Sie gab der Krankenschwester die Adresse und bat darum, Celia zu benachrichtigen. Celia würde ihr erst mal helfen. Sie brauchte ein Handy und ein paar Sachen. Siedend heiß fiel Vicky ein, dass sie für den folgenden Tag die Umzugskisten, einen Container und den Pfarrer bestellt hatte. Vicky merkte, dass sie kaum mehr einen klaren Gedanken fassen konnte.

„So, und jetzt ruhen Sie sich schön aus“, sagte Schwester Julie, als sie ihre Wunden versorgt hatte. Um Vickys Hals lag eine dicke Manschette, den Kopf hatte Schwester Julie fest eingewickelt.

„Muss ich wirklich diesen blöden Tropf haben?“, fragte Vicky, der die Nadel im Handrücken wehtat.

„Ohne Tropf würde es noch mehr wehtun …“

Als die Schwester gegangen war, fiel Vicky in einen unruhigen Schlaf, bis sie von einem Klopfen an der Tür geweckt wurde.

Im nächsten Moment stand Celia neben ihrem Bett. „Himmel, du machst ja Sachen“, sagte ihre alte Freundin. „Wie geht es dir, Schätzchen?“

„Wonach sieht's denn aus?“

„Nach der neuen Kollektion von Dolce & Gabbana. Hast du dolle Schmerzen?“

„Am meisten tut mir dieser blöde Schlauch in der Hand weh.“

Vicky bat Celia, ins Langtry Manor zu fahren und ihr ein paar Sachen zum Anziehen und Waschzeug zu holen. „Mein Handy ist außerdem futsch. Ich muss George anrufen, aber ich will nicht, dass das Krankenhaus das macht, die erschrecken ihn zu Tode. Und irgendjemand muss morgen früh da sein, wenn Mums Haus ausgeräumt wird. Könntest du bei Sarah vorbeifahren – du weißt schon, die schrecklich neugierige Alte aus dem Haus gegenüber – und sie bitten, morgen den Abtransport der Möbel zu überwachen? Außerdem brauche ich Geld, mein Portemonnaie ist wohl mitverbrannt. Hilfst du mir, Celia?“

„Wie bist du je ohne mich klargekommen?“ Celia lächelte. „Mal sehen, wie viel ich bei mir habe.“ Sie wühlte in ihrer Geldbörse. „Fünfzig Pfund. .. Die lasse ich dir erst mal da. Ich hole dir jetzt deine Klamotten, und morgen kriegst du ein funkelnagelneues Prepaid-Handy.“ Celia legte ihr eigenes Handy auf Vickys Nachttisch. „Bis nachher“, sagte sie.

„Du bist die Größte, danke.“ Vicky kämpfte gegen die schon wieder aufsteigende Übelkeit an.

„Und Sarah? Die kommt wie üblich in euer Haus?“, fragte Celia.

Vicky sah sie verständnislos an.

„Na, der Schlüssel, unter der Abdeckung der Gartenlampe. Liegt er da immer noch?“

Obwohl ihr hundeelend war, lächelte Vicky. So war das mit alten Freunden. Sie selbst hatte das Schlüsselversteck ihrer Mutter total vergessen. „Wahrscheinlich liegt er da immer noch.“

„Bis gleich.“ Als Celia die Tür öffnete, traf sie auf eine dunkelhaarige Frau in Uniform.

„Der Arzt hat mir gestattet, kurz mit Ihnen zu sprechen“, sagte die Uniformierte und stellte sich als Police Sergeant Banks vor.

„Mir ist so schlecht. Ich fürchte, ich muss mich gleich übergeben.“

„Nun, immer noch besser, als tot zu sein“, sagte die Polizistin. „Es grenzt an ein Wunder, dass Sie diesen Unfall überlebt haben.“

„Wissen Sie, was passiert ist?“ Vicky schluckte den sich sammelnden Speichel herunter.

„Das wollte ich eigentlich von Ihnen wissen.“ Die Polizistin zog sich einen Stuhl neben Victorias Bett. „Sie hatten einen schweren Unfall, Ihr Auto beziehungsweise das Auto von Fiona Pratchett hat nach einem Zusammenprall mit einem LKW Feuer gefangen und ist vollkommen ausgebrannt. Sie wurden bei dem Aufprall herausgeschleudert.“

„Ist irgendjemand zu Schaden gekommen, ich meine, außer mir …"

„Gott sei Dank nicht. Nur eine Menge zerbeultes Blech." Die Polizistin zückte ihr Notizbuch.

Vicky schloss die Augen. Um sie herum drehte sich alles. Die Frau sollte gehen, Vicky wollte alleine sein. Nachdenken, soweit ihr schmerzender Schädel das zuließ. Was war passiert? Sie war mit Celia verabredet gewesen und hatte an der Küste entlang fahren wollen. Auf dem Weg zum Meer hatte sie versucht, einen Laster zu überholen. Was für eine Dummheit auf dieser schmalen Straße. Sie erinnerte sich, dass sie den entgegenkommenden LKW sofort gesehen hatte. Sie hatte gebremst, sie wusste ganz genau, dass sie gebremst hatte. Und dann? Vicky versuchte, die Sekunden nachzuvollziehen, bevor sie in gnädiges Dunkel gehüllt worden war. Sie hatte doch gebremst, oder? Natürlich hatte sie gebremst, sie war ja keine Selbstmörderin, sie hatte gebremst. Aber es war nichts passiert, der Ford war auf der abschüssigen Strecke immer schneller geworden, dann hatte sie das Auto nach links gezogen und hatte den LKW gestreift, den sie hatte überholen wollen.

Aber die Bremsen, die hatten überhaupt nicht reagiert, sie konnte nicht weiter nach links, geradeaus konnte sie auch nicht, da war ihr ein Laster entgegengekommen. Sie hatte das Steuer rumgerissen, aber auch da passierte nichts. Nichts, absolut nichts, es war, als ob der Focus den Kopf geschüttelt hätte. Und dann hatte sie die Handbremse gezogen, mit voller Wucht.

Sie fühlte noch einmal, wie das Auto hinten nach rechts ausbrach, sich drehte. Victoria öffnete die Augen. Wenn sie nicht die Handbremse gezogen hätte, würde sie hier nicht liegen, das war klar. Sie wäre frontal mit dem entgegenkommenden Laster zusammengestoßen. Sie hatte nur aufgrund ihrer Geistesgegenwart überlebt. Und dank ihres Glücks. Wie gut, dass sie herausgeschleudert worden war aus diesem Auto. Was wäre gewesen, wenn sie angeschnallt gewesen wäre? Victorias Gedanken rasten. Sie hatte gebremst. Sie hatte versucht zu lenken. Das Auto hatte nicht reagiert. Hatte sich eigentlich der Airbag geöffnet? Sie konnte sich nicht erinnern. Das hieß. ..

„Bitte benachrichtigen Sie die Mordkommission. Detective Inspector Ferguson. Das Auto meiner Mutter muss manipuliert worden sein. Ich bin mir ganz sicher, dass mit diesem Auto etwas nicht stimmte. Es ließ sich plötzlich weder lenken noch bremsen. Das heißt, oh Gott, meine Mutter ist vorsätzlich ermordet worden, glauben Sie das nicht auch?“

Die Polizistin, deren Namen Vicky bereits wieder vergessen hatte, sah sie zweifelnd an. Obwohl Vicky nach wie vor entsetzlich übel war, fiel ihr ein, dass die Polizistin wahrscheinlich gar nicht wusste, dass ihre Mutter einem Verbrechen zum Opfer gefallen war. Man hatte einfach den Halter des Wagens ermittelt, und jetzt wollte man sie festnageln, weil sie einen Unfall verschuldet hatte.

„Bitte rufen Sie Detective Inspector Ferguson an, bitte. Alles Weitere können wir danach besprechen. Ich muss jetzt allein sein“, sagte Vicky und griff nach der Spuckschale. Die Polizistin hatte es plötzlich eilig, aus dem Zimmer zu kommen. „Ich komme morgen wieder“, sagte sie.

19. Tegel

Georges erster Griff, nachdem der Pilot die Maschine zum Stillstand gebracht hatte, war in die Jackentasche zu seinem Handy. Er war nervös wie ein Rennpferd vor dem Start, viel zu lange war er aus der Firma weg gewesen. Dazu Victoria und all die unerledigten Dinge, George fühlte sich gewaltig unter Druck. Wo war sein Handy? Er trug es doch immer in seiner Jackentasche. Aber da war es nicht. George brach der Schweiß aus. Ohne sein iPhone war er aufgeschmissen. Sein Terminplan, die Telefonnummern, Himmel, sein ganzes Leben war auf dem iPhone gespeichert. Es konnte doch nicht rausgefallen sein. Hektisch klopfte er gegen alle Taschen seiner Jacke, gegen die Hosentaschen … nichts. Er sprang auf und hievte sein Bordcase aus der Ablage.

„Hey, passen Sie doch auf“, sagte eine etwas schrill aussehende Blondine, die sich durch den Gang nach vorn drängelte. „Sorry“, entschuldigte er sich, während er im Gang stehend ungeduldig an dem Reißverschluss des kleinen Koffers zerrte. Er fasste hinein, durchwühlte seine schmutzige Wäsche, nichts. Verdammt noch mal, wo war sein Handy? „Hey, Sie halten den Verkehr auf, andere Leute wollen auch aussteigen“, sagte ein Mann hinter ihm. George unterdrückte den Impuls zu brüllen. Bleib ganz ruhig, sagte er sich und zwängte sich zurück auf seinen Sitz, damit die anderen Passagiere vor ihm die Maschine verlassen konnten. Nachdem der Mittelgang sich geleert hatte, untersuchte er die Ablage über seinem Kopf. Kein Handy, natürlich nicht. Wie sollte es auch dahin gekommen sein, er hatte es ja immer in seiner Jackentasche. Und er hatte die Jacke im Flugzeug nicht abgelegt. Wann hatte er zum letzten Mal telefoniert? In Heathrow auf dem Flughafen. Mit seiner Sekretärin. Und mit Vicky, um sicherzugehen. Dann hatte er das Handy vorsorglich ausgeschaltet und in seine Jackentasche gesteckt. Ja, er war sich ganz sicher, dass er es in seine Jackentasche gesteckt hatte. Es konnte da nicht rausfallen. Moment mal, da hätte ihn doch fast jemand umgerannt beim Einchecken in Heathrow. Ob es ihm dabei aus der Tasche gefallen war? Tasche? Geldbörse? George sprang auf und fasste in seine hintere Hosentasche. Die Geldbörse war auch weg. Die Situation stand plötzlich ganz klar vor ihm. Er hatte am Ende der Schlange vor dem Check-in gestanden. Ein Mann mit einer Tasche über der Schulter war den Gang hinunter gehechelt und hatte ihn angerempelt. Der Mann hatte sich höflich entschuldigt. George hatte gedacht, der Mann sei über seinen Rollkoffer gestolpert, den er hinter sich herzog, und sich ebenfalls dafür entschuldigt. Er sah den Mann genau vor sich. Mittelalt, Osteuropäer, jedenfalls dem Akzent nach zu urteilen. Mist, verfluchter. Geld weg, Handy weg. Den Ausweis und die Buchungsbestätigung hatte er in der Hand gehalten, also war wenigstens sein Ausweis nicht weg.

Und jetzt? Kein Geld, keine Kreditkarten. Er würde ein Taxi in die Firma nehmen und sich in der Buchhaltung Geld geben lassen. Was für ein Riesenschlamassel.

20. Poole

Man hatte ihr schmerzstillende Medikamente gegeben, man hatte ihr etwas zum Schlafen gegeben, aber Vicky lag auf dem Rücken und starrte an die Decke ihres Krankenzimmers, das sie zum Glück allein belegte. Sie konnte nicht einschlafen, sie wusste nicht, wie herum sie liegen sollte, alles tat ihr weh. Mehr als alles andere schmerzte diese verdammte Kanüle, die sie ihr in die linke Hand gesteckt hatten.

Ihre Gedanken rasten, überschlugen sich und kamen immer wieder zu dem selben Punkt zurück: Das Auto ihrer Mutter musste manipuliert worden sein. Der Einbruch im Haus war ein Vorwand gewesen – irgendjemand hatte es auf ihre Mutter abgesehen. Aber warum? Was hatte Fiona, die Florence Nightingale von Branksome, getan? Wer trachtete ihr nach dem Leben, wer hatte etwas davon, wenn sie starb? Vickys Kopf dröhnte, ihr war immer noch schlecht, und je mehr sie über das, was in den vergangenen Tagen passiert war, nachdachte, desto schlechter wurde ihr.

Wenn sie doch wenigstens George erreicht hätte. Sie hatte George über Celias Handy nur eine kurze Nachricht auf Band gesprochen, dass sie einen kleinen Unfall gehabt habe und über Nacht im Krankenhaus bleiben müsse. Sie hatte ihm bewusst nicht gesagt, in welchem Krankenhaus und auf welcher Station sie lag, weil sie nicht wollte, dass er von einer Krankenschwester über das Ausmaß der Katastrophe informiert werden würde. Warum hatte sie sich eigentlich nicht von Celias Geld eine Telefonkarte für das Festnetztelefon besorgt, das man hier bekommen konnte? Egal, morgen früh würde Celia eine neue Quatsche bringen. Bis dahin würde sie ruhig hier liegen bleiben und nachdenken.

Wer hatte ein Motiv, ihre Mutter umzubringen? Eine Erbschaft schied aus. Fiona bezog nur eine kleine Rente und hatte außer dem Reihenhäuschen so gut wie keinen Besitz. Neben Onkel Willy, der ein paar Erinnerungsstücke erhalten würde, war sie die einzige Erbin und Angehörige ihrer Mutter.

Was dann? Hatte ihre Mutter etwas gewusst, was jemandem gefährlich werden könnte? Aber was konnte so schlimm sein, dass man dafür morden würde? Und so raffiniert morden. Denn bis jetzt hatte die Polizei noch nicht einmal Verdacht geschöpft, dass es sich um einen vorsätzlichen Mord handeln könnte. Fiona lebte ganz in ihrer Baptistengemeinde – eine Ansammlung frommer, liebenswürdiger, harmloser Menschen, die die Gemeinschaft liebten und einander unterstützten. Hatte Fiona bei ihrer Arbeit in der Gemeinde etwas erfahren, das sie das Leben gekostet hatte?

Dann waren da noch die Nachbarn, eine weitere Ansammlung liebenswürdiger, harmloser, neugieriger Menschen, von denen die meisten mehr als ein halbes Jahrhundert in dieser Straße gelebt hatten. Aber wie war das doch gleich mit St. Mary Mead und Miss Marple? Trotz des Gedankens an Agatha Christie gelang es Vicky beim besten Willen nicht, sich eine Sarah oder eine Mrs. Dee als raffinierte Mörderin vorzustellen. Nein, eine Frau scheidet definitiv aus, sagte sich Vicky. Sie kannte nicht eine Einzige, die genug über Autos wusste, um es so zu manipulieren, dass es zu einer tödlichen Waffe wurde. Und wenn es nichts als ein dummer Zufall war? Ein Unfall? Der Ford Focus gehörte zu den sichersten und zuverlässigsten Autos seiner Klasse, geradezu unkaputtbar. Unwahrscheinlich, dass ausgerechnet das Exemplar ihrer Mutter eine Ausnahme bilden sollte.

Wenn bloß ihre Hand nicht so schmerzen würde. Vicky überlegte, ob sie die Nachtschwester rufen sollte. Ach Quatsch, dachte sie, ich ziehe diese blöde Kanüle einfach selbst raus, bevor ich da lange rumdiskutiere. Irgendwas haben die nicht richtig gemacht, das darf nicht so wehtun. Vicky löste das Pflaster, mit dem die Kanüle an ihrer Hand befestigt war. Langsam zog sie die Nadel aus der Hand, es gab zwar einen schmerzhaften Stich, aber als die Kanüle draußen war, ließ der Schmerz sofort nach. Vicky schloss erleichtert die Augen.

Sie war sich nicht ganz sicher, ob sie eingenickt war, aber sie schreckte zusammen, als sie ein Geräusch hörte. Vicky stellte sich schlafend. Sie hatte keine Lust, mit der Nachtschwester über die Kanüle zu diskutieren. Die Schwester schlich zu ihrem Bett und sah ihr ins Gesicht. Vicky hielt die Augen geschlossen und atmete so regelmäßig, wie sie es immer tat, wenn sie abends im Bett keine Lust hatte, von George gestört zu werden.

Die Nachtschwester schien etwas an dem Tropf zu kontrollieren, denn Vicky hörte das Gestell leise klappern. Sie linste durch die Augenschlitze und erstarrte. Neben ihrem Bett stand keine Nachtschwester, sondern ein dunkel angezogener Mann. Was machte der Kerl hier, mitten in der Nacht? Das war unter Garantie kein Arzt. Vickys Gedanken überschlugen sich. Sollte sie schreien? Besser nicht, stell dich weiter schlafend, sagte sie sich. Sie versuchte, durch ihre knapp ein Viertel geöffneten Augenlider zu erahnen, was der Kerl machte.

Sie sah, wie der Mann eine Spritze aufzog und in den Tropf spritzte. Bitte, bitte lieber Gott, betete sie, mach, dass er nicht die Kanüle an meiner Hand kontrolliert. Sie hatte sowohl die Hand als auch diese blöde Kanüle unter der Bettdecke. Nein, das würde er nicht wagen, sie könnte ja aufwachen. Oder? Was machte der Kerl da? Vicky musste alle ihre verbliebene Kraft darauf aufwenden, weiterhin gleichmäßig zu atmen. Dabei lauschte sie angestrengt. Sie hörte, wie die Tür geöffnet wurde und der Mann einen hastigen Schritt Richtung Wand machte. Vicky sah den Lichtschein vom Flur, offensichtlich kontrollierte die Nachtschwester das Zimmer. Vicky fragte sich, ob sie jetzt laut schreien sollte. Würde ihr das helfen? Was würde passieren? Wer war dieser Kerl, der sich in der Dunkelheit des Zimmers versteckte? Noch während ihre Gedanken rotierten, wurde die Tür zu ihrem Zimmer wieder geschlossen. Vicky hörte von dem Mann nicht mal einen Atemzug. Sie atmete weiterhin so ruhig, wie es ihr möglich war. Der Mann würde warten, bis die Schwester außer Reichweite war, so viel war klar. Wie war er überhaupt hier hereingekommen? Bitte, bitte, lass ihn gehen, flehte sie innerlich. Ihr Herz klopfte so laut, dass sie Angst hatte, er würde es hören. Ganz ruhig, einatmen, ausatmen, einatmen, ausatmen. Sie hörte ein Geräusch und linste wieder durch die Augenlider. Der Mann schlich auf Zehenspitzen zur Tür, sie sah nur seine Silhouette im schwachen Mondlicht, das durch die dünnen Vorhänge drang. Oh, danke, danke, danke, lieber Gott, betete Vicky zum wiederholten Mal an diesem Tag, obwohl sie nicht gläubig war. Sie sah den Lichtschein, als er die Tür öffnete. Er war weg.

„Ich bin gerettet." Sie hatte diesen Satz geflüstert, und im gleichen Moment fragte sie sich, wovor zum Teufel sie eigentlich gerettet war. Was war das gewesen? Der Kerl hatte irgendetwas an ihrem Tropf manipuliert. Was ihr nichts ausmachte, schließlich hatte sie die Kanüle aus dem Arm entfernt. Oh wie wunderbar, was für eine weise Voraussicht. Vicky hätte sich am liebsten selbst umarmt. Glückskind, wie immer. Aber wieso schleicht jemand mitten in der Nacht in mein Zimmer? Vicky sah auf die Armbanduhr, die auf ihrem Nachttisch lag. Zwei Uhr morgens. Das konnte kein Arzt gewesen sein. Das war jemand, der nichts

Gutes im Schilde führte. Mit tödlicher Sicherheit. Vicky wurde heiß. Es war, als hätte jemand mit grüner Leuchtschrift auf die weiße Krankenhauswand geschrieben: Victoria soll sterben. Vicky sah den Satz ganz deutlich vor sich. Jemand hatte es auf sie abgesehen. Nicht auf ihre Mutter, auf sie, Victoria McIntosh, geborene Pratchett. Oder zumindest auch auf sie. Aber wieso? Warum? Wer? Weshalb? Wofür? Fielen ihr noch mehr Ws ein? Blödsinn, werd nicht paranoid, sagte sie sich. Aber was sollte sie sonst denken? Die Bremsen und die Lenkung ihres Autos hatten versagt. Nur durch ein Wunder hatte sie überlebt. Und dann kommt mitten in der Nacht jemand in ihr Krankenhauszimmer geschlichen und spritzt irgendetwas in ihren Tropf. So viele Zufälle auf einem Haufen?

Die Panik überflutete Vicky wie ein Tsunami. Ich muss weg von hier, dachte sie, sofort. Aber wohin und, vor allem, zu wem? Wer wusste überhaupt, dass sie hier im Krankenhaus war? Celia. Sarah inzwischen. Und mit Sarah natürlich die ganze Straße. Und Fionas Pfarrer. Und mit ihm die gesamte Gemeinde, wahrscheinlich. George, den sie sofort angerufen hatte, nachdem ihr Celia das Handy für eine Stunde überlassen hatte. Liebe Güte, jetzt verdächtigte sie schon ihre älteste Freundin, die beste Freundin ihrer Mutter, einen Pfarrer und sogar ihr Ehegespons. Nicht wirklich, oder? Vicky, du wirst paranoid. Tatsache aber war, dass irgendjemand ihr nach dem Leben trachtete. Und dieser würde es wieder versuchen, wenn er bemerkte, dass sein Attentat missglückt war. Das hieß, sie wurde beobachtet. Von wem? Und vor allem: weshalb? Sie musste die Polizei rufen. Sofort.

Aber würde man ihr glauben? Vergiss es, Vicky, sagte sie sich. Jeder normale Mensch würde denken, dass ich Halluzinationen habe, von der Gehirnerschütterung, von den Medikamenten, von dem Schock. Die Polizei würde denken, dass ich den Unfall erklären wolle, um nicht zugeben zu müssen, dass ich mich selbst und andere in tödliche Gefahr gebracht habe.

Sie würde sich lächerlich machen. Außerdem, konnte die Polizei sie wirklich schützen? Sie würden sie bestimmt nicht rund um die Uhr bewachen. Also musste sie weg von hier. Und wenn sie sichergehen wollte, dass niemand ihr folgte, dann musste sie schnell verschwinden. Irgendwo untertauchen. Aber wo? Ohne Geld? Sie brauchte Hilfe. Aber wenn mir jemand nach dem Leben trachtet, dachte sie, dann kennt derjenige mein Leben, meine Freunde, meine Adresse. Sie konnte nicht nach Hause, zu George. Da würde man sie sofort finden. Und wenn George wusste, wo sie war, würde er ihr sofort zu Hilfe eilen und damit denjenigen, der sie suchte, auf ihre Spur setzen. Verdammt. Sie musste zu jemandem, zu dem sie keine offensichtliche Verbindung hatte. Also nicht zu ihrer besten Freundin Sylvie nach London oder zu Rachel und Mark, ihren liebsten Freunden. Zu Celia schon gar nicht. Auf die würde jeder sofort kommen, der sie ein wenig kannte. Auf wen konnte sie sich aber sonst verlassen, wem konnte sie vertrauen? Leo. Natürlich, Leo!

Niemand aus ihrem heutigen Freundeskreis kannte Leo. Leo gehörte zur Vor-George- und Nach-Celia-Ära. Leo war die Stimme ihrer Londoner Single-Jahre, ihr Kumpel in durchgemachten Nächten, ihr Tröster bei Liebeskummer, ihr Stilberater in Klamottenfragen, ihr Ratgeber in Beziehungskisten, ihr Seelenwärmer bei Einsamkeit, kurzum, ihr bester Freund. Bis Leo den Bildhauer Ian kennengelernt hatte und sie George. George und Leo waren ebenso wenig kompatibel wie Ian und Vicky. Wenn im Leben aus „ich" „wir" wird, dann ist man eben mit Paaren befreundet, die untereinander kompatibel sind. Aber darauf konnte sie jetzt keine Rücksicht nehmen. Ian würde Verständnis dafür haben müssen, dass sie Leo jetzt brauchte.

Vicky setzte sich mühsam im Bett auf, allein diese Bewegung verursachte erhebliche Schmerzen. Die Rippen. Gebrochene Rippen dürfen wehtun, sagte sie sich. Sie tappte zum Waschbecken und starrte in den vom Mondlicht sparsam erleuchteten

Spiegel. Doch das wenige Licht reichte aus, um zu sehen, dass sie mehr Ähnlichkeit mit einem Horrorfilm-Darsteller nach der Maske hatte als mit Victoria McIntosh. Um ihren Hals lag eine Manschette, ihre Nase war geschwollen, und auf ihrem Gesicht leuchteten hunderte kleine Schnitte, die verklebt und mit irgendeiner desinfizierenden Flüssigkeit beträufelt worden waren. Das linke Auge schimmerte dunkel und darüber war ihr Schopf, sozusagen als Krönung, fest bandagiert. Hilfe, so konnte sie unmöglich in die Nähe von Menschen kommen, ohne aufzufallen wie ein Fliegenpilz. Leise und ganz vorsichtig wegen der Schmerzen öffnete sie die Schranktür. Celia hatte ihr ihre Tasche aus dem Langtry Manor vorbeigebracht, so dass Vicky jetzt frische Kleidung anziehen konnte. Als sie sich die Hosen überstreifte, erfasste sie wieder eine Welle der Übelkeit, fast hätte sie auf den Boden gespuckt. Sie sondierte in der Dunkelheit ihre Sachen und fand ihre schwarze Stola, die sie zur Beerdigung ihrer Mutter getragen hatte. Das war die Idee. Eine Muslimin würde weder hier und schon gar nicht in London auffallen, Kopftuch gehörte einfach ins Straßenbild. Wie oft hatte sie gedacht, wie einfach die muslimischen Frauen es in mancher Beziehung doch hatten. Die brauchten sich keine Gedanken über ihre Frisur zu machen, bevor sie das Haus verließen. Das Kopftuch würde den Turban verdecken, und wenn sie es so band, wie sie es bei einer Nil-Kreuzfahrt gelernt hatte, würde es sogar Mund und geschwollene Nase verdecken. Nun gut, das blaue Auge war nicht ganz so attraktiv, aber was mit ihrem Auge passiert war, konnte sie getrost der christlichen Fantasie überlassen.

Und jetzt? Mitten in der Nacht das Haus zu verlassen, schien keine gute Idee. Derjenige, der sie hier eben besucht hatte, würde vielleicht das Krankenhaus beobachten, und eine Frau, die mitten in der Nacht aus dem Haupteingang kam, fiele auf wie eine funkelnde Discokugel. Andererseits wollte sie unbedingt sofort das Zimmer verlassen, sie fühlte sich hier nicht mehr sicher. Was, wenn er zurückkommen würde, um zu kontrollieren, ob sein Werk von Erfolg gekrönt war? Was, wenn eine Schwester kommen und sehen würde, dass sie die Kanüle rausgezogen hatte? Was, wenn sie einfach einschlafen würde? Aber wie sollte sie ungesehen aus dem Krankenhaus kommen? Natürlich mit dem Personal. Als Tochter einer Krankenschwester lag dieser Gedanke nah. Unter den Putzfrauen würde sie mit dem Kopftuch nicht auffallen. Und der Personaleingang würde bestimmt nicht überwacht werden. Sie musste also bis zum frühen Morgen irgendwo im Krankenhaus bleiben. Die Besuchertoilette fiel ihr ein. Da konnte sie sich bestimmt verstecken. Würde es ihr gelingen, einige Stunden in einer verschlossenen Toilettenkabine auszuhalten? Klaustrophobie oder einfach nur Probleme, hier ging es um ihr Leben. Sie würde es schaffen, da war sie sich ganz sicher.

Vielleicht konnte sie den Personalausgang finden und mit der Nachtschicht zusammen das Haus verlassen. Aber nicht mit einer großen Reisetasche, sagte sie sich. Sie stellte die Tasche aufs Bett und fand eine Plastiktüte darin, in die Celia Schuhe eingewickelt hatte. Sie stopfte das, was sie am dringendsten brauchte, in die Tüte. Die zerschlissene Jacke, die sie beim Unfall getragen hatte, fiel vom Bügel. Mühsam bückte sich Vicky und hob das blutbefleckte Stück auf. Sie hatten es ihr ausgezogen und in den Schrank gehängt, als sie eingeliefert worden war. Ihr fielen ein paar Fotos und der Pass ihrer Mutter, die sie am Mittag vor Schreck in die Jackentasche gestopft hatte, entgegen. Vicky klaubte Fotos und Pass vom Boden und verstaute sie in der Plastiktüte. Zum Schluss band sie sich ihre Uhr um den weniger schmerzenden Arm. Erstaunlicherweise war diese bei dem Unfall intakt geblieben. Es war drei Uhr. Wann ist hier eigentlich Schichtwechsel?, fragte sie sich. Auf jeden Fall musste sie erst mal raus aus diesem Zimmer. Sie öffnete die Tür, warf einen Blick in den Flur und stellte erleichtert fest, dass er leer war. Aus dem Schwesternzimmer hörte man gedämpftes Lachen. Aber dort musste sie gar nicht vorbei, um in den Treppenflur zu gelangen. Bestens.

Victoria huschte durch den Flur und fand die Tür zum Treppenhaus. In der wievielten Etage war sie? Auf jeden Fall musste sie nach unten, zum Ausgang. Langsam, Schritt für Schritt, zog sie sich am Treppengeländer hinunter, jede noch so kleine Erschütterung schmerzte in den Rippen, bei jedem Schritt vibrierte ihr gebrochenes Nasenbein, und ihr Arm tat gewaltig weh. Vicky biss die Zähne zusammen. Das Treppenhaus war nur notdürftig beleuchtet und jetzt, mitten in der Nacht, so still wie ein Dorffriedhof. Die unterste Etage ist wahrscheinlich die Pathologie, dachte Vicky und schauderte. Dann sah sie, dass über der Eingangstür zum Krankenhausflur jeweils die Nummer des Stockwerks stand. Sie war bereits in der ersten Etage. Na prima, eine noch, und dann musste sie eine Besuchertoilette finden.

Vicky lehnte sich gegen die Wand, um die aufkeimende Übelkeit herunterzuschlucken. Die hellgrün gestrichenen Wände schienen sich um sie zu drehen. Vicky versuchte, ruhig zu atmen, sie wollte sich auf keinen Fall auf die Treppe setzen, da sie nicht wusste, ob sie aus eigener Kraft wieder aufstehen konnte. Also blieb sie an der Wand gelehnt. Atmen, ganz ruhig, einundzwanzig, zweiundzwanzig, dreiundzwanzig. Langsam kamen die Wände zum Stillstand. Wie besoffen, dachte Vicky und zählte weiter. Vierundzwanzig, fünfundzwanzig. Mit diesem Trick hatte sie stets ihren Magen beruhigt, wenn sie mal mit zu viel Alkohol intus im Bett gelegen hatte und vor Übelkeit nicht hatte schlafen können. Langsam zählen, einen Punkt finden, auf den man die Augen fixieren kann, ruhig atmen. Es wirkte auch diesmal. Als Victoria wieder klar sehen konnte, machte sie sich auf zum Erdgeschoss. Direkt neben dem Treppenhaus waren die Besuchertoiletten. Victoria konnte hineinschlüpfen, ohne dass ihr jemand begegnet wäre. Aus der Herrentoilette hörte sie ein leises Geräusch. Victoria hatte das Gefühl, dass ihr Herz einen Salto mortale vollführte. Und wenn der Kerl, der mir irgendetwas in meinen Tropf gespritzt hat, genau die gleiche Idee hatte wie ich und jetzt hier darauf wartet, unerkannt das Krankenhaus verlassen zu können? Vicky schlüpfte so lautlos wie möglich in die Toilettenkabine. Es blieb ihr nichts anderes übrig, als sich hier einzuschließen. Wie lange würde sie das aushalten?, fragte sie sich.

Unter ihrer Stola, ihrem Turban und ihrer Halskrause sammelte sich der Schweiß. Vicky fühlte sich wie in einer Sauna. Jedenfalls war sie sich sicher, dass man sich so in einer Sauna fühlen muss, denn Vicky war noch nie in ihrem Leben in einer gewesen und hatte auch nicht die Absicht, jemals eine aufzusuchen.

Die Toilette hatte nicht einmal einen Deckel, und aus der Schüssel drang ein so aufdringlicher Geruch nach Desinfektionsmitteln, dass Victoria sich fast auf der Stelle übergeben hätte. Durch die Wand hörte sie wiederum ein Geräusch von der Herrentoilette. Sie war sich fast sicher, dass jemand dort ebenso wie sie Quartier bezogen hatte. Sie versuchte ihren Herzschlag zu beruhigen, aus Angst, dass man das Pochen durch die Wand hören konnte. Der Schweiß rann ihr aus dem Kopftuch ins Auge. Lange würde sie es hier nicht aushalten. Ein Blick auf die Uhr sagte ihr, dass es erst halb vier war. Victoria erinnerte sich daran, dass ihre Mutter um halb sechs zur Frühschicht gegangen war. Aber das war das Pflegepersonal. Und was war mit den Reinigungskräften? Die würden doch garantiert früher kommen. Bei dem Gedanken wurde Vicky noch heißer. Kommen. Nicht gehen. Nun, zumindest würde sie die Toilette verlassen können, wenn der Reinigungsdienst kam. Aber woran sollte sie hier drinnen merken, wann der Reinigungsdienst kam? Wenn jemand versucht, die Toilette zu putzen, ganz einfach, sagte sie sich. Ich muss nur warten. Leichter gesagt als getan. Der Desinfektionsmittelgeruch nahm ihr fast den Atem. Für wie lange hat man in diesem Kabuff eigentlich Luft?, fragte sie sich und hatte das Gefühl, dass der Sauerstoff bereits knapp zu werden drohte. Die Fugen der weißen Fliesen liefen ineinander, die Wasserspülung tanzte mit sich selbst und in Vickys Kopf schien ein Airbus zu landen. Langsam ging sie in die Hocke und setzte sich so vorsichtig wie möglich auf die grauen Steinfliesen. Ihre Rippen schmerzten, ihre Nase puckerte und ihr Herz vollführte Veitstänze. Wenn sie doch bloß nicht so schwitzen würde! Am liebsten hätte sich Vicky Kopftuch und Turban, Jacke und Halskrause vom Leib gerissen. Angestrengt versuchte sie, durch die Wand in die benachbarte Herrentoilette zu horchen. Nichts, sie hatte sich wohl doch geirrt. Aber Halt! War da nicht ein merkwürdiges Scharren? Vicky hielt den Atem an, da, da bewegte sich jemand, ganz sicher. Sie sah wieder auf die Uhr, die war doch nicht etwa stehengeblieben? Die Zeiger standen immer noch auf halb vier. Wie lange sollte sie das hier noch durchhalten? Vicky starrte auf die Uhr. Nein, sie war nicht stehengeblieben, der Sekundenzeiger bewegte sich. War sie wirklich erst zwei Minuten hier drin? Bestimmt war der Sauerstoff schon knapp, sie konnte kaum atmen. Ob sie es wagen durfte, die Kabine aufzuschließen und im Waschvorraum frische Luft zu schnappen? Der Impuls, die Tür aufzuschließen, war so groß, dass Vicky sich geradezu festhalten musste, um nicht sofort aufzustehen und die Tür aufzustoßen. Mädel, reiß dich zusammen, sagte sie sich. Am liebsten hätte sie laut geschrien. Vicky biss sich auf die Zunge, natürlich wusste sie, dass ihr niemand helfen konnte. Außerdem war jemand in der Männertoilette, und derjenige konnte nichts Gutes im Schilde führen. Sie musste leise sein. Ganz leise. Sie wollte sich nicht ausmalen, was passieren würde, wenn der Mann aus der Toilette nebenan sie finden würde. Nein, das wollte sie sich nicht ausmalen.

Bleib ganz ruhig, McIntosh, sagte sie sich. Konzentriere dich auf das Wesentliche. Aber was war das Wesentliche? Wer will Victoria McIntosh töten? Das war das Wesentliche, oder? Nein, das Wesentliche war viel banaler: Wie komme ich heil aus diesem Krankenhaus? Wie überlebe ich die nächsten Stunden, Tage? Also brauchte sie einen Schlachtplan. Sie würde sich unter das Reinigungspersonal mischen. So weit, so gut. Und dann? Raus aus dem Krankenhaus, ganz langsam, ganz ruhig und dann zur nächsten Bushaltestelle. Mit dem Bus ein paar Stationen fahren. Die nächste Telefonzelle ansteuern und beten, dass Leo zu Hause war. Leo war Langschläfer, wenn er in London war, würde er zu Hause sein, so viel stand fest. Leo, Leo, Leo. Er würde ihr doch helfen, oder nicht? Natürlich würde er. Genauso, wie sie alles stehen und liegen lassen würde, wenn Leo vor ihrer Tür stehen würde. Merkwürdig, wie Freundschaften sich im Laufe des Lebens ändern, dachte Vicky. Mit Celia, ihrer Jugendfreundin, verband sie letztlich nur die gemeinsame Vergangenheit, die geteilten Erinnerungen. Celias Leben heute hatte sehr wenig mit Vickys Leben zu tun. Vielleicht würde sich das ändern, wenn sie selbst Kinder hätte. Grundsätzlich hatte Vicky den Eindruck, als sei die Welt in Menschen mit Kindern und Kinderlose eingeteilt. Obwohl Vicky noch auf Kind übte, wusste sie, dass ihre beste Freundin Sylvie absolut angenervt auf das Thema Kinder reagierte und nicht eine Sekunde verstand, warum Vicky für ein Kind von George ihre Karriere aufgeben wollte. Vicky vermutete, dass Sylvie tief in ihrem Inneren einfach neidisch war, denn sie hatte zwar eine Menge wechselnder Liebhaber, aber niemanden, der ihr einen Ring an den Finger steckte oder gar ein Kind von ihr wollte.

Rachel und Mark waren als Freunde für sie und George zusammen einfach perfekt. Aber Vicky konnte sich nicht erinnern, dass sie jemals das Bedürfnis gehabt hätte, mit Rachel einen Weiberabend zu veranstalten. Oh, sie hatte ganz eindeutig das

Bedürfnis gehabt, mit Leo einen Weiberabend, oder wie auch immer man das nennen wollte, in den vergangenen sieben Jahren zu veranstalten. Aber sie hatte instinktiv gespürt, dass George das gekränkt hätte. Ebenso wie Ian den Anspruch auf „seinen" Leo einfach abartig gefunden hätte. Männer verstehen, dass man sie mit einem anderen betrügt, aber sie können nun mal nicht verstehen, dass ein anderer Mann einem außer Sex etwas geben kann, was sie selbst nicht bieten können. Kein Mann ist auf die Freundin einer Frau eifersüchtig, aber wehe, die beste Freundin ist ein Kerl. Da war Schluss mit lustig. Und ihr Ehemann unterschied sich in dieser Beziehung in nichts von Leos zickigem Ehemann.

Deshalb trafen sich Leo und Vicky nur noch in ihrem Hexenhaus. Sie setzten ihre Freundschaft einfach per Mail fort, hatten sich, seitdem Vicky in Berlin lebte, sogar eine extra Facebook-Seite eingerichtet: Witch's Cottage, ihr Hexenhaus. Löwe an Häseken, mit Leo fühlte sich Vicky manchmal wie vierzehn. Nein, niemand würde auf die Idee kommen, dass sie zu Leo geflohen sei. Nicht einmal George.

21. Zehlendorf

Was für ein Tag. George saß unter dem ausgefahrenen Sonnendeck auf der Terrasse des *Ristorante Messalina* in der Potsdamer Chaussee und bestellte Spaghetti Scampi und einen halben Liter Pinot Grigio. Für heute reichte es ihm. Jetzt wollte er nur noch in Ruhe essen, bevor die hier gleich Schluss machten, und dann ab ins Bett.

Nachdem er festgestellt hatte, dass ihm fast alles Überlebensnotwendige geklaut worden war, war er in die Firma am Gendarmenmarkt gefahren. Er hatte sich von der Empfangsdame hundert Euro geliehen, um überhaupt das Taxi zahlen zu können. Danach hatte ihm seine Sekretärin, Frau Müller, einen Vorschuss aus der Buchhaltung besorgt.

Es hatte ihn das reinste Chaos erwartet, noch schlimmer, als er sich das vorgestellt hatte. Was ihn am meisten ärgerte, war, dass er morgen mit dem Frühflieger nach Frankfurt musste und das gleich für zwei Tage. Dabei war so viel liegen geblieben in den Tagen, die er mit Vicky in Branksome verbracht hat. Vicky! Er hatte sie nicht erreicht, typisch seine Frau, sie hatte wohl ihr Handy ausgeschaltet. Oder einfach vergessen, aufzuladen. Nichts Neues also. Er hatte ihr vom Büro aus auf ihre Mailbox gesprochen, dass er ab sofort ein neues Handy habe. Sie würde sich schon melden. Für heute jedenfalls war es genug der Aufregung gewesen.

Warum hatte er bloß nicht sein Tablet mit dem Handy synchronisiert! Das rächte sich jetzt bitter. Weil ich technisch eine Null bin, musste er sich eingestehen. Wozu hatte man eigentlich Personal? Frau Müller konnte so etwas bestimmt. Er würde sie bitten, sein neues iPhone zumindest mit den Telefonnummern zu bestücken, die sie in ihrer Kartei gespeichert hatte. Er gönnte sich noch zwei Grappa und einen aufs Haus, um endlich schlafen zu können.

22. Poole

Bei dem Gedanken an George spürte Vicky einen dicken Kloß in der Kehle. Sie musste ihn anrufen, er würde sich wahnsinnige Sorgen machen. Denn auf dem Mobiltelefon war sie ja seit dem Unfall nicht mehr zu erreichen, und für jemanden, der nicht am Handy zu erreichen war, hatte George nicht das geringste Verständnis. Ausgeschaltete Handys ließ er nur in Flugzeugen und bei Operationen gelten. Manchmal war er ganz schön anstrengend, ihr George. Warum hatte sie ihm nicht auf die Mailbox gesprochen, dass ihr Handy kaputt war? Weil ich benebelt war. Weil ich blöd bin. Du liebe Güte, natürlich, er würde im Hotel anrufen, und dort würde man ihm mitteilen, dass eine Frau da gewesen wäre, die ihre Sachen abgeholt hatte. George würde in Panik geraten, jedenfalls würde sie das an seiner Stelle mit Sicherheit.

Quatsch, Vicky, du bist nicht ganz bei dir. Er würde nicht gleich Himmel und Hölle in Bewegung setzen. Er würde einfach die Rückruftaste wählen und bei Celia auf dem Handy landen. Und die würde ihm ganz emotionslos sagen, alles nicht so schlimm, Vicky sieht nur ein bisschen so aus, als ob du sie vermöbelt hättest. George hat wahrscheinlich recht, dachte Vicky, ich bin hysterisch. Ich denke zu kompliziert. Mein Mann liegt zu Hause im Bett und schläft tief und friedlich, wohl wissend, dass ich ihn morgen früh anrufen werde.

Und was sollte sie ihm sagen? Er würde sie für verrückt erklären, würde fragen, warum sie nicht in ihrem Bett geblieben war, anstatt jedem verdammten Alptraum, den man nun mal mit einer Gehirnerschütterung hat, für bare Münze zu nehmen. Dass es niemanden gäbe, der ihr nach dem Leben trachte, schon mangels Motiv, und dass sie nicht die größte Fahrerin aller Zeiten sei und ab und an in schwierigen Situationen schon mal Probleme mit der Koordination gezeigt habe. Das würde er ihr sagen und sie würde ihm glauben. So wie sie ihm geglaubt hatte, als sie die Frau gefunden hatte, von der sie gemeint hatte, sie würde aussehen wie sie. Moment mal, gab es da vielleicht einen Zusammenhang?

Eins nach dem anderen, Vicky, sagte sie sich. Also erst mal diese Bude hier überleben. Sie sah auf die Uhr. Halb fünf. Sie hatte es tatsächlich bereits eine Stunde ausgehalten hier. Und du willst mir eine Klaustrophobie in den Bauch reden, lieber George. Ich kann in geschlossenen Räumen eine Stunde aushalten, jawohl. Sie würde ihn anrufen, sobald sie wusste, wie es weitergehen würde. Er würde beleidigt sein. Natürlich wäre er beleidigt, sie wäre auch beleidigt, wenn er ihre Hilfe ablehnte. Sie würde sich ausgeschlossen, zurückgestoßen, ungeliebt fühlen. Warum tat sie es ihm dann an? Wenn sie so genau wusste, was er fühlen würde? Doch, sie liebte ihn, immer noch, sehr sogar, auch wenn sie es ihm in den letzten Monaten insgeheim übelgenommen hatte, dass sie in Berlin saß, den ganzen Tag allein, ohne sinnvolle Beschäftigung, nur konzentriert auf dieses emotionsbeladene Thema Kind. Das war sie einfach nicht, das musste er doch sehen, fand sie.

Am meisten hatte sie ihm übelgenommen, dass er ihr das Gefühl gegeben hatte, sie würde irgendwie überticken, weil sie mangels Baby unausgefüllt sei. Das war schlimmer, als ihr ein PMS zu unterstellen, was sie wie jede Frau innerhalb von Sekunden auf den Drachenbaum hetzte. Da hörte der Spaß bei ihr einfach auf. Als hätte sie sich das Nichtstun ausgesucht, als würde sie nicht darunter leiden, dass sie plötzlich nicht mehr am Leben teilhatte. Natürlich wusste sie, dass sie damit in einen Teufelskreis geraten war. Sie hatte Komplexe, weil sie nicht mehr aktiv am Arbeitsleben teilnahm, hatte das Gefühl, von „seinem" Geld zu leben und die Verbindung zur realen Welt verloren zu haben. Und weil sie dieses Gefühl hatte, reagierte sie in diesen Fragen mitunter wie von einer Wespe gepikt.

Klar wusste sie, dass sie weder in sechs Monaten noch in sechs Jahren verblöden würde. Sie hatte es selbst in der Hand, das zu verhindern. Zudem hatte sie zu Genüge bewiesen, dass sie ihr eigenes Geld verdienen konnte – zum Teil sogar mehr als er. Und schließlich hatte er sie dazu bewogen, ihren Job aufzugeben. Warum nur kam sie sich so verschwenderisch vor, wenn sie sich ein neues Kleid kaufen wollte? Sie hatte regelrecht Probleme damit, die Kreditkarte – in Gedanken: seine Kreditkarte – zu belasten. All das war ihr bewusst, trotzdem fühlte sie sich nicht gut dabei. Sie fühlte sich nicht wie Victoria, die Frau, die fest auf beiden Beinen mitten im Leben stand und jedes Problem bewältigte, nicht wie Victoria, die ein A-1-Examen hingelegt und schneller Karriere gemacht hatte als alle ihre Freundinnen. Sie fühlte sich nicht wie die Rechtsanwältin einer internationalen Opfer-Organisation, die ihren Arbeitgeber und die Rechte ihrer Mitglieder verteidigte wie eine Löwenmutter ihre Jungen. Sie fühlte sich nicht wie die eloquente Vicky, die strahlende Gastgeberin und gute Freundin eines illustren Londoner Kreises. Es hatte noch nicht mal sechs Monate gedauert, und ihr Selbstbewusstsein hatte ein paar gewaltige Risse bekommen. War wohl nicht sehr weit her damit gewesen. Natürlich hatte sie versucht, einen Job in Berlin zu finden. Aber das war nicht ganz so einfach, wie sie es sich vorgestellt hatte. Sie hatte bisher nur Absagen bekommen, vor allem wegen ihrer mangelnden Deutschkenntnisse. Das nagte gewaltig an ihr.

Ihr linker Fuß war eingeschlafen. Mist, er fühlte sich taub an, aber bewegen konnte sie ihn kaum in dieser winzigen Zelle. Sie lauschte nach nebenan. Nichts. Wie spät? Sie sah auf die Uhr und hatte wieder den Verdacht, dass sie stehengeblieben war. Allerdings bewegte sich der Sekundenzeiger. Seit ihrem letzten Blick auf die Uhr waren exakt drei Minuten vergangen. Vielleicht sollte sie es mit Schäfchenzählen versuchen.

Vicky fuhr hoch. Was war das? Frauenstimmen. Sie unterhielten sich laut in einer Sprache, von der Vicky nicht ein Wort verstand. Es wurde an der Tür gerüttelt. „Moment", sagte Vicky. Sie schüttelte sich. Ein Blick auf die Uhr zeigte ihr, dass sie tatsächlich eingenickt sein musste. Es war kurz nach halb sechs. Beim Versuch aufzustehen wurde sie unsanft an ihre gebrochenen Rippen erinnert. Vicky biss die Zähne zusammen und stemmte sich am Klobecken hoch. Beim dritten Anlauf schaffte sie es, allerdings drehte sich die Zelle inklusive Klobecken fünfmal um sich selbst. Geistesgegenwärtig betätigte sie die Spülung und öffnete vorsichtig die Tür. „Entschuldigung", sagte sie, als sie sich an den zwei Putzkräften, die schwatzend am Waschbecken standen und offensichtlich gemeinsam einen neuen Lippenstift begutachteten, vorbeidrängte. Die beiden schauten nur flüchtig auf und nahmen von Vicky wohl kaum mehr wahr als einen schwarzen Schatten. Als Vicky den Vorraum zur Toilette verlassen hatte, atmete sie erst einmal durch. Und jetzt? Sie sah sich auf dem leeren Flur um. In einiger Entfernung stand ein Reinigungswagen. Sie musste Richtung Personaleingang. Aber wo war der? Vicky ging zum Reinigungswagen. Da trat eine dicke Frau mit Schrubber aus dem danebenliegenden Zimmer.

„Entschuldigung ", sagte Vicky mit aufgesetztem Akzent. „Ich neu heute, wo Garderobe von Personal?"

Die dicke Frau erklärte ihr freundlich den Weg und fügte hinzu: „Ja, ja, hier verläuft man sich leicht."

Vicky machte sich auf den Weg in die Garderobe. Dort würde sie abwarten, bis die Nachtschicht Dienstschluss hatte, und sich diesen anschließen. Sie fand ein offenes Spind, in das sie ihre Tüte stellte und einschloss. Es kamen immer wieder Frauen in die Umkleide, die eine hatte dies vergessen, die andere das, da wurde telefoniert und gequatscht. Vicky hatte sich auf eine Bank in der Ecke gesetzt und studierte einige herumliegende Papiere. Niemand achtete auf sie, sie grüßte freundlich und distanziert, anfangs fügte sie noch hinzu: „Ich neu hier, ich warten", aber das schien keinen zu interessieren.

Vicky wagte sich nicht mehr aus der Garderobe heraus, aus Angst, dem Mann zu begegnen, der in der Nacht in ihr Zimmer eingedrungen war. Wie gern hätte sie das nächstgelegene Telefon aufgesucht, um Leo anzurufen. Sie hatte sich jedoch entschlossen, dies erst zu tun, wenn sie außer Sichtweite des Krankenhauses war. Sie hatte über fünfzig Pfund in bar, die Celia ihr gestern überlassen hatte, keine Kreditkarte, keinen Ausweis, nichts. Das stimmt ja gar nicht, fiel ihr da ein, sie hatte ihren Ausweis, die Bankkarte, die Visa-Karte und ihre Hausschlüssel im Safe im Langtry Manor verstaut und nur ihr Bargeld und die Mastercard eingesteckt. Und bezahlen musste sie im Hotel auch. Aber wenn ihr tatsächlich jemand auf den Fersen war, würde er das Langtry Manor überwachen. Wobei – solange jemand glaubte, dass sie gestorben sei, würde das Langtry Manor gewiss nicht unter Beobachtung stehen, sondern das Krankenhaus. Man würde morgens gewiss zu checken versuchen, ob Vicky wunschgemäß gestorben sei. Was also sollte sie tun? Sie brauchte zumindest ihren Ausweis, um an Geld zu kommen. Im Langtry Manor würde man keinem Fremden den Inhalt ihres Schließfachs übergeben, höchstens der Polizei. Sollte sie Schutz bei der Polizei suchen? Aber verfolgten die sie nicht inzwischen auch, wegen des Unfalls gestern?

Sie musste rasch handeln, so einfach war das. Weg von hier

und dann so schnell wie möglich die Sachen aus dem Langtry holen. Vielleicht konnte sie von hinten in das kleine Hotel gelangen. Vielleicht konnte sie auch anrufen und sagen, was sie wollte.

Endlich schienen die ersten Frauen Dienstschluss zu haben und zogen sich in der Garderobe um. Vicky öffnete ihren Spind und holte ihre Plastiktüte. Als die Ersten laut schwatzend den Raum verließen, schloss sich Vicky ihnen an. Sie passierten einen langen, grauen Flur und steckten am Ausgang ihren Ausweis in die Stempeluhr. Vicky ging einfach schnell daran vorbei, und dann war sie endlich in Freiheit. Ohne sich umzusehen, lief Vicky geradeaus. Sie hatte nicht die leiseste Ahnung, wo sie überhaupt war. Sie wusste zwar, dass sie sich im Poole Hospital aufgehalten hatte, das sie nur vom Hörensagen kannte, und wusste natürlich nicht, wohin der Personalausgang führte. Die Frauen gingen wahrscheinlich zu einer Bushaltestelle. Das war gut, fand Vicky, sie würde einfach in einen Bus einsteigen, ein paar Haltestellen fahren, und wenn sie identifiziert hatte, wo genau sie sich befand, würde sie aussteigen und ein Telefon suchen. Dann sah sie allerdings ein Taxi vorbeifahren. Geistesgegenwärtig hob sie den Arm und der Taxifahrer hielt neben ihr am Bordstein. Schnell stieg Vicky ein und gab als Fahrtziel den Bahnhof an. Dort würde sie ein Telefon finden, einen Coffeeshop und alles, was sie brauchte. Außerdem war es dort gewiss so belebt, dass sie nicht auffallen würde.

Der Taxifahrer versuchte, sich mit ihr zu unterhalten, doch Vicky blieb einsilbig. Ab und zu sah sie sich um, ob das Taxi verfolgt würde, aber es schien alles unverdächtig. Während der nicht allzu langen Fahrt hielt sie ansonsten den Kopf vom Fenster abgewandt und schaute nach unten.

23. Bournemouth

Am Hauptbahnhof fand sie ein Telefon. Als Erstes wählte sie Leos Nummer, die sie immer noch auswendig kannte. „Hallo, hier spricht der Papagei von Leo und Ian. ..“ Verdammt, sie waren nicht da. Oder sie schliefen noch, was wahrscheinlicher war. Vicky sah auf die Uhr, es war noch nicht einmal acht. Sie musste es versuchen. „Hallo, Leo, wenn du zu Hause bist und das hörst, bitte nimm ab. SOS, Leo, Vicky braucht deine Hilfe. Hörst du mich, Leo, jemand will mich töten. ..“

„Häseken, seit wann bist du so hysterisch?“

Vicky purzelten die Rocky Mountains vom Herzen, Tränen stiegen ihr in die Augen. „Oh Gott, bin ich froh, dass du da bist. Leo, er will mich töten, ich muss irgendwohin, wo er mich nicht finden kann, bitte, Leo, kann ich zu dir kommen?“

„Nun mal langsam, Häseken, um die Zeit ist mein Gehirn noch nicht sozial kompatibel. Also: Bist du besoffen, bekifft oder paranoid? Wer will dich töten? George etwa? Hast du ihn so schlecht behandelt? Ich habe dir ja gleich gesagt, dass das auf Dauer nicht gut gehen kann, Männer und Frauen passen einfach nicht zusammen. Wo bist du überhaupt?“

Für einen Moment schloss Vicky die Augen und musste unwillkürlich lächeln. Das war ihr alter Leo, wie sie ihn liebte. Sie versuchte, in ein paar Worten zusammenzufassen, was ihr passiert war und wo sie war. Das war gar nicht so einfach, wie sie feststellte, denn ihr schossen tausend Gedanken gleichzeitig durch den Kopf. „Leo, es tut mir leid, ich bin nicht ganz so präzise heute, ich habe eine Gehirnerschütterung und ein paar Rippenbrüche und ich habe Angst." Sie erzählte ihm, dass sie auf dem Bahnhof von Bournemouth sei und Angst habe, ins Hotel zu gehen, um ihre Papiere aus dem Tresor zu holen. Außerdem müsse sie die Rechnung bezahlen.

„Bitte sie telefonisch, dir das zum Bahnhof bringen zu lassen. Und dann nimmst du den nächsten Zug nach London. Ruf mich an und sag, mit welchem Zug du kommst, dann holt Löwenjunge seine Vicky ab."

„Ich habe auch kein Handy mehr."

„Das ist vielleicht sogar besser so", sagte Leo. „Ich werde dir eins besorgen. Aber jetzt sieh erst mal zu, dass du da wegkommst, ohne dass dir jemand folgt."

Als Vicky aufgelegt hatte, fühlte sie sich gleich besser. Im Telefonbuch fand sie die Nummer vom Langtry Manor. Glücklicherweise nahm der Portier ab, den sie von früher her flüchtig kannte, weil sie mit seinem Bruder zur Schule gegangen war. Vicky erklärte ihm so ruhig und plausibel wie möglich, dass sie ihre Sachen aus dem Haustresor benötige und die Rechnung mit Kreditkarte begleichen müsse. Sie bat ihn, nicht nachzufragen und keine Namen zu nennen, und merkte im selben Moment, dass sich das komplett paranoid anhören musste. „Hören Sie", fügte sie hinzu, „ich weiß, das klingt jetzt, als hätte ich Verfolgungswahn. Aber ich darf auf keinen Fall meinem Ehemann in die Arme laufen oder einem der Detektive, die er beauftragt hat. Sie wissen ja, wie das bei einer schwierigen Scheidung so ist. Können Sie mir helfen, bitte?" Vicky kreuzte beide Daumen und leistete bei George innerlich Abbitte. Er würde es verschmerzen müssen, als böser Gatte dargestellt zu werden, aber aus welchem Grund sollten sie je wieder im Langtry ein Zimmer buchen müssen? Auf jeden Fall klang diese Geschichte plausibler als die Wahrheit. Was aber war die Wahrheit?, fragte sich Vicky.

Widerstrebend fand sich der Portier bereit, ihre Sachen aus dem Hoteltresor zu nehmen und ihre Kreditkarte mit der Schlussrechnung zu belasten. Außerdem versprach er, den Auszubildenden mit den Sachen zum Bahnhof zu schicken.

Als Vicky eine Dreiviertelstunde später ihre Brieftasche mit dem Ausweis, ihrer Kredit- und Scheckkarte in der Hand hatte, fühlte sie sich fast schon wieder komplett. Sie wusste, dass sie jetzt so viel Bargeld wie möglich brauchte, damit sie für einige Zeit untertauchen konnte. Also nahm sie sich erneut ein Taxi und ließ sich zu einer Filiale ihrer Hausbank fahren, wo sie achttausend Pfund in bar von ihrem Konto abhob. Dann fuhr sie zurück zum Bahnhof und löste eine Fahrkarte nach London. Ihr Schädel dröhnte gewaltig, jeder Schritt schmerzte. Sie hatte gerade noch genug Zeit, Leo vom Bahnhof aus die Ankunftszeit in Waterloo durchzugeben. George hatte sie wieder nicht erreicht, es war wieder nur seine Mailbox dran. Auch über ihr Festnetz war er nicht zu erreichen gewesen, aber da war der Anrufbeantworter nicht angeschaltet. Merkwürdig. Mit letzter Kraft sank Vicky auf ihren Sitzplatz im Zug.

24. Waterloo Station

Wenn sie ihn nicht entdeckt hätte, er hätte sie jedenfalls nicht bemerkt. „Wanderer, schau nicht hindurch, schau hinein", sagte sie, als sie neben Leo auf dem Bahnsteig stand.

„Häseken, das kann nicht dein Ernst sein, wo hast du denn das Staubtuch her?" Er umarmte Vicky. „Damit erkennt dich deine eigene Mutter nicht."

„Meine Mutter ist vor einer Woche ermordet worden."

„Nicht wahr, oder?", sagte Leo und nahm Vicky die Plastiktüte ab, während sie Richtung Ausgang gingen.

„Ich erzähle wohl besser von Anfang an. Es ist so viel passiert, ich bin nicht mal dazu gekommen, dir zwischendurch eine Nachricht zu hinterlassen. Was ich jetzt dringend brauche, ist eine Dusche, etwas zu essen und jemand, der mir hilft, Ordnung in mein Gedankenchaos zu bringen."

„Na, dann komm mal mit", sagte Leo und lotste sie geschickt durch die Menge. „Ich habe mich schon gewundert, warum ich seit einer Woche nichts von dir gehört habe."

„Und Ian?"

„Ian ist auf einer Ausstellung in Osaka, anschließend auf einer Ausstellung in Seattle und danach auf einer Ausstellung in Budapest."

„Das klingt nach einer Menge Erfolg. Und du begleitest ihn

nicht„Häseken, mein Mann steht auch nicht neben meinem Schreibtisch, wenn ich eine Kolumne oder ein Essay schreibe. Und meine Bücher liest er auch nicht vor. Also muss er seine Vernissagen schon allein bespielen. Wusstest du, dass seine Plastiken inzwischen nicht unter hunderttausend Pfund zu haben sind? Für die Miniausführung, versteht sich." Es war nicht zu übersehen, dass Leo, der sich einen Namen als Theaterkritiker gemacht hatte, vor Stolz fast platzte.

„Früher bist du immer mitgereist."

„Früher wurde das Feuilleton der renommiertesten Zeitung des Vereinigten Königreichs auch noch nicht mit meinem Foto geziert." Leo öffnete ihr die Autotür. Es war also wirklich alles in Ordnung zwischen Leo und Ian, stellte Vicky fest und merkte, dass sie sich darüber freute. Ich muss George anrufen, dachte sie.

25. Krumme Lanke

Er stand im strömenden Regen vor der U-Bahn-Station Krumme Lanke. „Der Zug endet hier“, hörte man es vom Bahnsteig hinaufschallen. Mit einer Hand hielt er den Regenschirm, mit der anderen tippte er die Nummer, die Krzysztof ihm gegeben hatte, in den öffentlichen Fernsprecher. Er war gespannt auf die neuen Nachrichten aus England und hoffte inständig, dass sich das Thema endlich erledigt hatte.

„Paket in England verloren“, sagte Krzysztof. „Ruhig, ruhig, wir werden wiederfinden.“

Ruhig? Wie sollte er dabei ruhig bleiben? Er merkte, wie kalte Wut in ihm aufstieg. Was waren denn das für Amateure? Wie konnten sie die Frau verlieren? Hatte sie etwas gemerkt? Nein, er wollte keine Einzelheiten, je weniger er wusste, desto besser. Aber eins musste klar sein:

„Das Paket darf auf keinen Fall nach Deutschland gesandt werden! Verstehen Sie, es muss in England gefunden werden, habe ich mich klar ausgedrückt?“

„Klar, klar … Sie sich auf uns verlassen können.“ Krzysztof hatte aufgelegt.

Beunruhigt ging er zurück zu seinem Wagen. Er hasste es, sich blind auf andere verlassen zu müssen. Aber er hatte keine Wahl.

„Und jetzt zum Kudamm“, sagte er zu seinem Fahrer, der auf

dem Parkplatz von Kaiser's auf ihn gewartet hatte. Ein Blick auf die Uhr sagte ihm, dass er sich beeilen musste, denn das Mittagessen würde in knapp einer halben Stunde beginnen. Er öffnete seinen Aktenkoffer, um noch einmal die Agenda durchzugehen.

26. Kensington

Kurz nach ihrer Ankunft in Leos Wohnung rief Vicky bei George an. Schon wieder diese blöde Mailbox. Sie versuchte es zu Hause, niemand nahm ab, auch der Anrufbeantworter sprang nicht an. Hatten sie den nicht angestellt, als sie abgefahren waren? Verdammt! Vicky versuchte es erneut auf Georges Handy. „George, ruf mich doch bitte dringend zurück. Ich bin bei Leo." Vicky entging nicht, dass Leo sie ein wenig distanziert musterte. Sie zog seinen weiten, weißen Bademantel fester um sich. Das flauschige, duftende Frottee empfand sie als tröstlich.

„Hört sich so Liebe an?", fragte Leo.

„Nein. – Verzweiflung?"

„Steckt *er* hinter deinem neuen Make-up?" Leos Stimme klang ungläubig.

Vicky wärmte sich die Hände an einem Glas Latte Macchiato. Sie versuchte den Kopf zu schütteln, aber es schmerzte zu sehr. „Ich weiß nicht, was ich denken soll, ich weiß überhaupt nichts mehr, Leo."

Als sie einen tiefen Schluck von dem herrlich heißen Kaffee nahm, fiel ihr ein, dass George weder die Nummer noch die neue Adresse von Leo hatte. Sie angelte sich Leos Telefon und sandte eine SMS mit Adresse und Telefon an ihren Mann.

„Erzähl. Von Anfang an."

„Wenn ich nur wüsste, wo der Anfang ist."

„Wann fing es denn an, schiefzugehen?" Leo war ein wunderbarer Zuhörer.

Victoria rieb sich den schmerzenden Arm. „Vielleicht fing alles an mit diesem Traum. Den ich früher als Kind hatte. Ich hatte ihn schon fast vergessen. Als ich nach Berlin gezogen bin, kehrte der Traum plötzlich wieder. Ich bin irgendwo in einem wundervoll blühenden, üppigen Garten. Ich höre ein Gartentor quietschen, und dann läuft ein pummeliges, kleines Mädchen mit einem Blumenkleid auf mich zu. Sie streckt die Arme aus und ruft: Ela! Ela! Oder so ähnlich. Und dann wache ich auf und merke, dass mein Gesicht tränennass ist. Ich habe diesen Traum als Kind oft gehabt, wenn ich Fieber gekriegt habe oder wenn mir schlecht wurde, weil ich zu viel Eiscreme gegessen hatte. Ich bin mir sicher, dass das Kind um Hilfe ruft. Es sucht meine Hilfe."

„Weißt du denn, wer das Kind ist?", fragte Leo.

„Das Kind sei ich, hat meine Mutter gesagt. Irgendwann habe ich mit ihr ein altes Fotoalbum angeschaut, und da fiel ein Foto heraus. *Das ist sie! Das ist das dicke Mädchen, das mir in meinen Träumen entgegenläuft. Das Mädchen mit dem Blümchenkleid*, habe ich gesagt. Mum hat nur gelacht. *Aber das bist du doch selbst, Dummerchen.* Als das Foto gemacht wurde, da sei ich drei gewesen. Und das Blümchenkleid habe sie selbst genäht. Den Stoff habe sie bei Marks & Spencer im Ausverkauf billig geschossen."

„Und was ist mit dem Gartentor?"

„Das habe ich sie auch gefragt. *Wo ist das Gartentor, Mami?* Das sei wahrscheinlich das Gartentor in Panaji. Du weißt doch, dass meine Mutter mit mir in Goa war, als ich klein war."

„Muttis wilde Hippiezeit", sagte Leo und grinste. „Und wer ist Ela?"

„Meine Mutter meinte, das sei wohl der Hund der Nachbarin

in Panaji gewesen. Der Hund ist auf der Straße vor unserem kleinen, gemieteten Häuschen überfahren worden. *Wir konnten dich kaum beruhigen, so hast du um das arme Tierchen geweint*, hat meine Mutter gesagt. *Aber ich hätte dennoch niemals gedacht, dass dich das so lange verfolgen würde.*"

„Es verfolgt dich offensichtlich bis heute." Leo goss ihr kaltes Mineralwasser nach. Victoria nickte beziehungsweise versuchte zu nicken, was mit ihrem Schleudertrauma und der Halskrause kaum möglich war.

„Wie gesagt, seitdem ich in Berlin lebe, hatte ich ein paar Mal erneut diesen Traum, das letzte Mal vor ein paar Tagen. Ein sicheres Zeichen, dass es mir nicht gut geht. Und auch da bin ich tränenüberströmt aufgewacht. Und damit hat wohl dieser ganze Alptraum begonnen. Leo, bitte sag mir, dass ich nicht verrückt bin. Vielleicht hat George ja doch recht und ich bin paranoid."

„Bis jetzt klingt das alles noch ziemlich normal." Leo lächelte aufmunternd.

„Bis zu dem Zeitpunkt, an dem ich mitten im Berliner Grunewald über eine Leiche gestolpert bin, war auch alles ziemlich normal."

Leo setzte sich auf. „Holla, jetzt wird's bunt."

„Sag ich doch. Es war an diesem Morgen nach meinem Traum, an dem ich kurz nach Sonnenaufgang joggen war."

Leo verschluckte sich. „Du? Joggen? Hasenkind, wie tief bist du gesunken …"

„Falls es dir noch nicht aufgefallen ist, habe ich ein wenig zugelegt, sieben Kilo, um genau zu sein. Seit ich mit dem Rauchen aufgehört habe."

„Auch du, mein Sohn Brutus. Deshalb muss man sich doch nicht gleich auf eine so plebejische Art züchtigen."

Leo lehnte jede Art von Sport kategorisch ab. Darum hatte sie ihm auch nie von ihren morgendlichen Ausflügen berichtet.

„Auf jeden Fall habe ich an diesem Morgen eine Leiche gefunden. Nein, genauer: Ich habe eine tote Frau gefunden, die genauso aussah wie ich."

„Oh Gott, eine richtige Leiche? Mit Blut?", fragte er.

Vicky nickte.

„Wie unappetitlich!"

„Ich schwöre dir, Leo, die Frau hätte meine Zwillingsschwester sein können."

„Na, kein Wunder, dass du durchgedreht bist, wo du doch kein Blut sehen kannst. Hasenkind, du hast einfach unter Schock gestanden. Das kommt in den besten Familien vor."

„Wenn du die Tote gesehen hättest, würdest du das nicht sagen."

„Was hat denn die Polizei dazu gesagt?"

„Die habe ich nicht gerufen. Im Gegenteil, ich bin weggelaufen."

„Warum das denn?"

Vicky konnte nicht einmal die Achseln zucken, ohne dass es schmerzte. „Ich weiß es nicht. Sagtest du nicht eben, dass ich unter Schock gestanden habe? Erst dieser Traum und dann – ein paar Minuten später sozusagen – guckst du in dein eigenes Gesicht. Ich bin einfach davongerannt."

„Häseken, Häseken. So verhuscht kenne ich meine Vicky gar nicht."

„Leo, ich bin weggerannt, okay. Aber dass die Frau so aussah wie ich, das ist keine Erfindung. Bitte, du kennst mich."

„Entschuldige, Häseken, wir müssen uns jetzt entscheiden. Entweder ich nehme dir ab, dass das, was du mir eben erzählt hast, wirklich so gewesen ist, oder ich erkläre dich für ein bisschen überspannt. Nehmen wir also zu deinen Gunsten einmal an, dass es stimmt, was du sagst. Wenn eine Frau genauso aussieht wie du, ist es ziemlich wahrscheinlich, dass du mit dieser Frau verwandt bist. Insbesondere, wenn du dein ganzes Leben von einem Wesen geträumt hast, das so aussieht wie du. Nehmen wir also einmal als gegeben, die Leiche war deine Schwester."

„Leo, das ist es ja. Sie *kann* nicht meine Schwester gewesen sein, denn ich habe keine Schwester, wie du weißt."

Und dann erzählte sie ihm von ihrer Mutter. Von dem Raubmord. Von der Beerdigung. Von ihrem Unfall. Und von ihrer Nacht im Krankenhaus und dem Mordversuch.

„Starker Tobak", meinte Leo, als sie geendet hatte. „Wenn ich dich richtig verstanden habe, gab es einen Mord an einer Frau, die deine Zwillingsschwester sein könnte, aber nicht sein kann. Einen Mord an deiner Mutter und einen, nein, zwei Mordversuche an dir. Wobei wir nicht wissen, ob das Versagen der Bremsen vielleicht für deine Mutter bestimmt war. Stimmt das so oder habe ich was vergessen?"

„Puh", sagte Vicky nur. Leo hatte ihre Ängste in seiner unnachahmlichen Art in wenigen Sätzen zusammengefasst. Erst jetzt wurde ihr die Situation in ihrem ganzen Ausmaß klar.

„Scheiße", sagte sie.

„Das kannst du laut sagen."

Sie schauten schweigend aus dem Fenster, an dem dicke Regentropfen einander bedrängten und sich um ihren Weg herab stritten.

„Warum?", fragte Leo. Die Frage schien über dem Eichenholztisch in diesem riesigen, über zwei Stockwerke gehenden Raum zu schweben, den Leo und Ian als ihren Lebensraum bezeichneten und der den Mittelpunkt ihrer zwei umgebauten Fabriketagen darstellte. Das Obergeschoss diente Ian als Atelier, sie hatten den Boden in der Mitte beseitigen lassen, so dass man nun von jedem Ort des Ateliers in den Lebensraum schauen konnte.

„Ich habe keine Ahnung. Das alles ergibt überhaupt keinen Sinn."

„Wer hat ein Motiv? Die Frage aller Fragen. Ich meine, außer George."

„George hat überhaupt kein Motiv!“, protestierte Vicky.

„Schätzchen, wenn ihr eine gute Ehe führt, dann hat er vielleicht niemals an Scheidung gedacht, aber dafür garantiert mehrmals täglich an Mord.“ Leo grinste.

„Blödsinn, wenn er mich loswerden will, brauchte er es nur zu sagen.“

„Und was ist mit deiner Erbschaft?“

„George stammt aus einer ziemlich begüterten Familie, wie du weißt. Da hat er es ganz bestimmt nicht nötig, auf das Reihenhäuschen von Mum zu schielen. Außerdem verdient er nicht gerade schlecht.“

„Wenn es um Mord geht, gibt es nicht allzu viele Motive, Vicky. Eines davon ist Habgier. Wer hat etwas davon, wenn du, deine Mutter und eine Frau, die deine Zwillingsschwester sein könnte, nicht mehr leben? Anders gefragt, wer ist dein rechtmäßiger Erbe?“

„George, nehme ich an. Ich habe natürlich kein Testament gemacht. Also George. Oder? Onkel Willy?“

„Lass uns eine Liste machen“, sagte Leo und setzte sich neben sie.

„Aber ich habe doch nichts!“, rief sie, während aus ihren verschwollenen Augen wieder ein paar Tränen liefen.

„Häseken, ein Reihenhäuschen ist nicht für alle Menschen ein Nichts.“

„Was sind die anderen starken Motive für Mord?“, fragte sie, um Fassung bemüht.

„Eifersucht. Enttäuschte Liebe. Gleichbedeutend mit Hass. Konkret: Gibt es jemanden, der dich so sehr hasst, dass er deine ganze Familie ausrotten will? Vielleicht ein heimlicher Liebhaber? Jemand, dem du keine Chance gegeben hast? Möglicherweise kennst du ihn nicht einmal.“

Vicky versuchte wieder den Kopf zu schütteln. Blöde Angewohnheit. „Kann nicht sein. Wüsste ich von. Außerdem – würde der nicht bei George anfangen?“

„Stimmt. Wir nähern uns einem möglichen Motiv, ich spüre das. Wenn wir davon ausgehen, dass die Tote aus dem Grunewald deine Schwester ist, dann gibt es ein Geheimnis in der Vergangenheit deiner Eltern. Irgendetwas stimmt nicht an der Geschichte, die deine Mutter erzählt hat. Und dann liegt da vielleicht auch ein Motiv. Vielleicht will jemand etwas aus der Vergangenheit unbedingt vertuschen. Ein Verbrechen, das vor langer Zeit passiert ist. Ein Unrecht, das jemandem heute gefährlich werden könnte. Deine Mutter ist umgebracht worden. Durch Zufall bei einem Einbruch? So viele Zufälle gibt es nicht. Jeder Krimiautor würde von seinen Lesern ob der miesen Konstruktion beschimpft werden. Irgendjemand will etwas vertuschen, was deine Mutter hätte aufdecken können. Was mit Sicherheit auch in deiner eigenen Vergangenheit zu suchen ist. Vielleicht etwas, das zu einer Zeit geschehen ist, an die du keine Erinnerung mehr hast."

„Bei aller Liebe, Leo, das ist Unsinn. Jedes Verbrechen, das vor meiner Geburt oder in meiner frühen Kindheit passiert sein könnte, wäre inzwischen verjährt."

„Mord verjährt nie. Warum passieren dir und deiner Familie plötzlich so viele schreckliche Geschichten? Wenn es etwas aus der Vergangenheit ist, dann muss es jemand wieder ausgegraben haben. Jemand muss Angst vor Entdeckung haben. Der Schlüssel der Geschichte liegt bei diesem Mordopfer aus dem Grunewald. Weißt du, wie die Frau hieß?"

„Nein, das stand nicht in der Zeitung. Jedenfalls nicht am nächsten Tag, da habe ich alle Zeitungen zusammen mit meiner Deutschlehrerin gelesen. Sie haben lediglich geschrieben, dass es sich um eine französische Touristin gehandelt hat."

„Das wird ja immer verworrener. Wir könnten versuchen, das zu googeln."

„Wie denn?"

„Wir könnten den Namen des Waldes eingeben und den Tag,

an dem es passiert ist, und schauen, was wir finden. So viel Deutsch wirst du wohl inzwischen können, um den Namen einer Frau zu entdecken, oder?“ Leo reichte ihr sein iPad.

Tote, Krumme Lanke, Riemeisterfenn, gab Vicky ein. Es erschienen ungefähr zehn Seiten mit Treffern.

„Da kriegt man ja Augenschmerzen“, sagte Vicky und klickte einzelne Meldungen an. „Ah, hier ist was. Isabelle G. – Mist, sie kürzen alle den Nachnamen ab.“

„Das müssen sie, denke ich.“

Vicky erinnerte sich, gelesen zu haben, dass die Touristin in der Nähe in einem Hotel gewohnt hatte. „So viele Hotels gibt es nicht in der Gegend. Ob die mir vielleicht den Namen sagen könnten?“

„Auf einen Versuch käme es an.“

Vicky merkte mit einem Mal, wie müde sie war. „Ich glaube, ich muss erst mal eine Runde schlafen.“

Leo hatte ihr sein Gästezimmer bereit gemacht und ihre Tüte dort abgestellt.

„Ruf, wenn du was brauchst“, sagte er und drückte ihr einen Kuss auf den bandagierten Kopf.

Als Vicky in ihrer Tüte nach einem Schlafanzug suchte, fiel ihr der alte Pass ihrer Mutter entgegen. Behutsam setzte Vicky sich aufs Bett und schlug ihn auf. Auf dem alten Passfoto war ihr der Gesichtsausdruck der Mutter seltsam fremd. Tatsächlich wirkte sie auf dem Foto ziemlich alt. Vielleicht lag es auch nur an ihrer komischen Frisur, dachte Victoria. Von wann ist dieser Pass eigentlich? Victoria suchte das Datum. 13. Dezember 1978, ausgestellt von der Britischen Botschaft Venezuela. Viktoria legte den Pass beiseite und schlüpfte unter die Decke. Ihr fielen fast die geschwollenen Augen zu. Venezuela? Wie bitte? Was? Wieso? Vicky setzte sich noch einmal auf und öffnete den Pass. Kein Zweifel, der Pass war vom HM Ambassador unterschrieben. Aber wir waren doch in Goa. Wieso Venezuela? Mum hat nie was von Venezuela erzählt, dachte Vicky, bevor sie in einen unruhigen Schlaf fiel.

27. Frankfurt

Er war total erledigt. Oh, wie er diese Hin- und Herfliegerei hasste. Dazu die stundenlangen Verhandlungen. Auch wenn er erfolgreich gewesen war. George lächelte bei dem Gedanken an die wirklich vorzeigbaren Ergebnisse. Zumindest für den ersten Tag. Er hatte einfach im richtigen Moment die richtige Idee gehabt und seinen Geschäftspartner mit einem Angebot überrumpelt, das dieser nicht ablehnen konnte. Glückwunsch, George McIntosh, an dir ist ein Pokerspieler verloren gegangen.

Trotzdem war er müde, und wenn er ehrlich war, hochgradig genervt. Er hatte sich im Hotel Sheraton am Flughafen Frankfurt ein Club-Sandwich auf sein Zimmer bringen lassen, zu mehr hatte er einfach keine Lust. Was aber neben dem anstrengenden Tag vor allem an seinen Nerven zerrte, war die Tatsache, dass er nicht wusste, wo Vicky war. Ihr Telefon sagte ihm, dass sie nicht erreichbar war. Sie hatte auch nicht bei seiner Sekretärin angerufen. Und seine neue Handynummer hatte sie nicht. Wie blöd.

Also würde er im Langtry anrufen müssen. Er fand die Nummer im Internet. Der Portier war seltsam zugeknöpft. Nein, seine Frau sei nicht da. Sie sei abgereist.

Das glaube ich jetzt nicht, dachte George. Im Haus seiner Schwiegermutter ging auch niemand ans Telefon. Vicky war also nicht auf die bahnbrechende Idee verfallen, in das Haus ihrer Mutter zu ziehen. Wo also war sie? Er rief seinen alten Freund Mark an, nein, bei dem hatte sich Vicky auch nicht gemeldet.

Also die Polizei. Wie hieß doch gleich die nette Polizistin von der Mordkommission der Dorset Police? Detective Inspector Ferguson. Genau, das war es. Es dauerte gefühlte fünf Stunden, bis er Detective Ferguson am Apparat hatte, er wurde von Pontius zu Pilatus verbunden. Natürlich hatte er nicht ihre Durchwahl, wie auch.

Er wusste nicht so richtig, was er sie eigentlich fragen könnte. Also versuchte er es mit: „Gibt es etwas Neues im Fall meiner Schwiegermutter?"

Detective Ferguson blieb ein paar Sekunden lang stumm. Dann sagte sie: „Ich muss dringend mit Ihrer Frau sprechen. Ist sie da?"

„Nein, das ist der eigentliche Grund, warum ich anrufe. Ich mache mir langsam Sorgen um meine Frau. Sie ist telefonisch nicht zu erreichen, außerdem ist mir mein Handy geklaut worden, was bedeutet, dass sie mir keine Nachricht hinterlassen kann, weil sie die neue Nummer nicht kennt."

„Aber Sie haben doch zu Hause auch ein Telefon?"

„Ja, aber ich bin nicht zu Hause, ich habe einen geschäftlichen Termin in Frankfurt, nach Hause komme ich erst morgen Abend. Jetzt mache ich mir um meine Frau ernsthafte Sorgen. Könnten Sie so nett sein, mich anzurufen, falls Sie sich bei Ihnen meldet, ich gebe Ihnen meine neue Handynummer?"

„Das Problem ist, Ihre Frau wird sich wahrscheinlich nicht bei mir melden. Ich habe von einer anderen Stelle eine Nachfrage nach Ihrer Frau vorliegen. Wenn sie sich dort nicht freiwillig meldet, wird sie vielleicht sogar zur Fahndung ausgeschrieben."

„Was soll der Quatsch? Was soll meine Frau denn verbrochen haben?"

„Soweit ich es verstanden habe, wäre der Tatbestand der Fahrerflucht erfüllt“, meinte die Polizistin.

„Wieso, hat sie denn einen Unfall gehabt?“

„Offensichtlich.“

„Um Gottes willen, haben Sie vielleicht die Telefonnummer der anderen Stelle, wie Sie es nennen? Ich mache mir wirklich Sorgen um meine Frau. Ist ihr etwas passiert?“

„Es ist ihr nichts so Ernsthaftes passiert, als dass es sie im Krankenhaus gehalten hätte. Von dort ist sie nämlich spurlos verschwunden.“

„Was? Wann?“

„Gestern.“

„Was war das denn für ein Unfall?“

„Das Auto ihrer Mutter hat einen Totalschaden!“

„Und meine Frau? Was ist meiner Frau passiert?“ George schrie nun fast ins Telefon.

„Sie ist wohl glimpflich davongekommen. Gehirnerschütterung, ein paar Rippenbrüche. Wir müssen davon ausgehen, dass sie den Unfall mit Vorsatz herbeigeführt hat. Danach sieht es aus. Todessehnsucht. Ihre Frau ist frontal ohne zu bremsen auf einen Lastwagen gefahren. Ist Ihre Frau depressiv?“

„Äh, nein.“ *Nur weil ich im Moment nicht arbeite, bin ich nicht plötzlich verblödet. Denk bloß nicht, dass Kochen jetzt für mich zur Gewohnheit wird.* War es möglich, dass Vicky depressiv geworden war? George schüttelte den Kopf. „Nein, ich kann mir beim besten Willen nicht vorstellen, dass Victoria so etwas tun würde, sie ist eine sehr starke Frau. Es muss ein Unfall gewesen sein, das Auto meiner Schwiegermutter ist auch nicht gerade das neueste. Da können die Bremsen schon mal versagen. Ist der Wagen untersucht worden?“

„Noch nicht“, sagte die Polizistin.

„Dann wird es aber Zeit, schon wegen der Versicherung. Bitte sagen Sie mir, was ich dazu veranlassen muss.“ George hatte seine Chefstimme wiedergefunden.

„Ihre Frau soll sich umgehend bei mir melden, sagen Sie ihr das, wenn sie bei Ihnen anruft.“ Auch Inspector Ferguson konnte eine Chefstimme aufsetzen. „Hören Sie, kann es sein, dass meine Frau sich verfolgt fühlt? Tatsache ist, dass sie vor einigen Tagen in Berlin beim Joggen eine Leiche gefunden hat, die wohl eine gewisse Ähnlichkeit mit ihr aufwies. Dann der Tod ihrer Mutter. Da hat sie schon eine Menge zu verkraften. Und sagten Sie nicht etwas von Gehirnerschütterung? Das sind ziemlich viele schreckliche Erlebnisse in sehr kurzer Zeit. Da ist es doch wohl nicht ganz abwegig, wenn sie ein wenig paranoid wirkt. Vielleicht ist sie aus dem Krankenhaus weggelaufen, weil sie sich verfolgt fühlte. Ist es denn ganz ausgeschlossen, dass an dem Auto nicht manipuliert wurde?“ George merkte, dass er anfing, Unsinn zu faseln. Er musste dieses Gespräch so schnell wie möglich beenden und nachdenken. Wo würde sich Vicky verstecken?

28. Kensington

Vicky wachte schweißgebadet auf. Ihr Schädel dröhnte wie die Motoren eines Propellerflugzeugs. Sie hatte wieder diesen Traum gehabt. *Ela, Ela!* Aber diesmal war es nicht ein Kind, das nach ihr schrie, sondern eine weiße Frauenhand streckte sich ihr aus den dunklen Tiefen des Schlachtensees entgegen. Vicky schüttelte sich und suchte nach dem Wecker. Durch die Jalousie fiel weißes Sickerlicht. Acht Uhr. Morgens oder abends?, fragte sie sich. Wie lange habe ich geschlafen? Mühsam richtete sie sich auf. Sie fühlte sich, als hätte sie ein Truck überrollt. Streng genommen war das ja auch fast so, sagte sie sich. Sie schaltete die Nachttischlampe an. In diesem Zimmer war alles weiß. Weiß und stylish. Leo und Ian hatten einen puristischen Geschmack. Durch die Jalousie zeichnete sich die Silhouette einer fast filigranen Bronzefigur von Ian ab. „Die ausgleichende Gerechtigkeit" hieß das Werk, wie Leo ihr gestern Abend – oder war es heute früh? – stolz erklärt hatte. Wenn man auf eine Seite der Bronzefigur den Finger legte, neigte sich die Figur zu dieser Seite. Ließ man los, schnellte die Figur in die andere Richtung. Gerechtigkeit. Vicky sank in die weichen Kissen zurück. Gab es Gerechtigkeit? Ausgleichende Gerechtigkeit? Gab es sie für ihre Mutter? Was würde passieren, wenn sie den Finger von dieser Wunde nehmen würde? Würde das Leben diese Ungerechtigkeit ausgleichen, das Pendel in die andere Richtung ausschlagen?

Oder hatte Leo recht, und ihr Tod war der Ausgleich für eine andere Ungerechtigkeit, die vielleicht vor langer Zeit andere Menschen unglücklich gemacht hatte. Und was war mit ihr? Was habe ich getan, was es auszugleichen gilt?

Oh verdammt, Vicky, schimpfte sie sich selbst. Du hast Gedanken wie eine Vierzehnjährige! Das Leben fragt nicht nach Gerechtigkeit. Das Leben ist das Leben ist das Leben. Und es kommt, wie es kommt. Aber wie kam es, dass ihre Mutter nirgendwo im Pass einen Ausreisestempel aus Goa hatte? Warum hatte ihre Mama ihr nie etwas von Venezuela erzählt? Sie musste in Venezuela gewesen sein. Und das lag nicht gerade in der Nähe von Goa, so viel stand fest, dazu reichten ihre zugegeben bescheidenen geografischen Kenntnisse völlig aus.

Etwas in der Vergangenheit von Mum und mir stimmt nicht mit der Geschichte überein, mit der ich aufgewachsen bin. Aber wie die Geschichte aufrollen? Der Name der Toten. Ich brauche den Namen der Toten.

Vicky setzte sich auf. Das Zimmer drehte sich um sie und drohte, ihr auf den Kopf zu fallen. Vicky hielt sich an der Matratze fest. Langsam fügten sich die Linien wieder in ihre gewohnte Bahn. Vicky stand auf und tapste vorsichtig zur Tür. Als sie den Kopf hinaussteckte, sah sie Leo, der in seinem „Lebensraum" an dem riesigen Eichentisch saß und mit Ian skypte. Sie schlurfte zum Gäste-WC. Auch wenn sie innerlich die Ohren zuklappte, ließ es sich nicht vermeiden, dass sie hörte, wie Leo zu Ian sagte: „Sie sieht aus, als hätte ihr Kerl sie mal so richtig nach Strich und Faden vermöbelt. Komm, Häseken, zeig dich mal dem guten Ian, mach winke, winke nach Osaka." Vicky drehte sich um und versuchte mal wieder den Kopf zu schütteln. „Nun komm schon, Vicky, hab dich nicht so, sonst denkt der Mann meines Lebens, ich betrüge ihn mit einem knackigen

Maori-Arsch.“ Vicky musste lachen. Leo konnte manchmal ziemlich drastisch sein. Sie liebte ihn dafür, dass er nicht gerade ein Anwärter auf den Lorbeer des Jahres für Political Correctness war. Dabei konnte er, wenn er wollte. „Wenn ich dafür bezahlt werde, zu reden, als ließe ich die Ritterrüstungen meiner Urahnen wöchentlich abstauben, verfalle ich ohne Umweg in den snobistischsten nasalen Oberschichtenslang, den du je gehört hast. Aber Oxford kostet.“

Vicky machte kehrt und ging vorsichtig zum Tisch. Sie trat hinter Leo und winkte Ian zu.

„Hi, Ian, mach dir keine Sorgen, jeder Maori-Krieger, der deinem Süßen was antun will, fällt sofort vor Schreck in Ohnmacht, wenn er mich sieht.“

„Oh Shit“, sagte Ian. „War ne harte Nacht, was?“

„Das kannst du wohl annehmen. Viel Glück, Ian, mit deinen wundervollen Sachen in Japan, ich habe mich heute schon an deiner ausgleichenden Gerechtigkeit erfreut“, sagte Vicky und warf ihm zum Abschied einen angedeuteten Handkuss zu.

Als sie im Badezimmer in den mannshohen Spiegel guckte, wäre sie fast in Ohnmacht gefallen. Beschissen ist geprahlt, dachte sie. Vorsichtig nahm sie die Halsbandage ab. Ihre Rippen und ihr Kopf waren auch bandagiert. Sie würde sie nachher neu wickeln, aber jetzt wollte sie nur noch eins: unter die Dusche. Sie hatte das Gefühl, geruchstechnisch jedem Iltis Konkurrenz machen zu können. Als das heiße Wasser auf ihren geschundenen Körper prasselte, hätte sie vor Schmerz fast aufgeschrien. Unter ihr sammelte sich eine hellrote Pfütze, sie verzichtete auf Haarshampoo und Duschgel, aber gegen klares Wasser würde selbst ein Arzt kaum etwas einzuwenden haben.

Danach fühlte sie sich besser. Auch die Farbe des Antiseptikums, das man ihr auf die zahllosen kleinen Schnitte im Gesicht gepinselt hatte, war nun fast verschwunden. Vorsichtig trocknete sie sich mit einem weißen Flauschhandtuch ab. Leo würde es sofort wieder waschen müssen, Blut und Antiseptikum hinterließen ein interessantes Muster. Vorsichtig befühlte sie ihre Kopfwunde. Ein einfaches Druckpflaster würde reichen, befand sie. Sie würde Leo darum bitten müssen, ebenso, ihr die Bandage um ihre Rippen neu anzulegen. Sie zog Leos Bademantel wieder an und ging in den Lebensraum, in dem es verführerisch nach Speck duftete. „Spaghetti“, rief Leo aus der offenen Küche.

„Zum Frühstück?“

„Häseken, du hast sechzehn Stunden geschlafen, dein Körper braucht jetzt eine Energieinfusion. Also Spaghetti Carbonara. Mit viel guter Butter, Sahne, Ei, Speck und dem besten Parmesan von ganz Notting Hill.“

„Ich hab dich lieb, Leo.“ Vicky ließ sich in einen der gemütlichen Vintagesessel fallen, die Leo und Ian auf einer Auktion erstanden hatten.

Leo brachte ihr ein Glas mit einer Flüssigkeit, die Vicky an einen Brombeershake erinnerte. „Trink das, das bringt dich wieder nach vorn.“

Vicky roch an dem Glas und verzog das Gesicht. „Igitt, was ist das denn?“

„Das hat meine Mum mir immer gemacht, wenn ich wieder auf die Beine kommen musste. Rotwein mit einem verquirlten Eigelb. Es gibt nichts Besseres für uns anonyme Alkoholiker. Augen zu und durch.“

Vicky trank gehorsam. Ob das wirklich das Richtige war bei ihren Kopfschmerzen? Im nächsten Moment durchflutete sie wohlige Wärme.

„Wow.“

„Sag ich doch, hilft sofort.“

„Hat George angerufen?“

„Bei mir nicht.“ Leo ging um den Küchentresen herum und reichte ihr sein Handy. „Ruf an!“

Vicky wählte Georges Nummer. „Wieder nur die Mailbox." Sie sandte ihm nochmals eine SMS, in der sie um Rückruf bat. Dann versuchte sie es zu Hause. Sie hinterließ einen Spruch auf dem Anrufbeantworter. Komisch, dass er nicht zurückgerufen hatte. Das sah ihm gar nicht ähnlich. Natürlich könnte sie in seiner Firma anrufen, aber das war George nicht so recht, was sie verstehen konnte. Auch ihr war es immer lieber gewesen, wenn die Sekretärin nicht mitkriegte, wann und worüber man privat telefonierte.

Leo stellte eine Schüssel mit dampfenden Spaghetti auf den Tisch. Schon die Steingutschüssel mit dem Olivenmotiv sah appetitlich aus. Dazu das Aroma des gebratenen Specks und des geriebenen Käses – Vicky fiel über die Spaghetti her wie nach einem tagelangen Ritt durch die Sahelzone. Leo beobachtete sie amüsiert.

„Ich habe schon ein wenig gearbeitet", sagte er, nachdem auch er sich eine Portion aufgetan hatte. „Unser Polizeireporter ist mir noch einen Gefallen schuldig, ich besorge ihm und seiner Frau immer Premierenkarten." Leo tupfte sich sorgfältig seine Lippen mit einer Stoffserviette ab, bevor er einen Schluck Wein aus einem schweren Kristallglas nahm. „Ich habe ihn gebeten, den Namen des Opfers aus dem Grunewald herauszufinden", sagte er.

„Wie soll er das hinkriegen?"

„Kollegen unter sich, die tun sich schon mal einen Gefallen", sagte Leo.

„Musst du heute nicht arbeiten?"

„Häseken, ich habe für solche Fälle immer etwas Aktuelles auf Lager, das ich einschieben kann."

„Heißt das, du musst heute nicht mehr weg?"

„Heute nicht und für den Rest der Woche auch nicht. Löwe passt auf Häseken auf."

„Wahnsinn!" Vicky war ebenso erleichtert wie verblüfft, denn

Leo war nicht nur einer der wichtigsten Londoner Theaterkritiker, sondern schrieb nebenbei auch noch regelmäßig Bücher über seine Lieblingsschriftsteller.

Nachdem sie die Schüssel Spaghetti im Rekordtempo geleert hatten, machte sich Leo daran, „den weltbesten Espresso" zu fabrizieren. Fast hätten sie das Telefon nicht gehört, weil genau in diesem Moment das Mahlwerk des Kaffeeautomaten vernehmlich seinen Dienst tat. Leo sprintete zu dem Apparat, der auf dem Tisch lag. Er bedeutete Vicky, einen Block und einen Kugelschreiber von seinem Schreibtisch zu holen.

„Warte, warte, ich bin gleich so weit", sagte er, als Vicky ihm das Gewünschte reichte.

„Isabelle Girard aus, warte, hey, langsam, wie schreibt man das?"

Sein Kollege schien zu buchstabieren.

„Tassin-la-Demi-Lune. Was für ein Name. Okay, danke dir, Dave, ich lege dir die Karten wie immer ins Fach. Grüß deine Holde." Er strahlte Vicky an. „Et voilà, schon haben wir den Namen der toten Frau. Er hat ihn von einem Kollegen bei der Berliner Zeitung. Isabelle Girard."

Vicky zog Leos Notebook zu sich, das immer noch offen am Ende des Tisches stand.

„Darf ich mal googeln?", fragte sie.

„Nur zu, wenn du gar so ungeduldig bist", sagte Leo grinsend. Er stand auf und holte sich ein Tablet, das auf dem Kaminsims in der Ecke lag.

„Liebe Güte, da gibt es ja Heerscharen von Girards."

Leo lachte. „Zwei Millionen, neunhundertsiebzigtausend Ergebnisse. Na toll. Mal schauen, wie das im Zusammenhang mit – wie heißt das Kaff noch gleich? – ist."

Vicky hatte sich den Zettel gegriffen und buchstabierte: „T A S S I N Bindestrich, neues Wort, la, Bindestrich, D E M I, Bindestrich, L U N E."

„Das sieht schon besser aus. Das heißt – dann auch wieder nicht. Keine Isabelle Girard."

„Wo in Frankreich ist das eigentlich, dieses Tassin-Dings-Pieps?", fragte Vicky.

„Ich gucke gerade bei Wikipedia. Also das gehört wohl zum Arrondissement Lyon. Schau du doch mal bei Facebook."

Vicky gab den Namen bei Facebook ein. „Oje, die gibt es weltweit. Mme Girard scheint das Äquivalent zu Mrs. Miller zu sein. Montreal. Quebec. Paris, mehrere. USA …"

„Ach du heilige Scheiße!" Leo war blass geworden.

„Was ist?"

„Vicky, du brauchst jetzt einen Grappa."

„Sag mir sofort, was los ist! Ich will keinen Grappa."

Leo war nichtsdestotrotz aufgestanden und holte eine schlanke Flasche von einem Art-déco-Teewagen, den er aus dem Bestand des Savoy ersteigert hatte.

„Doch, du brauchst einen Grappa!" Er stellte ein Glas vor sie hin und goss es fast bis obenhin voll. Anschließend goss er sich selbst die gleiche Menge ein. Dann erst griff er zum Tablet und drehte es zu Vicky. Als diese die geöffnete Seite sah, griff sie automatisch nach dem Schnaps. Später wunderte sie sich, dass sie nicht in Ohnmacht gefallen war.

Auf der Webseite war oben links ein Foto von ihr zu sehen. Es bestand nicht der geringste Zweifel, diese Frau war sie selbst. Victoria McIntosh. Nein, Isabelle Girard.

„Deine Zwillingsschwester, eine andere Erklärung kann es nicht geben", konstatierte Leo.

„Wie bist du darauf gekommen?"

„Ich habe Isabelle Girard, Lyon eingegeben. Und siehe da, die Dame sieht nicht nur aus wie du, sie macht sogar das Gleiche wie du. Jedenfalls annähernd. Sie ist Rechtsanwältin."

„Wow." Zu einer intelligenteren Antwort war Vicky nicht mehr fähig.

Leo diktierte ihr die URL. Vicky musste zugeben, dass ihr Französisch recht eingerostet war. Aber sie verstand zumindest so viel, als dass Isabelle Girard auf Anlegerrecht spezialisiert war. Auch sie verteidigte also die Betrogenen, die Opfer.

„Meine Zwillingsschwester", sagte Vicky, und mit einem Mal liefen ihr die Tränen aus den Augen. Erst wischte sie verstohlen mit dem Ärmel von Leos Bademantel ihr Gesicht ab, aber es war, als habe ein Staudamm ein Loch bekommen. Schluchzend brach Vicky über dem Notebook zusammen.

Leo ließ sie heulen und ging hinaus. Als er zurückkam, stellte er eine große Packung Papiertücher auf den Tisch. „Komm, Häseken, Nase putzen", sagte er und nahm sie sanft in die Arme. Dann zog er das Notebook zu sich und scrollte durch die Facebook-Seitenvorschläge.

„Hier, guck mal, ich habe sie gefunden."

Vicky griff sich gleich mehrere Tücher und schnaubte vernehmlich. „Zeig!"

Arm in Arm saßen Vicky und Leo vor dem Notebook. Isabelle Girard gab nicht allzu viel von sich preis. Nur, dass sie in Tassin-la-Demi-Lune, Frankreich, wohnte. Die Seite wurde aufgemacht mit dem Foto einer Frau auf einer Schaukel, mit fliegenden, halblangen braunen Locken und einem sympathischen, offenen Lachen. Das Bild sah so lebendig aus, dass es Vicky fast das Herz brach.

„Wir kriegen keine Adresse von ihr", sagte sie. „Was ist mit ihrer Kanzlei? Vielleicht ist sie ja in einer Sozietät oder in einer Bürogemeinschaft. Schau doch mal ins Impressum."

„Bin schon längst dabei, Häseken", sagte Leo, der eifrig etwas in sein Tablet tippte.

29. Susanne

Susanne. Ein bisschen war er immer in sie verliebt gewesen. Ob Susanne das wohl gemerkt hatte? Vielleicht. Manchmal spielte sie ein wenig mit ihm, so wie eine Katze mit einer Maus spielt. Sie wusste genau, dass sie ihn hätte töten können. Susanne war eindeutig ein Luder. Ein wunderbares, begabtes, kultiviertes Oberluder. Mit Beinen bis in den Himmel und einem messerscharfen Verstand. Außerdem war Susanne Trudis beste Freundin. Und Lothars Frau.

Susanne war vermintes Gelände, verbotenes Terrain und wahrscheinlich genau deshalb so reizvoll. Mit Susanne wurde das Undenkbare denkbar.

Er sah sie vor sich, dort unten in dem See, ihr erstauntes Gesicht schien zu ihm aufzuschauen. *Wieso*?, schienen ihre Lippen zu formen. Das waren ihre letzten Worte. Susanne fragte manchmal ein bisschen zu viel. Wieso, warum, weshalb. Dabei war es doch so einfach: Sie musste sterben, weil sie bei Lothar war. Die falsche Frau am falschen Ort beim falschen Mann. Bei Lothar, mit dem er in St. Gallen das Internat besucht hatte. Lothar, der so manche Matheklausur bei ihm abgeschrieben hatte. Und später in Statistik. Lothar, der so schlecht rechnen konnte, aber auf den man zählen konnte. Lothar, der es möglicherweise deshalb zum mächtigen Chef einer mächtigen Organisation gebracht hatte.

Susanne war die Dritte. Susannes Tod war wie eine Raubkatze, die ihn angefallen hatte. Die Katze hatte ihm die Krallen ins Gesicht geschlagen und ihm die Eingeweide aus dem Leib gerissen.

Das Entsetzen war grenzenlos.

30. Kensington

Sie bewunderte ihn grenzenlos. Wie perfekt er auf Französisch parlierte. Sie hätte höchstens eine gestotterte Version zustande gebracht, allerdings nur, wenn sie vorher ein Wörterbuch bemüht hätte. Gespannt lauschte sie dem Telefongespräch. Leo hatte einfach die Nummer angerufen, die auf der Website der Kanzlei zu finden war. Er war offensichtlich dabei, eine Verabredung für sie zu treffen, so viel Französisch verstand sie gerade noch. Morgen. Morgen? In Lyon? Vicky versuchte hektisch den Kopf zu schütteln. Sie hatte nicht vor, dieses Haus so schnell wieder zu verlassen. Allein ihre Halsmanschette und die Schmerzen hinderten sie daran, ihren Unmut zu zeigen. Leo war gnadenlos. „Adieu, Mme Wersinger, merci, à demain."

„Sie erwartet uns morgen Nachmittag. Isabelle hat sich die Sekretärin mit einem anderen Anwalt geteilt. Sie wird uns in den Büroräumen von Isabelle empfangen."

„Leo, was heißt ‚uns'?"

„Uns heißt uns. Wir fliegen nach Lyon, Häseken. Definitiv morgen."

„Leo, ich kann so unmöglich nach Lyon fliegen. Ich sehe aus wie Frankensteins Braut!"

„Schlimmer. Aber lassen wir das. Du kriegst ein schickes Staubtuch um die Halskrause gebunden, und alles ist gut."

„Und ich habe Schmerzen."

„Du willst kneifen? Große Indianermädchen kennen keinen Schmerz. Lasse ich nicht gelten. Ich habe nur bis Ende der Woche Zeit, und einer muss ja auf dich aufpassen."

„Leo, ich kann nicht, ich traue mich nicht aus dem Haus. Da draußen ist irgendjemand, der will, dass ich mir die Radieschen von unten ansehe."

„Diesen jemand hast du abgehängt, oder? Niemand weiß, dass du hier bist."

„Vielleicht sucht mich ja die Polizei? Wegen des Unfalls!"

„Du meinst, du bist zur Fahndung ausgeschrieben und nun auf ewig dazu verurteilt, dich hier bei mir zu verstecken? Red keinen Quatsch, Häseken, vielleicht sucht dich die Polizei an Orten, an denen sie dich vermuten, aber ganz bestimmt nicht in einer landesweiten Fahndung. So schnell geht das nicht!"

„Leo, ich habe gebrochene Rippen. Das tut weh!"

„Memme! Wir buchen jetzt einen Flug, und dann gehe ich einkaufen. Du brauchst was zum Anziehen."

„Leo, hab Erbarmen!"

„Erbarmen ist was für Katholiken."

„Außerdem musst du mir den Verband um die Rippen neu wickeln. Und ich brauche ein neues Druckpflaster am Kopf. Das ist mal das Dringlichste."

„Ich habe eine bessere Idee, Kleines. Ich rufe jetzt unseren alten Freund Oli an und bitte ihn, hier vorbeizuschauen und dich professionell zu verarzten."

„Oli? Oliver Cole?"

„Ach ja, du kennst den Knackarsch ja."

„Na, hör mal, den habe ich dir doch sozusagen in die Arme getrieben, damals."

„Stimmt, das hatte ich ganz vergessen. Also Oli. Okay?"

Vicky wollte wieder nicken. „Ja!" Oje, das klang kläglich. Sie wusste selbst, wie verzagt sie wirken musste, aber das war ihr gleichgültig. Bei Leo konnte sie sie selbst sein. Und sie hatte definitiv Angst. Scheißangst, wie sie in Gedanken hinzufügte.

„Was um Gottes willen soll ich George sagen?", fragte sie Leo, der bereits eifrig im Internet nach Flügen suchte.

„Sag ihm, dass wir morgen früh um 7.50 Uhr mit der British Airways von Heathrow nach Lyon fliegen. Und dass er noch ein paar Tage auf dich verzichten muss."

Vicky kauerte sich in Leos alten Bibliothekssessel, der so herrlich nach Juchtenleder roch, und wählte Georges Nummer. Wieder nur die Mailbox. Sie hinterließ ihm eine Nachricht: „Ruf mich bitte zurück, ich muss dir ganz viel erzählen. Morgen früh fliege ich mit Leo nach Lyon, ich erzähle dir später warum. Bitte sei nicht böse, ich weiß, es hört sich alles verrückt an. Ich liebe dich!"

Leo musterte sie nachdenklich. „Kein Wunder, dass er dich für durchgeknallt hält."

Nach seinem Telefonat mit Oli, den er bat, mit Spritzen, Pflaster, Bandagen und viel guter Laune vorbeizukommen, zog sich Leo an. „So, Häseken. Löwenvater kauft jetzt was Schickes fürs Häseken. Größe 38 dürfte dir nicht mehr so ganz passen. Also 40. Stimmt's?"

„Findest du mich auch zu dick?", fragte Vicky.

„Hast halt ein gebärfreudiges Becken gekriegt. Ich liebe das, du hast so was Mütterliches bekommen."

Vicky nahm einen Apfel aus der Schale und schmiss nach ihm.

Geistesgegenwärtig fing Leo den Apfel auf. „Das war das Stichwort: Vertreibung aus dem Paradies. Mach Oli auf, wenn er klingelt. Er wusste noch nicht genau, wann er aus der Praxis weg kann."

„Und vergiss nicht das Handy", sagte Vicky. „Irgendein Prepaid, ein richtiges besorge ich mir in Berlin."

Leo gab ihr einen angedeuteten Kuss auf den unverletzten Teil ihres Kopfes, schnappte sich die Autoschlüssel und zog die Tür hinter sich zu.

Vicky sank zurück in den Lehnstuhl, der direkt neben dem Kamin stand. Warum nur konnte sie George nicht erreichen? Sie versuchte es erneut zu Hause. Natürlich war wieder niemand zu Hause. Aber diesmal sprang wenigstens der Anrufbeantworter an. Sie machte ihre Ansage. „Bin bei Leo, bitte ruf mich zurück unter …" Wenn er nicht zu Hause war, dann bestimmt in der Firma. Die Firmentelefonnummer war natürlich auf ihrem Handy gespeichert. Aber wozu gab es Google? Sie schnappte sich Georges Tablet. Nach einer Ewigkeit, wie ihr schien, fand sie die Nummer seiner Firma. Sie hatte sich ständig vertippt, so sehr zitterten ihre Hände. Vor allem daran merkte sie, dass sie sich wahnsinnige Sorgen um George machte. Wenn ihm nun auch etwas zugestoßen war. Es war ja nicht auszuschließen, dass auch sein Auto präpariert worden war. Ja, genau, Fionas Auto war präpariert worden. Vicky war sich jetzt ganz sicher. Sie sah auf die Uhr, es war kurz nach fünf. Würde seine Sekretärin noch da sein? Es kam auf einen Versuch an. Sie ließ es lange klingeln. Niemand nahm ab. Die hatten bereits Feierabend gemacht, jedenfalls in der Telefonzentrale. Vicky schloss für einen Moment die Augen. Sie wurde von der Türklingel geweckt. Das ging aber schnell, dachte Vicky und stand schnell auf.

„Krieg keinen Schreck", sagte sie, als sie die Tür öffnete. Es geschah im Bruchteil einer Sekunde. Er stellte den Fuß in die Tür, griff sich Vicky mit einer geschickten Bewegung und schob sie rückwärts in die Wohnung. Vicky wollte schreien, aber der Kerl hielt ihr mit einer Hand den Mund zu. Vicky bekam kaum Luft vor Schmerz, als der Mann ihre gebrochenen Rippen an sich presste. Sie fiel in ein gnädiges Dunkel.

31. Gabriele

Ob Gabriele etwas geahnt hat?, fragte er sich. Hatte sie ein schlechtes Gefühl gehabt, als sie sich an diesem Dienstagmorgen auf den Weg zu Hertie gemacht hatte? Was wollte sie kaufen? Einen Badeanzug für ihre Jüngste? Sonnenmilch und Strandlaken für den kommenden Spanien-Urlaub? Hatte sie deshalb ihre Wohnung so akribisch aufgeräumt? Alles auf Hochglanz gebracht, damit später niemand etwas Schlechtes über sie sagen konnte? Vorher hatte sie noch die Wäsche ihrer Familie gewaschen und auf dem Balkon zum Trocknen aufgehängt. Schiesser-Unterwäsche, Feinripp, man sah den Wäscheständer später in der Tagesschau.

Sie war eine absolut durchschnittliche Frau. Mutter von zwei kleinen Kindern, sechs und acht Jahre alt. Die Kinder waren in der Schule, noch drei Tage bis zu den großen Ferien. Und der Ehemann war, wie es sich gehörte, „auf Arbeit", so pflegte man im Ruhrgebiet zu sagen. Sachbearbeiter bei der Allianz-Versicherung.

Ihre Dauerwelle war ganz frisch, sie trug die dunkelblonden Haare im Afro-Look. Mode, nicht moralische Überzeugung. Wahrscheinlich. Die Bilder von der leeren Wohnung hatten sich in seine Erinnerung stärker eingegraben als die Frau, die darin fehlte.

Das Wohnzimmer – Teakholzschrankwand, Gummibaum und grüne Snapcouch, der gewebte Orientteppich, frisch gesaugt. Auf dem Couchtisch stand ein dicker, roter Kristallaschenbecher, säuberlich geleert und abgewaschen, darunter ein beigefarbenes Seidenhäkeldeckchen. Daneben lag eine *Für Sie*. Wie hatte schon seine Mutter immer gesagt: „Stell dir vor, du hast einen Unfall und keine frische Unterwäsche an." Stell dir vor, du siehst dein Wohnzimmer im *heute journal*. Ein Wohnzimmer kann man aufräumen. Ein Leben nicht.

Vielleicht, so hatte er manchmal gedacht, war es ihre Durchschnittlichkeit, die ihr zum Verhängnis wurde. Sie war die nette Frau von nebenan, die freundliche Frau Mustermann, sie war die schweigende Mehrheit, sie war das unsichtbare Volk. Die richtige Frau zum falschen Zeitpunkt am falschen Ort. So lieb, so unscheinbar und sofort tot. Sie hat kaum geblutet. Sie war kein Luder. Sie war ein Unfall. Kollateralschaden.

Gabriele war die Vierte.

32. Kensington

Vicky blinzelte. Sie fühlte sich frei. Erfrischt. Wo war sie? Sie schaute in ein Paar stahlblaue Augen, die ihr vage bekannt vorkamen. Oli?

„Victoria Pratchett, huhu, kannst du mich hören?“ Warum hörte er sich an, als ob er aus einer Konservendose sprach?

„Oliver?“ Sie versuchte es wenigstens.

„Sprich mit mir, Vicky. Hörst du mich?“

Vicky schüttelte den Kopf. Au verdammt, tat das weh. Natürlich, das Schleudertrauma. Sie versuchte, sich aufzusetzen. „Was ist passiert?“

„Ich weiß nicht, was passiert ist, ich bin die Treppe hochgekommen, und da lagst du mitten im Eingang“, sagte Oliver Cole.

„Ist er noch da?“

„Leo, nein, der ist doch einkaufen gegangen, hat er jedenfalls vorgehabt.“

„Nicht Leo, der Mann, der an der Tür war?“

„Welcher Mann, Vicky? Du scheinst ganz schön was abgekriegt zu haben. Komm, leg dich mal wieder hin. Onkel Doc holt dir erst mal ein bisschen was Kaltes zu trinken.“

„Moment, Oli, hör mir doch mal zu. Es hat geklingelt, ich habe gedacht, dass du es bist, und die Tür geöffnet. Ich Idiotin, warum habe ich nicht durch den Spion geguckt! Da stand ein

Mann und – ich weiß nicht, es ging alles so schnell. Ich kann mich kaum daran erinnern. Ich bin wohl ohnmächtig geworden."

Oliver Cole zog eine Taschenlampe aus seiner Arzttasche. „Schau mir in die Augen, Kleines", sagte er und leuchtete ihr in die Augen. „So, nun erzähl mal dem guten Onkel Doktor, was man dir angetan hat. Du siehst wirklich schlimm aus. Gehirnerschütterung?", fragte er, während er sich die Wunde auf ihrem Kopf anschaute.

„Oli, da war ein fremder Mann an der Tür, der hat mir den Mund zugehalten und mir die Luft abgedrückt."

„Pst, beruhige dich, Schätzchen. Ich vermute, du bist umgekippt, weil du zu schnell aufgestanden bist. Kein Wunder bei einer Gehirnerschütterung und den sonstigen Prellungen. Komm, zeig mir mal, was unter diesem hübschen T-Shirt verborgen ist."

„Hey, Oliver, Oliver Cole, du Alptraum meiner Schulzeit. Ich fantasiere nicht. Ich wurde angegriffen. Es hat jemand versucht, mich umzubringen! Du hast ihn vermutlich durch dein Kommen gestört."

„Und wo ist dieser Jemand jetzt? Schätzchen, ich schwöre dir, da war kein böser dunkler Mann. Als ich die Treppe hochkam, lagst du mitten in der Tür. Ich habe gedacht, du hättest mich aus dem Fenster gesehen und mich schon erwartet."

„Ist schon gut, Oliver, ist ja klar, dass du mir nicht glaubst. Ich habe eine Gehirnerschütterung, ein paar gebrochene Rippen, ein Schleudertrauma und eine Visage wie der Glöckner von Notre-Dame. Bitte tu mir dennoch einen Gefallen: Kannst du mal die Wohnung absuchen, ob der Mann sich hier nicht irgendwo versteckt hat? Bitte!"

Oliver musterte sie mit kaum verhohlenem Zweifel. Okay. Mit ein wenig übertriebener Dramatik öffnete er die Tür zum Bad und rief: „Gesichert!" Auf diese Weise arbeitete er sich durch alle Zimmer.

Vicky schluckte eine leise aufkeimende Wut herunter. „Oli!

Ich bin keine Idiotin, ich bin auch nicht paranoid. Es ist gut jetzt."

Oliver kehrte zur Couch zurück. „Dann kann ich mich ja jetzt ans Flickwerk machen." Er holte Verbandszeug aus seiner Tasche und reinigte Vickys Kopfwunde.

„Aua, das brennt wie Feuer!", rief sie.

„Nur wenn es wehtut, hilft's. So, nun steh mal auf, damit wir deine Rippen verarzten können."

Er tastete die Rippen ab. „Laufen dürfte nicht so angenehm sein." Er legte ihr einen Verband an. „Du solltest mindestens noch drei Tage im Bett bleiben."

„Das sage mal Leo, mit dem soll ich morgen nach Lyon fliegen."

„Ist der verrückt? In dem Zustand? Nie und nimmer!"

„Was ist nie und nimmer?", fragte Leo, der gerade die Wohnungstür aufgeschlossen hatte.

„Da ist ja unser Menschenschinder. Leo, ich verbiete dir, mit dieser Frau morgen ein Flugzeug zu besteigen. Die Dame bleibt mir schön im Bett."

„Moment, Moment, Oli. Werde ich hier eigentlich gar nicht gefragt? Ich bin zwar ein wenig lädiert, aber immer noch nicht vormundschaftspflichtig."

„Nicht?" Das kam wie aus einem Mund von Oli und Leo. Offenbar waren beide noch immer ein eingespieltes Team. Vicky hatte die beiden vor vielen Jahren zusammengebracht, als ihr Schulfreund Oli sein spätes Coming-out hatte. Seine damalige Ehefrau hatte ihr das bis heute nicht verziehen.

„Hört auf, Leute", sagte Vicky. „Ich werde morgen ganz sicher ein Flugzeug besteigen. Je schneller ich hier wegkomme, desto besser. Leo, ein Mann hat geklingelt, und als ich aufgemacht habe, hat er mich gepackt und in die Wohnung gedrängt."

„Oh Gott. Häseken, wo ist er, ist dir was passiert?"

„Vergiss es, Leo. Sie fantasiert, das sind die Spätfolgen einer

Gehirnerschütterung. Als ich kam, war sie alleine und lag in der geöffneten Tür. Ist wahrscheinlich zu schnell aufgestanden. Da kam Vicky dann das Parkett entgegen."

„Moment mal. Ganz langsam. Und noch mal von vorn. Vicky, wo ist der Mann, wie hat er ausgesehen?"

„Leo, es tut mir leid, ich bin so doof. Ich habe die Tür aufgerissen, ohne durch den Spion zu sehen. Ich war fest davon überzeugt, dass es nur Oli sein konnte. Ich war mir so sicher, dass uns keiner hierher gefolgt ist. Das kann man jetzt getrost vergessen. Sie wissen, wo ich bin, wer auch immer sie sind."

„Ich verstehe nur Bahnhof", sagte Oli.

Leo sah ihn zweifelnd an. „Ich bin mir nicht so sicher, dass ich dir das jetzt erklären will. So wie ich dich kenne, würdest du sofort die Polizei rufen. Und die können wir hier gerade nicht gebrauchen."

„Na, dann kann ich ja gleich gehen. Der Mohr hat seine Schuldigkeit getan."

„Kein Grund, so angezickt zu reagieren", sagte Leo. „Ich verspreche dir, sobald wir Licht ins Dunkel gebracht haben, kriegst du die Geschichte als Erster serviert, inklusive Silbertablett und altem französischen Rotwein."

Vicky stand vorsichtig auf und legte einen Arm um ihren alten Schulfreund. „Sei nicht böse, Oli, das Ganze ist so verworren, dass ich selbst nicht durchblicke. Leo hilft mir. Komm, Leo, zeig doch mal, was du mir Schönes mitgebracht hast."

„Und ich dachte schon, du fragst gar nicht mehr", sagte Leo und wühlte in einer verführerisch dunkelgrau glänzenden Tüte. „Was hältst du von diesem Traum in zartem Lachs?"

Vicky lächelte. „Leo! Das ist ja hinreißend! Komm, gib mal her. Mal sehen, ob es passt."

„Natürlich passt es, das sieht man doch. Es ist absolut perfekt zu deinen dunklen Haaren und deinen dunklen Kulleraugen. Zumindest ein Kuller. Vom anderen schweigt der Dichter betreten."

„Gib.“ Vicky nahm ihm den Bügel mit dem lachsfarbenen Hosenanzug aus der Hand.

„Halt“, rief Leo. „Und dann haben wir dazu noch dieses reizende Seidenblüschen, extra eine Nummer weiter, damit man den Verband darunter nicht sieht. Davon habe ich gleich zwei genommen, eins in Reinweiß, das andere in Schwarz, damit du was zum Wechseln hast.“

Vicky drückte Leo einen Kuss auf die Wange. „Er schafft es immer noch, die besten Sachen für mich zu finden“, sagte sie zu Oli, der vom Sofa aus die Szene musterte. „Wenn du wüsstest, wie mir das in Berlin fehlt! Jemand, mit dem man shoppen gehen kann. Jemand, der an einem Ständer vorbeiläuft und ruft: Vicky, hier wartet ein Samtblazer von galaktischer Schönheit auf dich!“

„Dein Angetrauter eignet sich sicher nicht dazu“, sagte Oli und grinste.

„Wenn du mit George in ein Kaufhaus gehst, zieht er ein Gesicht, als wäre ihm zur Strafe die Nachspeise gestrichen worden.“

„Ich sag doch, Männer und Frauen passen einfach nicht zueinander“, sagte Leo und drückte Vicky noch eine Tüte mit Unterwäsche in die Hand. „Halt“, rief er ihr hinterher, als sie sich schon auf den Weg machen wollte, „es fehlt noch das Tüpfelchen auf dem i.“ Er legte ihr ein riesiges, reinseidenes Kopftuch mit einem Motiv von lachsfarbenen Teerosen auf einem schwarzen Grund über den Arm. „Dein Staubtuch!“

Nachdem Vicky mit ihren neuen Klamotten im Gästezimmer verschwunden war, setzte sich Leo zu Oli.

„Glaub mir, Schatz, sie hat keinen Sprung in der Schüssel.“

Vicky hörte im Gästezimmer natürlich jedes Wort.

„Leo, du musst mir versprechen, dass du gut auf sie aufpasst. Ich gebe dir noch ein paar starke Schmerzmittel mit, damit sie das halbwegs übersteht. Leo, kein Witz, sie muss sich schonen.“

Vicky streifte sich unter erheblichen Schmerzen einen der

neuen Slips über. Wie nicht anders zu erwarten gewesen war, hatte Leo auch hier seiner Kreativität freien Lauf gelassen. Während Vicky in der momentanen Situation wahrscheinlich zu reinweißer Baumwolle gegriffen hätte, hatte Leo ihr zarte Spitze farblich passend zum Hosenanzug besorgt. Sie wusste genau, wie er das kommentieren würde: *Häseken, stell dir vor, du liegst im Leichenschauhaus und der Pathologe muss dir so einen Liebestöter vom Leib schneiden. Das geht nun gar nicht.*

Die beiden Männer im Wohnzimmer redeten ein wenig leiser. Wahrscheinlich wollten sie nicht, dass Vicky hörte, was sie zu besprechen hatten. Aber Vicky spitzte umso mehr die Ohren.

„Oli, ich verspreche dir den besten Rotwein, den es in ganz London zu kaufen gibt. Gib mir die Pillen, und dann musst du mir helfen, Vicky hier heil rauszukriegen."

„Wie meinst du das?", fragte Oli.

„Vicky wird offensichtlich verfolgt. Jemand weiß, dass sie hier ist, und hat gesehen, wie ich das Haus verlassen habe. Also müssen wir hinten raus und irgendwo ein Hotel für die Nacht finden. Und zwar jetzt, nicht erst morgen früh."

„Ihr könnt zu mir kommen", sagte Oli.

„Nein, ich will dich da nicht mit reinziehen. Es reicht, wenn zwei Menschenleben in Gefahr sind. Was ich von dir will, ist, dass du noch eine halbe Stunde hier bleibst, wenn wir weg sind. Wir verschwinden durch den Kellereingang im Hof. Von dort aus kommt man in den Keller des Hauses gegenüber. Dorthin können wir uns ein Taxi bestellen."

„Okay, und ich schließe in einer halben Stunde hier ab. Wo lasse ich den Schlüssel?"

„Du kriegst meinen Gästeschlüssel, den kannst du mir wiedergeben, wenn wir uns zum Rotwein treffen."

„Nicht, dass Ian denkt, ich würde während seiner Reisen hier ein und aus gehen", sagte Oli.

„Ian ist nicht ganz so eifersüchtig wie du."

„Dann ist ja gut. Okay, ich bleibe also hier."

Vicky war aus dem Gästezimmer getreten. Die beiden Männer schauten sich um.

„Vicky, du siehst toll aus!"

„Wow!" Das war Oli. Vicky hatte keine andere Reaktion erwartet. Sie hatte sich das Tuch so umgebunden, dass man kaum ihr Gesicht sah. Der Hosenanzug saß perfekt, und die Farbe würde ihr sicher sehr gut stehen, wenn die Lila- und Grünanteile aus ihrem Gesicht verschwunden waren.

„Warte, Schatz, ich habe dir noch eine Sonnenbrille besorgt." Leo reichte ihr ein schwarzes Modell mit sehr dunklen Gläsern. „Perfekt!"

„Wenn ich richtig gehört habe, dann meint Leo, dass wir hier verschwinden sollten."

„Du lauschst? Pfui, das hätte ich nicht von dir gedacht!", sagte Leo.

„Kannst du mir eine Tasche leihen für meine drei Sachen?" Vicky ging nicht weiter auf Leos Bemerkung ein.

„Klar. Ich pack auch schnell zusammen."

Vicky setzte sich zu Oli auf die Couch. „Ich habe dich noch gar nicht gefragt, wie es dir geht, Oli. Bist du glücklich in deinem Leben?"

„Es läuft alles perfekt. Die Praxis läuft, und ja, da ist auch was Neues privat, wenn du das wissen wolltest."

„Komm, erzähl, du bist frisch verliebt?"

„Kann ich noch nicht. Ist noch zu frisch. Aber es ist … also, Schmetterlinge, verstehst du?"

Vicky gab Oli einen Kuss auf die Wange. „Ich wünsche dir ganz doll viel Glück."

Leo kam mit einer Tasche aus dem Schlafzimmer. „Hier, Häseken, pack deine sieben Sachen, und dann nichts wie weg."

„Hast du mir auch ein Handy mitgebracht?"

„Ein Smartphone, klar doch. Kriegst du nachher, jetzt müssen wir hier erst mal weg.“ Leo bestellte über sein Handy ein Taxi in die Parallelstraße.

Als Vicky mit ihrer Tasche aus dem Zimmer kam, zog Leo seine cognacfarbene Wildlederjacke an. „Oli, lass auf jeden Fall das Licht an, wenn du gehst. Ich danke dir, mein Gutster.“

Sie verabschiedeten sich mit einem Kuss, dann gingen sie zu dem schmiedeeisernen Fahrstuhl, der sie bis ins Erdgeschoss brachte. Leo schloss die Kellertür auf und direkt hinter ihnen wieder zu. Sie liefen durch einen schmalen Gang und eine verrußte Treppe hinab in den Heizungskeller, von dem aus man in den Hof gelangte. Vicky hatte feuchte Hände vor Angst, dass hinter der nächsten Ecke sie jemand erwarten würde. Bei jedem Schritt schmerzten ihre Rippen, in ihrem Kopf schien sich ein Bienenschwarm angesiedelt zu haben.

Vorsichtig öffnete Leo die Hoftür. Er blickte rasch nach rechts und links und nickte ihr auffordernd zu. Immer an der Hauswand entlang überquerten sie den Hof. „Nicht so schnell, Leo, ich kann nicht so schnell“, flüsterte Vicky. Da hörten sie ein leises Geräusch, wie von einer Flasche, die über Asphalt kullert. Atemlos blieben sie stehen und lauschten. Es war weder etwas zu hören noch zu sehen.

Da zerriss ein Schrei die Stille. Was war das? Ein Kind? Vicky war kurz davor, wieder in Ohnmacht zu fallen. Aber dann sahen sie die Katze, die hinter einem Mauervorsprung verschwand.

Leo nahm Vickys Hand. „Komm weiter“, flüsterte er. Die Kellertür zum gegenüberliegenden Haus war nicht abgeschlossen.

„Das Schloss ist seit Jahren kaputt“, sagte Leo, während sie durch den Kellergang in das Treppenhaus traten.

„Was für ein Segen“, sagte Vicky. Sie öffneten die schwere Haustür. Vor dem Haus hielt ein Taxi. Rasch stiegen sie ein, was Vicky bei diesem typischen Londoner Taxi an die Grenzen ihrer körperlichen Möglichkeiten brachte. Beinahe hätte sie vor

Schmerzen aufgeschrien. Mit zusammengebissenen Zähnen ließ sie sich in das Plastikpolster sinken.

„Wohin?“, fragten Vicky und der Taxifahrer gleichzeitig.

„Carlos Place“, sagte Leo zum Taxifahrer durch die Trennscheibe.

„Ins Connaught?“, fragte Vicky.

„Exakt. Eins meiner Lieblingshotels in London. Habe schon sehr schöne Nächte dort verbracht“, sagte Leo und zwinkerte ihr zu.

„Zumindest stilvolle“, sagte Vicky. Während der Fahrt nach Mayfair reservierte Leo über seine Hotel-App ein Zimmer. „Häseken, du wirst das Bett mit mir teilen müssen, ich lass dich heute Nacht nicht aus den Augen.“

„Danke“, flüsterte Vicky. Sie war am Ende ihrer Kräfte.

33. Petra

Warum? Warum? Warum? Was haben wir falsch gemacht? Die Antwort auf diese Frage scheint ganz einfach. Nichts. Nichts. Nichts.

Am Anfang, da hatte er sie kaum wahrgenommen. Hatte ja keine Zeit damals, für so was. Hatte den Kopf voll mit anderem. War einfach nicht da. Ging doch, machten doch alle so. Oder nicht?

Sie war hübsch, ja. Blitzende braune Augen, braune Locken. Manchmal, da sah er ihr Bild im See, wie sie die Nacktschnecken vom Gartenweg räumte und ins Gras beförderte. Damit niemand drauf trat. An schlechten Tagen brachte der Wind ihre bohrenden Fragen zurück. Wo warst du? Was hast du getan? WAS HAST DU GETAN? So lange her. Und er musste an Anne denken. Was hatte er getan? Nichts. Eben.

Die meiste Zeit ging sie ihm auf die Nerven. Sie war zu laut, hatte zu viel Temperament. Nein, Petra war kein Luder. Das war es, was er am meisten bedauert hatte. Sie war nicht raffiniert genug, um ein Luder zu sein. Sie war nicht wie die anderen. Sie war wie er. Ein Dickschädel, ein Sturkopf. So ehrlich, dass es wehtat. So weh, so weh. Sie hatte sein Herz zum Frühstück verspeist. Ja, er hatte sich gewünscht, dass sie nie geboren worden sei. Die Raubkatze hatte einen Namen: seinen.

Petra war die Fünfte. Sie verschwand spurlos. Man hat ihre Leiche nie gefunden. Die Polizei sucht noch heute nach ihr. Sie hinterließ Fragen. Auf die er bis heute keine Antwort gefunden hatte. Niemand hatte auf seine Fragen geantwortet. Sie hielten zusammen, hatten sich gegen ihn verbündet. Was war nur schiefgelaufen in seinem Leben? Und warum? Was hatte er falsch gemacht? So viele Tote, so viel Blut. Er hatte versucht, sie zu vergessen. Kann man das? Kann man so was vergessen? Niemals, niemals, niemals.

34. Lyon

Es war bereits halb zwölf, als sie mit dem gemieteten, anthrazitfarbenen SUV den Flughafen Saint-Exupéry in Satolas verließen. Leo hatte sich hinters Steuer geklemmt, und Vicky bekam die Aufgabe zugewiesen, das Navi mit der Adresse zu füttern. Danach versuchte es Vicky mit ihrem Handy erneut bei George. Wieder erreichte sie nur die Mailbox, aber sie konnte ihm wenigstens die neue Handynummer und die Hoteladresse durchgeben. Sie kriegte komische Nachrichten von SFR, die sie nicht verstand, man wollte sie wahrscheinlich über die Roaminggebühren informieren.

„Nicht rumspielen, du sollst mich leiten, Häseken."

Das Navi sprach zwar auch Englisch, aber wie immer waren die Ansagen so, dass man sich auch abendfüllend verfahren konnte, wenn man sich um fünfzig Meter verschätzte. „Achte unbedingt auf die Entfernung. Wenn wir hier falsch abbiegen, müssen wir ewig durch den falschen Tunnel fahren."

Sie fuhren zuerst zu ihrem Hotel in der Rue du Bœuf, wo sie eincheckten und anschließend einen kleinen Imbiss nahmen. Dann war es auch schon Zeit, um in das Büro von Isabelle Girard am Quai Claude Bernard zu fahren.

Unter anderen Umständen hätte Vicky die Fahrt genossen. Sie hatten die Rhône überquert, um an das andere Flussufer zu gelangen. Die Sonne strahlte durch das junge Grün der Platanen, die die Straße entlang der Rhône säumten. Am Ufer dümpelten hintereinander vertäute, weiße Flusskreuzfahrtschiffe.

Vicky fühlte sich sehr viel besser als am Tag zuvor. Sie hatte erstaunlich gut geschlafen und dank Olis Pillen kaum noch Kopfschmerzen. Ihre Rippen taten sehr weh, sie konnte weder husten noch lachen, aber das ließ sich wohl nicht vermeiden.

„Zielankunft auf der linken Seite", meldet das Navi. „Parkplatz ist hier wohl Fehlanzeige", sagte Vicky.

„Ich habe vorhin ein Parkhaus-Schild gesehen", sagte Leo.

„Wenden ist hier wohl eher schwierig, fahr doch einfach mal links."

Erstaunlicherweise gab es auch dort ein Parkhaus. „Schade, dass man das Navi nicht mitnehmen kann, meinst du, wir finden den Quai wieder?", fragte Vicky.

„Häseken, es hat nicht jeder so ein schlechtes Orientierungsvermögen wie du." Leo musste ziemlich kurbeln, bis sie in der obersten Etage noch ein Plätzchen fanden.

„Sie scheinen hier auf Langzeitparker eingestellt zu sein."

Sie fanden ohne Probleme zum Quai Claude Bernard. Leo hatte wirklich ein besseres Orientierungsvermögen als sie, wie Vicky zugeben musste, aber Fußmärsche waren im Moment wirklich nicht ihr Ding. Sie war nicht nur völlig außer Atem, als sie an dem schönen alten Haus mit der Granitfassade ankamen, sondern hatte auch stechende Schmerzen im Rumpf. „Leo, ich kann nicht mehr!"

„Du wirst bis oben durchhalten müssen. Da kriegst du bestimmt einen Stuhl und ein Glas Wasser. Komm, Häseken, es gibt sogar einen Fahrstuhl."

Das Anwaltsbüro lag in der dritten Etage. Keine schlechte Adresse, dachte Vicky, so direkt am Fluss. Sie zupfte sich das Kopftuch zurecht, als Leo auf den Klingelknopf drückte.

Nachdem sich die Tür mit einem leisen Surren geöffnet hatte, betraten Sie einen Vorraum, der durch Oberfenster in den umliegenden Türen erhellt wurde. Auf dem schwarz-weiß gefliesten Boden lag ein roter Teppich.

Eine junge Frau mit einem blonden Pferdeschwanz trat mit einem Tablett in den Flur. „Kann ich Ihnen helfen?"

„Wir möchten zu Madame Wersinger", sagte Leo in seinem brillanten Französisch.

„Ich bin Madame Wersinger", sagte die Frau und stellte das Tablett auf einem kleinen Tisch ab. „Wenn Sie mir bitte folgen wollen."

Madame Wersinger öffnete die mittlere Tür und ließ sie eintreten. Vicky hielt den Atem an. Das Büro schien wie eine Kopie ihres ehemaligen Büros in ihrer Organisation. Ein riesiger Schreibtisch aus Kirschbaumholz, dahinter ein halbhoher Büroschrank, auf dem man die Akten unter Umständen auch aufgeschlagen stapeln konnte. Rechts vom Schreibtisch ein großes Fenster mit Blick zum Quai. Isabelle hatte ebenfalls mit dem Gesicht zur Tür gesessen. Genau wie sie. Und genau wie sie hatte sie eine Sitzgruppe mit schwarzen Lederstühlen in der Ecke für ihre Mandanten. Zwei Lederstühle vor dem Schreibtisch. Sie teilten offenbar den gleichen Sinn für Symmetrie.

„Bitte, nehmen Sie doch Platz. Darf ich Ihnen einen Kaffee anbieten?", fragte Madame Wersinger, die Vicky auf höchstens zweiundzwanzig Jahre schätzte. Ihre Sekretärin war nicht älter gewesen.

„Wenn Sie ein Wasser hätten?", bat Vicky und strich sich, ohne darüber nachzudenken, das Kopftuch von den Haaren, weil ihr unerträglich heiß geworden war.

„Oh Gott!" Madame Wersinger war blass geworden und hielt sich am Stuhl fest. „Sind Sie das, Madame Girard?"

Leo erklärte ihr rasch ihre Theorie, dass Madame Girard die Zwillingsschwester von Victoria McIntosh sein könnte. „Wie ein Ei dem anderen“, sagte Madame Wersinger, „das kann ich nicht glauben!“

„Seit wann haben Sie für Isabelle gearbeitet?“, fragte Vicky, die dafür ihre gesamten Französischkenntnisse zusammenkramte.

„Erst seit eineinhalb Jahren. Bitte, können Sie mir erzählen, was genau in Berlin passiert ist? Die Polizei hat mir keine Auskünfte gegeben. Die sind vor ein paar Tagen in die Kanzlei gekommen und haben alle Computer und Drucker mitgenommen. Wo gibt es denn so was! Haben die schon mal was von Datenschutz gehört?“ Vicky hatte nur die Hälfte verstanden. Leo übersetzte. Vicky berichtete in radebrechendem Französisch, dass sie beim Joggen über die Leiche einer Frau gestolpert sei, die genauso aussah wie sie.

„Sie müssen dazu wissen“, fügte Leo ein, „Vicky hat nie etwas von einer Zwillingsschwester gewusst. Wissen Sie, wo Isabelle aufgewachsen ist?“

„Ja, sie kam hier aus Lyon. Ihre Mutter hat sich vor nicht allzu langer Zeit das Leben genommen. Ja, ich meine, es war direkt Lyon.“

„Und wissen Sie, warum Isabelle in Berlin war?“, fragte Leo.

„Das hat sie niemandem verraten. Nur so viel, dass sie eine Familienangelegenheit klären wollte, bevor sie heiratete. Ihre Hochzeit war für Juni geplant, glaube ich.“

„Wen wollte sie heiraten?“, fragte Vicky.

Die Sekretärin stand auf und holte ein Bild vom Schreibtisch. „Ihn hier. Dominique Durand. Ein Supertyp. Bei dem wäre ich auch schwach geworden.“

„Haben Sie eine Telefonnummer und eine Adresse von ihm?“, fragte Leo.

„Na klar, er hat ja dauernd angerufen, und sie haben ja auch zusammengewohnt. In Tassin-la-Demi-Lune.“

„Ach darum“, sagte Leo. „Wir haben Isabelle nicht unter

ihrem Namen in Tassin-la-Demi-Lune gefunden. Sie wohnte wahrscheinlich noch nicht so lange bei ihm."

„Nein, erst seit ein paar Monaten. Das war ganz großes Kino, die beiden, ehrlich."

„Wie ist das denn hier in der Kanzlei? Waren die Rechtsanwälte befreundet?"

„Nein, die hatten wenig miteinander zu tun, die haben sich nur die Büroräume geteilt. Ehrlich gesagt glaube ich, dass Rechtsanwalt Goni die Räume lieber alleine gehabt hätte und Madame Girard rausekeln wollte."

Leo war aufgestanden. „Darf ich mir mal den Schreibtisch anschauen?"

„Wer soll es Ihnen verbieten?", fragte Madame Wersinger. „Aber da werden Sie nichts finden, das hat alles die Polizei beschlagnahmt."

Leo und Isabelle wechselten einen raschen Blick. „Haben Sie eine Vorgangsnummer, einen Namen von dem zuständigen Revier, dem zuständigen Kommissariat oder was auch immer?"

Die Wersinger kann genauso kuhäugig gucken wie meine ehemalige Sekretärin, dachte Vicky. Also nicht.

„Haben sie auch einen Kopierer mitgenommen?", fragte Leo.

„Ja, den kleinen Kopierer und den Scanner haben sie auch mitgenommen, den großen Kopierer, den wir immer benutzen, wenn viele Kopien zu machen sind, konnten sie schlecht mitnehmen, den hatten die Rechtsanwälte gemeinsam geleast."

„Darf ich den mal sehen?", fragte Leo.

Madame Wersinger führte ihn bereitwillig in den Kopierraum. Währenddessen setzte sich Vicky hinter Isabelles Schreibtisch in ihren schwarzen Schreibtischstuhl. So also war dein täglicher Blick auf die Welt. Vicky zweifelte nicht eine Sekunde mehr, dass Isabelle ihre Zwillingsschwester war.

„Haben Sie den Polizisten auch den Kopierraum gezeigt?", fragte Leo, als die beiden wieder zurückkamen.

„Ja, natürlich."

Leo schaute Vicky an und sagte auf Englisch: „Die waren verdammt gründlich, der Speicher ist komplett gelöscht, bis auf die letzten Tage."

„Was für ein Speicher?", fragte Vicky.

„Jeder Kopierer hat einen Speicher, aus dem man auch neue Kopien ziehen kann. Von wegen Polizei. Da ist uns jemand zuvorgekommen."

„Bitte geben Sie uns die Adresse und die Telefonnummer von Isabelles Lebensgefährten. Ist sie eigentlich schon beerdigt worden? Ist ihre Leiche hierher überführt worden?"

Mit dieser Frage war Madame Wersinger vollkommen überfordert. Wahrscheinlich hat sie sich nur überlegt, wer ihr das letzte Monatsgehalt zahlen soll und wer ihr jetzt ein Zeugnis schreibt. Nun ja, das war nachvollziehbar, dachte Vicky. Nachdem sie von Madame Wersinger das Gewünschte erhalten hatten, verabschiedeten sie sich. Was sollten sie in diesem ausgeräumten Büro auch tun?

„Moment mal", sagte Vicky. „Ihre E-Mail-Adresse. Wie lautete die?"

„Da gab es mehrere, die hingen ja alle an der Kanzleiwebseite dran."

„Und Sie haben nicht zufällig das Passwort?"

„Wie kommen Sie denn darauf, natürlich nicht!"

„Ich habe noch eine Bitte", sagte Vicky. „Könnten Sie vielleicht bei Isabelles Lebensgefährten anrufen und für uns einen Termin ausmachen? Und ihn vorwarnen, damit er nicht den Schreck seines Lebens bekommt?"

Madame Wersinger erklärte sich zögernd bereit, ihnen diesen Gefallen zu tun. Sie versuchte es auf der Festnetznummer, aber da war er erwartungsgemäß mitten am Tag nicht zu erreichen.

„Was für einen Beruf hat er denn, dieser Dominique Durand?", fragte Vicky.

„Irgendwas mit Investmentbanking oder so."

Oder so, dachte Vicky. So würde Onkel Willy auch den Beruf von George erklären. Oder so. Auf der Handynummer erwischte sie ihn sofort. Vicky konnte kaum verstehen, was Madame da ins Telefon flötete, es war allerdings nicht zu übersehen, dass sie eine gewisse Schwäche für Dominique Durand hatte.

„Er erwartet Sie heute Abend um 18.30 Uhr in seinem Haus in Tassin-la-Demi-Lune. Ich habe ihn vorgewarnt", sagte Madame Wersinger.

„Dann hätte ich nur noch eine Bitte", sagte Vicky und guckte Leo entschuldigend an. „Könnten Sie uns bitte ein Taxi rufen?" Madame Wersinger kam dieser Bitte sehr viel weniger zögernd nach. Vicky und Leo verabschiedeten sich und fuhren mit dem Fahrstuhl nach unten.

„Was zum Teufel soll das denn? Kannst du mir mal sagen, weshalb wir einen Mietwagen haben?"

„Leo, ich kann wirklich nicht mehr laufen. Bitte, lass uns hier Taxi fahren und den Wagen im Parkhaus stehen lassen."

„Ich hätte den doch auch holen können."

„Ja, und ich stehe hier, als ob ich Geld verdienen muss, mitten auf der Straße und warte auf dich oder was?", sagte Vicky. „Löwenvater, ich kann auch nicht stehen, verstehst du?"

„Okay, okay, also ein Taxi. Ich habe keine Ahnung, wie weit es nach Tassin-la-Demi-Lune ist. Aber man könnte ja schon mal hinfahren und gucken. Und dann suchen wir uns ein nettes kleines Café, wo wir darauf warten, dass es halb sieben wird."

Damit war Vicky absolut einverstanden.

35. Krumme Lanke

„Paket wieder aufgetaucht. Von London nach Lyon verschickt", sagte Krzysztof am Telefon.

„Zurückbleiben", schallte es von der U-Bahn-Station hoch. Seine Gedanken rasten. Wahrscheinlich war das eine gute Nachricht. Lyon war in Frankreich. Lyon war schön weit weg von der Leiche von Vickys Mutter und der englischen Polizei. Jawohl, das war eine sehr gute Nachricht. Aber wenn sie nach Lyon flog, dann musste sie hinter das Geheimnis gekommen sein. Hatte ihre Schwester etwa Kontakt zu ihr aufgenommen? Gab es vielleicht auch in England jemanden, den sie beauftragt hatte? Nein, das hatte er ausgeschlossen. Isabelles E-Mails sagten etwas anderes. Aber wie kam Victoria auf Lyon? Er hatte doch alles veranlasst, oder? Das Haus von Isabelle und ihrem Verlobten war sauber, da war er sich ganz sicher. Ihr Büro auch.

„Was tun?", fragte Krzysztof ungeduldig.

„Auf jeden Fall verhindern, dass das Paket nach Deutschland zurückkehrt. Sterben wie Gott in Frankreich." Hatte er das eben wirklich gesagt? Du wirst ganz schön zynisch, mein Lieber, sagte er sich. Aber die Anweisung an Krzysztof war klar und eindeutig.

„Das Paket ist im Set verschickt worden. Zwei auf einen Schlag."

Verdammt, dachte er. Was tun? „Was heißt das?"

„Aus eins mach zwei“, sagte Krzysztof.

„Habe ich richtig verstanden, doppeltes Porto?“

„Absolut richtig. Doppeltes Porto.“

„Woanders kriegt man Mengenrabatt“, sagte er.

„Dann gehen woanders hin. Auf Wiedersehen“, sagte Krzysztof.

„Halt, ist ja schon gut, also doppeltes Porto. Wie immer?“

„Wie immer. Morgen früh anrufen.“

36. Verena

Verena, das Superluder. Sie hatte Augen wie der Vesuv und Beine bis zum Horizont. Hatte sie von der Mutter. Natürlich. Herrgott, das war ein Luder. Mit der war nicht mal ihr Vater zurechtgekommen, und das wollte was heißen. Verena hatte immer ihren eigenen Kopf gehabt. Türen kannte sie nicht, stets mit dem Kopf durch die Wand. Diesen Kerl, den sie geheiratet hatte: die maximale Strafe für den Vater. Hatte sie ihr Erbe gekostet. So war Verena. Man konnte über sie sagen, was man wollte, die Kleine hatte Charakter. Sie war so viel jünger gewesen als er. Sie war vierzehn, als sie anfing mit Jungs rumzumachen. Damals, als er noch weggesperrt war. Fünf lange Jahre. Der Kerl, den sie geheiratet hatte, der hatte sie von der Straße geholt. Mulackritze, wie die Berliner ihre berüchtigtste Straße nannten. Ja, diesen Teil der Geschichte hat sie später verschwiegen. Verena, die nie eine richtige Mutter gehabt hatte. Die von der Haushälterin und den Geliebten des Vaters aufgezogen wurde. Von dieser Phalanx geldgeiler, aufgedonnerter, hirnloser, berechnender Weiber. Zum Schluss hatte der Vater Verena rausgeschmissen. Was blieb ihr da außer der Mulack-Straße, wo sie zwischen Nutten und Luden, Spielern und Ganoven lebte. Als man ihn endlich rausließ, hatte sie bereits ein Kind von dem Kerl. Hatte nicht viel Freude im Leben, die Kleine. Der Kerl hatte sie mit dem kleinen Jungen sitzen lassen, als ihr Pflichtteil vom Erbe aufgebraucht war. Auf seine kleine Schwester hatte er einfach nicht aufpassen können. Damals, als es darauf ankam. Verena war die Sechste, die sterben musste. Viel zu jung, viel zu jung, das kleine Luder.

37. Zehlendorf

George hatte den Tag verbracht wie ein liebeskranker Tiger im Käfig. Seine Frau war krank, verletzt, hatte eine Gehirnerschütterung. Wohin hatte sie sich verkrochen? Oder war ihr etwas Entsetzliches zugestoßen? Wieso ging sie nicht ans Telefon? War das Telefon vielleicht bei dem Unfall kaputt gegangen? Aber dann hätte sie sich ein neues besorgt und zumindest in der Firma angerufen. Warum rief sie nicht an? Warum war sie aus dem Hotel abgereist? Warum schickte sie ihm nicht wenigstens eine Mail? Er hatte regelmäßig die Mails kontrolliert, nichts. Ihm war richtiggehend schlecht vor Sorge um Vicky. Hatte sie etwa ihr Gedächtnis verloren? Was sollte er tun? Nach England fliegen? Im Büro hatte sie auch nicht angerufen. Zu allem Überfluss war auch noch seine Sekretärin ab dem Nachmittag nicht mehr im Hause gewesen, weil sie einen Termin bei ihrem Zahnarzt hatte. Und er hatte sich kaum auf seine nicht enden wollenden Sitzungen konzentrieren können. Auch die Dorset Police konnte ihm nichts Neues berichten.

Als er am Abend nach Hause kam, holte er die Post aus dem Postkasten und schmiss sie im Eingang in die gelbe Schale mit dem Papageienmotiv, in der sie auch ihre Schlüssel aufbewahrten. Auf dem Heimweg war er noch beim Chinesen am Selmaplatz vorbeigefahren und hatte sich eine große Portion Nummer 43 zum Mitnehmen bestellt, Rindfleisch mit Morcheln und Glasnudeln.

Mit einem erleichterten Aufstöhnen streifte er seine Schuhe ab. Als Erstes ging er zum Anrufbeantworter. Keine einzige Nachricht. Als er gestern Abend aus Frankfurt gekommen war, hatte er es gesehen: Sie hatten offensichtlich bei ihrer überstürzten Abreise nach Bournemouth vergessen, den Anrufbeantworter einzustellen. Und am ersten Abend zu Hause war er einfach zu müde gewesen, um das zu merken. Oder zu betrunken, fügte er in Erinnerung an den Wein und die drei Grappa hinzu. Aber auch heute Abend war kein Anruf aufgezeichnet worden.

Er nahm den Telefonhörer und drückte auf die Taste für verpasste Anrufe. Es war kein einziger Anruf eingegangen. Er stellte den Anrufbeantworter wieder ein. Warum rief sie nicht wenigstens an? Was war nur passiert? George ging ins Schlafzimmer und entledigte sich seiner Uniform, wie er seine blauen und anthrazitfarbenen Anzüge zu nennen pflegte. Er wickelte sich in seinen weichen, smaragdgrünen Bademantel und ging in die Küche, wo er sich ein Bier aus dem Eisschrank holte.

Er beschloss, dass man Nummer 43 sehr gut aus der Stanniolform essen konnte. War ja keiner da, den es stören könnte. Und da sich niemand mit ihm unterhalten würde, holte er sich aus dem Flur noch die Post, denn zwischen der Werbung hatte er den *Economist* hervorblitzen sehen. Das würde ihn ein bisschen von seinen Sorgen ablenken. Er stapelte die Post auf den Tisch, legte die Füße auf den Stuhl, zog sich Nummer 43 heran und schlug, wie immer, den *Economist* von hinten auf. Nummer 43 war zwar nur noch lauwarm, aber es reichte, um satt zu werden. Er träufelte ein bisschen Sojasauce aus dem Plastikbecher darüber. Da fiel sein Blick auf einen handbeschriebenen, handgeschöpften Umschlag. Er griff nach dem Brief, der an seine Frau gerichtet war. Der Absender war ein gewisser Gerhard Grunwald. Seit wann bekam seine Frau Post von unbekannten Männern? George befingerte den Brief. Das Papier war dick, der Absender wohnte in der Terrassenstraße in Berlin. Die Schrift war fast unleserlich. Was soll's, sagte er sich und öffnete den Brief. Schließlich musste er ihre Post öffnen, falls es etwas gab, das ihm einen Hinweis darauf lieferte, wo er sie erreichen konnte. Er faltete den teuren Briefbogen auseinander und las:

Sehr geehrte Mrs. McIntosh,

dieser Brief wird Sie sicher ein wenig erstaunen. Vielleicht werden Sie diese Zeilen als Unverschämtheit oder zumindest als Zumutung empfinden. Darum möchte ich mich zunächst einmal vorstellen. Mein Name ist Gerhard Grunwald. Ich werde demnächst neunzig Jahre alt. Eine Belästigung sexueller Natur können Sie also getrost ausschließen.

Seit einigen Wochen beobachte ich Sie, wenn Sie Ihren morgendlichen Waldlauf machen. Bitte verzeihen Sie mir, aber ich habe Sie sogar einmal angesprochen, am Ufer des Schlachtensees. Ich wollte einmal Ihre Stimme hören und Sie von Nahem sehen, um ganz sicherzugehen.

Woher weiß er meinen Namen, werden Sie sich jetzt fragen. Sehr geehrte Mrs. McIntosh, ich habe einen sehr guten Grund dafür gehabt, Ihren Namen und Ihre Adresse in Erfahrung zu bringen. Dieser Grund ist familiärer Natur und absolut ungeeignet, in einem Brief in ein paar Sätzen erklärt zu werden.

Ich habe eine sehr große Bitte an Sie: Rufen Sie mich an. Telefon: 824 12 420. Bitte!

Verzeihen Sie mir, dass ich diesen Brief nicht diktiert, sondern mit meiner gesunden linken Hand geschrieben habe. Ich wollte nicht, dass irgendjemand davon erfährt. Ich hoffe, Sie können meine Krakelei lesen und erfüllen einem alten Mann seinen letzten Wunsch.

Herzlichst

Ihr Gerhard Grunwald

George ließ den Brief sinken. Wie merkwürdig. Vielleicht sollte er den Kerl anrufen. Was dachte der sich eigentlich? Ist bestimmt so ein alter Lustmolch. Beobachtet Vicky seit Wochen. Familiäre Angelegenheit. Aber Vicky war verschwunden, so viel stand fest. Und irgendetwas stimmte hier ganz und gar nicht. Das Briefpapier war teuer, erlesenste Qualität. So was hat heute kein Mensch mehr. Der Name als Prägedruck. Grunwald. Gab es nicht ein Bankhaus mit diesem Namen? Er schaute noch mal auf die Adresse. Es war hier in der Nähe, er konnte sich zwar nicht so genau erinnern, wo, aber den Straßennamen hatte er mehrmals gelesen, wenn er zur Arbeit fuhr. Er schnappte sich den Laptop und gab die Adresse bei Google Earth ein. Als sich die Seite langsam aufbaute, musste George schlucken. Es handelte sich um eine Villa, direkt an einem See. Wahrscheinlich der Schlachtensee. Hatte er nicht geschrieben, er hätte Vicky am Schlachtensee angesprochen?

Komm, George, frisch gewagt ist halb gewonnen. Er schaute auf die Uhr, es war erst halb acht, da konnte man getrost noch anrufen. George wählte die Nummer. Nach einer gefühlten Ewigkeit meldete sich eine Frauenstimme. „Hier bei Grunwald."

„Guten Tag, mein Name ist McIntosh, könnte ich Herrn Grunwald sprechen?" George hoffte, dass Gerhard Grunwald Englisch sprach, denn so gut waren seine Deutschkenntnisse nun doch nicht.

„Moment bitte", sagte die Frau, und es klickte, als ob das Telefon umgestellt wurde. „Grunwald", krächzte eine brüchige Stimme in sein Ohr.

„McIntosh", gab George zurück.

„Mr. McIntosh? Guten Abend, sprechen Sie Deutsch oder wollen wir uns auf Englisch unterhalten?"

Das stimmte George gnädiger. „Englisch wäre sicher einfacher. Für mich jedenfalls."

„Öffnen Sie immer die Post Ihrer Frau?", fragte Grunwald auf Englisch.

„Beobachten Sie immer fremde Frauen am See?"

„Nein, ganz bestimmt nicht. Ich habe nur eine einzige Frage", sagte der Alte, „hat Ihre Frau eine Zwillingsschwester?"

George schluckte. „Bis vor einigen Tagen jedenfalls nicht. Bis sie im Grunewald eine Leiche gefunden hat. Seitdem bildet sie sich ein, dass sie auf ihre Schwester gestoßen ist."

Während George das aussprach, wurde ihm heiß. Verdammt, wenn der Alte dahintersteckte. Er musste sich sofort mit der Polizei in Verbindung setzen.

Am anderen Ende des Telefons war es still geworden.

„Hallo", rief er in den Hörer, „sind Sie noch dran?"

Der alte Mann räusperte sich. „Entschuldigung", sagte er und räusperte sich noch mal. „Entschuldigung, etwa die Frau, die vor ein paar Tagen an der Krummen Lanke vergewaltigt worden ist?"

„Was wissen Sie darüber?", fragte George. Im gleichen Moment wurde ihm klar, dass das eine sehr blöde Frage war. „Darf ich mit Ihrer Frau sprechen, bitte!"

„Das würde ich selbst gerne, meine Frau ist aber leider seit gestern spurlos verschwunden. In England verschwunden. Angeblich hatte sie einen Autounfall. Dann ist sie aus dem Krankenhaus weggelaufen. Ich habe keine Ahnung, wo meine Frau ist!"

„Mr. McIntosh", jetzt bellte der Alte wieder, „kommen Sie sofort zu mir. Auf der Stelle. Ihre Frau schwebt in höchster Gefahr. Wenn Sie Ihre Frau lieben, dann glauben Sie mir und kommen Sie. Sofort! Schnell!"

So hatte mit George das letzte Mal sein Klassenlehrer in der fünften Klasse gesprochen. Er war so perplex, dass er sich nicht etwa den Ton verbat, sondern zustimmte, sofort in die Terrassenstraße zu fahren.

38. Birgit und Manuela

Was hatte er nur getan? Nummer sieben und acht. Fort, verschwunden, über Nacht aus seinem Leben ausradiert. Birgit und Manuela. Zwei entzückende kleine Luder, ganz nach seinem Geschmack. Mit blitzenden, braunen Augen und dunklen Locken. Er würde nie den Duft ihrer samtigen Haut vergessen, das Gefühl, wenn ihm ihre braunen Ringellöckchen durch die Hände flossen. Manchmal, da meinte er noch ihr Lachen zu hören, die Kiefern wehten es herauf vom See, dieses unbeschwerte Klein-Mädchen-Lachen. Nie würde er vergessen, was er ihnen versprochen und nicht gehalten hatte: dass er immer für sie da sein würde, immer, immer, immer. Dass er sie beschützen würde.

Lügner, verdammter Lügner. Als ob er in der Lage gewesen wäre, irgendeine Frau auf dieser Welt zu beschützen. Den Bock zum Gärtner gemacht. Er hatte geglaubt, mit Birgit und Manuela noch eine Chance im Leben bekommen zu haben. Etwas wiedergutmachen zu können. All die toten Frauen wiedergutmachen zu können. Er hatte seine letzte Chance vertan. Birgit und Manuela verschwanden spurlos. Er hatte es zugelassen, hatte nicht genügend auf sie aufgepasst. Er hätte es wissen müssen, hätte es vorhersehen müssen. Er kannte sie doch, er wusste doch, wie sie waren, die Frauen, die Weiber, diese Luder. Sie konnten alles von ihm haben, wenn sie es nur richtig anstellten. Sie konnten ihn um den Finger wickeln.

Sein Haus war umstellt gewesen von Polizei, Bundeskriminalamt, Interpol, Detektiven, Journalisten, sie haben sie gesucht, alle haben sie gesucht. Ihre Leichen waren nie gefunden worden. Bis jetzt. Er hatte nicht auf sie aufgepasst.

39. Tassin-la-Demi-Lune

„Voilà, l'orloge", sagte der Taxifahrer und zeigte auf eine Uhr, die in der Mitte eines kleinen Platzes stand.

„Ob sich der Erbauer etwas Unanständiges dabei gedacht hat?", fragte Leo und grinste.

„Tassin-la-Demi-Lune", sagte der Taxifahrer. Er hielt hinter einem Heineken-Bierwagen vor der Brasserie de la Rotonde. Der Wirt hatte Stühle und Tische auf dem Bürgersteig aufgebaut, und obwohl die Mittagszeit an diesem Freitag bereits lange vorbei und es für das Abendessen viel zu früh war, waren einige Tische besetzt. Vicky und Leo suchten sich einen Platz unter der beigefarbenen Markise.

„Wenn wir nicht Auto fahren, kann ich ja einen Pastis nehmen", sagte Leo, während er die Speisekarte musterte.

„Aber bitte nicht dieses Zeug, das riecht wie mein Mundwasser", sagte Vicky.

„Immer noch besser als dieser Artischockenschnaps, den du so gerne trinkst, der riecht wie Laterne ganz unten", sagte Leo und bestellte einen Ricard.

Vicky wollte nur einen Kaffee.

Leos Blick wurde starr. „Vicky", flüsterte er, „dreh dich nicht um."

„Wieso, was ist?", flüsterte Vicky zurück, der ein Schreck in die heftig schmerzenden Glieder gefahren war.

„Gefahr von hinten!"

„Was ist los, Leo, ich mach mir gleich in die Hosen."

„Bleib ganz ruhig sitzen, ich bewege mich jetzt vorsichtig in seine Richtung." Leo stand auf. „Nicht umdrehen, bin gleich wieder da."

Vicky blieb wie erstarrt sitzen, während Leo sich an ihrem Stuhl vorbeizwängte. Sie wagte nicht, sich umzudrehen. Sie spitzte die Ohren, aber auf diesem Platz war es laut, der Verkehr rauschte rund um diese komische Uhr, die wirklich aussah wie ein überdimensionaler Dildo.

Der Kellner brachte ihre Getränke, aber von Leo keine Spur. Vicky wagte kaum zu atmen, geschweige denn, ihren Café anzurühren. Leo, flehte sie insgeheim, bitte komm schnell wieder.

Am Nebentisch saß ein junges Paar, das völlig in sich selbst versunken war. Die beiden hielten über dem Tisch Händchen und sahen sich bedeutungsvoll in die Augen. Augensex, dachte Vicky. Wie lange war es her, dass sie mit George so gesessen hatte? Das musste sich ändern, beschloss sie. Seit sie auf ein Kind übten, hatte sich etwas Zwanghaftes in ihr Sexleben eingeschlichen. Komisch, was einem für Gedanken kamen, wenn man Angst hatte. Übersprungsgedanken? Wo blieb Leo nur! Sie nahm ihr neues Handy und checkte die Nachrichten. Nichts. Sie versuchte – zum wievielten Mal eigentlich? – George zu erreichen. Wieder sprach sie ihm auf die Mailbox und noch einmal auf den Anrufbeantworter zu Hause. Sie versuchte, ihn in seiner Firma zu erreichen, aber seine Sekretärin war offensichtlich bereits nach Hause gegangen. Leo, bitte, bitte komm wieder. Vicky war schon ganz schlecht vor Angst. Da legte ihr jemand einen Arm auf die Schulter.

„Leo hat den Feind erlegt", sagte er, als er um ihren Stuhl herum zwischen zwei Tischen versuchte, seinen Platz wieder zu erreichen. Er stellte einen großen Pappkarton auf den Tisch.

Konspiratives Material. Sichergestellt. Vicky hätte vor Erleichterung fast geheult. „LEO! Spinnst du? Wo warst du?“

Leo öffnete den Karton. Vicky merkte, dass sich eine Träne aus ihrem Augenwinkel löste. Ein köstlicher Geruch von Schokolade und Puderzucker stieg ihr in die Nase. Vor ihr lagen die schönsten Petits Fours, die sie je gesehen hatte. Zarte, karamellglänzende Eclairs, mit rosa Marzipan überzogene und mit silbernen Perlen besetzte Biskuit-Häppchen, Torteletts gefüllt mit herrlich duftendem Mousse au Chocolat, ein farbenfroher Traum mit mindestens achttausend Kalorien.

„Leo, ich hasse dich, wie kannst du mich so erschrecken?“, sagte sie und wischte sich verstohlen die Träne weg.

„Greif zu, Häseken, Nervennahrung. Ich konnte einfach nicht widerstehen, als ich nebenan die Confiserie sah!“

Sie brauchten nicht mehr als zehn Minuten für die achttausend Kalorien, aber Vicky musste zugeben, dass sie selten etwas ähnlich Köstliches gegessen hatte. Nach dem zweiten Mokka-Eclair hatte Vicky Leo verziehen.

„Verdammt, ich erreiche George einfach nicht. Warum ruft er nicht zurück?“

„Vielleicht ist sein Handy kaputt?“, mutmaßte Leo.

„Ja, aber er hat doch meine Nummer auf dem Anrufbeantworter zu Hause.“

40. Trudi

Auf sie hatte er auch nicht aufgepasst: Trudi. Nummer neun. Wie sie da gestanden hatte, am Ufer des Schlachtensees, und ihn aus empörten, dunklen Augen angefunkelt hatte.

„Pfui, schämen Sie sich", hatte sie gerufen, als er zufällig dazugekommen war, wie sie ihren nassen Badeanzug ausgezogen hatte. Trudi war eine Schönheit. Lange, schlanke Beine wie Nora Lizzy, große braune Augen, in denen der Schalk zu wohnen schien, und eine Stimme, die eine Verheißung war. Er hatte genau zehn Sekunden gebraucht, um sich in Trudi zu verlieben. Zehn Sekunden, in denen sein Leben eine neue Wendung genommen hatte. Es war alles richtig, es war alles so gekommen, wie er es hatte haben wollen. Vier Monate später hatten sie geheiratet. Sein Vater hatte Trudi noch kennengelernt. Er war von ihr genauso hingerissen gewesen wie er. Trudi war ein Luder nach seinem Geschmack gewesen. Das Leben schien so einfach damals.

Trudi, Trudi, Trudi. Warum hast du mich nur verlassen? Wie konntest du annehmen, dass ich alleine mit diesem verfluchten Leben fertigwerden könnte? Wie konntest du nur glauben, dass ich ohne dich weiterleben könnte? WIE KONNTEST DU MIR DAS ANTUN?

Alles war gut vorbereitet. Alle waren weggeschickt worden, dem Personal freigegeben. Der Abschiedsbrief war geschrieben. Ein unblutiges Ende, Tabletten, so wie damals Nora Lizzy.

41. Gerhard

Nora Lizzy, seine Mutter. Sie hatte sich aus Liebe umgebracht. Aus Liebe zu ihm und zu seinem Vater. Die Ärzte hatten ihr nur noch ein paar Monate gegeben, vielleicht ein Jahr, in dem sie und ihre Angehörigen entsetzlich würden leiden müssen. Das wollte sie ihrer Familie ersparen. Wie einsam er sich damals gefühlt hatte. So unendlich allein mit seiner kleinen Schwester Verena.

Wenn da nicht Anne gewesen wäre. Die Tochter ihrer Nachbarn, Anne, seine Kinderfreundin. Bis sich eines Tages etwas anderes zwischen ihnen zu entwickeln begann. Etwas, das stärker war, als gemeinsam geklaute Zigaretten zu rauchen. Anne, der er die Sterne vom Himmel hatte holen wollen. Bis sie Anne geholt hatten. Was hätte er denn tun sollen? Wie hätte er ihr helfen können? Sie war einfach fort gewesen, über Nacht. Er hatte sie nie wieder gesehen. Jahrelang hatte er an sie gedacht, hatte sich geschämt, hatte sich wieder und wieder gefragt, was er hätte tun können. Anne war sechzehn gewesen, als sie im Konzentrationslager in Dachau starb. Aber das hatte er erst viele Jahre später erfahren. Erst, als sie ihn aus der Kriegsgefangenschaft in Sibirien wieder nach Hause geschickt hatten. Nach fünf langen Jahren, in denen er sich da unten bei Kaschasuppe und trocken Brot den Arsch abgefroren hatte. Und dann lernte er Trudi kennen.

Trudi war genauso, wie er sich eine richtige Frau erträumt hatte. Eine Frau, das war für ihn eine, die wusste, was sie wollte. Und die ihre Reize dafür einsetzte, alles zu bekommen, was sie wollte. So eine Frau konnte einen Mann lenken, ihn dahin bringen, wohin sie ihn haben wollte, ihn zum Erfolg führen, ihn zu Höchstleistungen anspornen. Oh, er hatte gesehen, wie seine Mutter seinen Vater um den Finger gewickelt hatte. Der hatte keine Chance, wenn sie sich etwas in den Kopf gesetzt hatte. So musste eine Frau sein. Und genauso ein wunderbares Luder war seine Trudi.

Was für ein glückliches Paar sie doch gewesen waren. Das waren sie doch gewesen, oder etwa nicht? Natürlich hatte er nicht viel Zeit für sie gehabt, am Anfang, als Petra noch klein war. Er musste doch die Firma aufbauen, damals, in den Wirtschaftswunderjahren. Hatte sich einen Jungen gewünscht. Einen, der mal die Firma übernimmt, nicht wahr. Aber dann war da Petra, der kleine Sturkopf. Sie hatte nichts von Trudis Raffinesse, von Trudis Charme. Sie kletterte auf Bäume, und spätestens nach einer halben Stunde draußen war ihr weißes Faltenröckchen schwarz vor Dreck. *Guck mal, Vati, was ich kann. ..*

Sie sei auf ihn fixiert gewesen, sagten sie später. Sie habe ihm etwas beweisen wollen. Verdammt, er wollte keine Tochter, die ihn imitierte. Wenn schon ein Mädchen, dann wenigstens ein kleines Luder. Aber das hatte er ihr nie gesagt, natürlich nicht. Er hatte sie ja trotzdem geliebt, schließlich war sie sein eigen Fleisch und Blut. Und sie war unbestritten ein Ass in der Schule, kaum eine Sportart, in der sie nicht brillierte. Er hatte gehofft, dass sie irgendwann heiraten würde. Und dann würde man sehen. Vielleicht könnte der Schwiegersohn die Firmen übernehmen. Sie war hochintelligent. Und solange sie in Berlin gewesen war, war auch alles gut. Natürlich stritten sie sich. Warum wollte sie ihm auch unbedingt eine Schuld einreden, die er nie empfunden hatte? Er hatte doch nichts getan. Er war doch viel zu jung gewesen, damals, unter den Nazis.

Später ging Petra nach Hamburg, um zu studieren. Kaum war sie ein paar Monate fort, war sie schwanger von diesem Wirrkopf. Wenn der sich nicht selbst in die Luft gesprengt hätte, hätte er das eigenhändig übernommen. Und Gott hätte ihm dabei sicher geholfen!

Nein, natürlich war es nicht seine Tochter Petra, die ihn gefragt hatte, ob ihre Zwillinge bei ihnen in Berlin bleiben könnten. Es war Trudi, die ihm schonend beibrachte, dass sie ab sofort zu viert seien in ihrem Haus am Schlachtensee. Dass in ihrem vorgerückten Alter plötzlich gleich zwei Babys ihr Leben und ihre Kreise störten. Sie waren absolut hinreißend, diese beiden Bündel mit den riesigen, dunklen Augen. Trudi war verzaubert, und auch er konnte sich dem Charme der beiden Mädels schwer entziehen. Auf ihre alten Tage fühlten sie sich plötzlich wieder wie junge Eltern. Sie hätten wissen müssen, dass das nicht lange gut gehen konnte. Die Raubkatze lauerte bereits im Gebüsch. An einem Freitagnachmittag schlug sie zu: Susanne und Lothar starben im Kugelhagel von Petras Revoluzzerfreunden. Seine eigene Tochter hatte seine besten Freunde verraten. Vier Wochen später wollte die Polizei Petra und ihre Freunde festnehmen. Die Kugel, die Gabriele tötete, hatte einem Polizisten gegolten. Kollateralschaden. Es war seine Tochter gewesen, die Gabriele erschossen hatte. Eine Woche danach waren ihre Zwillinge spurlos aus seinem Haus in Schlachtensee verschwunden.

Trudi, seine geliebte Frau, war die Vorletzte. Sie hatten keine Worte mehr gefunden, füreinander, zueinander. Das Entsetzen war sprachlos, namenlos geblieben. Hatte sich zwischen sie geschoben. Und nun seht, wie ihr damit fertigwerdet. Sie waren nicht damit fertiggeworden. Lagen nachts schlaflos nebeneinander im Bett. Zogen sich immer mehr zurück, lebten hinter dicken, grauen Mauern, die Vorhänge zugezogen, geschützt vor neugierigen Blicken. *Wohnen da nicht die. ..?*

Jetzt also auch seine Enkelin. Birgit oder Manuela? Die Tränen rannen ihm über die zerfurchten Wangen. Was hatte er getan, was hatte er nur getan, dass Gott ihn so sehr strafte? Er holte ein gebügeltes Taschentuch aus der Hosentasche und wischte sich das Gesicht trocken. Niemand sollte Gerhard Grunwald je weinen sehen.

„Frau Birkholz", rief er seine Haushälterin, „wir bekommen gleich Besuch, bitte richten Sie den Wintergarten für zwei Personen her."

42. Tassin-la-Demi-Lune

Endlich war es Zeit aufzubrechen. Dominique Durand würde bereits auf sie warten. Leo bezahlte die Rechnung und bat den Kellner, ein Taxi zu bestellen. Als sie dem Taxifahrer die Adresse nannten, murrte dieser ein wenig, offenbar war die Adresse in fußläufiger Nähe. Die Taxifahrer in Lyon waren also nicht weniger unfreundlich als ihre Kollegen in London oder Berlin.

Leo hinterließ dem Taxifahrer ein dickes Trinkgeld, nachdem dieser mit einem vorwurfsvollen „äh bäh", dem Lieblingslaut aller mürrischen Franzosen, vor einer Toreinfahrt gehalten hatte. Man sah von außen so gut wie nichts von dem Haus, das von einer mannshohen Mauer umgeben war, die ebenso grau war wie das Tor, und inzwischen wurde auch der Himmel grau, es schien sich ein Gewitter anzukündigen. Vicky drückte auf den Klingelknopf. Sie entdeckte eine Kamera, die oben auf der Mauer angebracht war, und hielt ihr Gesicht in diese Richtung.

Nach einer gefühlten Viertelstunde öffnete sich das graue Tor mit einem leisen Surren. Eine Kiesauffahrt kam zum Vorschein, die geradewegs auf eine Garage hinführte. Das Haus war über und über mit Efeu bewachsen. Eine Treppe führte zum Eingang, in dem ein Mann stand und neugierig seinen angekündigten Besuch erwartete. „Wie gut, dass Cathérine Wersinger mich vorgewarnt hat", sagte er auf Französisch, was sogar Vicky verstand. „Sonst wäre ich wahrscheinlich eben in Ohnmacht gefallen. Bonjour, ich bin Dominique Durand.“

Hm, ja, dachte Vicky, der könnte mir auch gefallen. So auf den ersten Blick. Klare, blaugraue Augen, kurz geschnittene, blonde Haare, ein sympathisches, offenes Gesicht, Anfang vierzig. „Kommen Sie rein“, sagte Dominique und fragte die beiden, ob es ihnen lieber sei, wenn sie auf Englisch reden würden. Vicky nickte dankbar und merkte, dass es schon wieder ging, das Nicken. Sie war eindeutig auf dem Weg der Besserung.

Dominique führte sie in den „Salon“, wie er das Zimmer links neben der Tür nannte. Es beherbergte eine nicht unerhebliche Büchersammlung an der Stirnseite des Zimmers. Ansonsten standen lose im Raum verteilt gemütlich aussehende Sessel mit einem Holzrahmen, Vicky hatte vergessen, wie der Designer hieß, aber sie war sich sicher, dass es sich dabei um genauso sündhaft teure Design-Klassiker handelte wie bei den Artemide-Leuchten, die den Raum in dezentes, indirektes Licht tauchten. Der Fußboden war mit Marmorfliesen ausgelegt, nur in der Mitte der Sesselgruppe lag ein schöner, langfloriger Berberteppich.

Dominique bot Ihnen einen Platz an und ließ sich selbst in einen Sessel fallen. „Puh, das muss ich erst mal verdauen. Entschuldige bitte, Vicky, ich darf doch Vicky sagen, ich bin Dominique. Wisst ihr, es ist ein wenig so, als ob man einen Geist sieht. Du siehst einfach aus wie Isa. Deine Stimme, sie klingt wie die von Isa. Was ist dir passiert, hattest du einen Autounfall?“

„Ja, jemand hat mehrfach versucht, mir ebenfalls das Leben zu nehmen“, sagte Vicky.

Dominique stemmte sich aus dem Sessel hoch. „Entschuldigung, ich habe noch gar nichts zu trinken angeboten. Wasser, Cola oder was Alkoholisches?“

Sowohl Vicky als auch Leo fanden Wasser absolut passend, „mit Kohlensäure“.

Dominique servierte die Getränke auf kleinen Beistelltischen.

Die Uhr schlug siebenmal im mit Marmor ausgelegten Treppenhaus. Vicky hatte sie beim Eintreten wahrgenommen, es war eine wunderschöne, alte Standuhr mit einem großen Pendel. Leo hatte nur gefragt: „Louis-seize?“, und Dominique hatte genickt.

„Ihr habt Antiquitäten gesammelt?“, fragte Leo jetzt.

„Ja, Isabelle war auch verrückt nach Antiquitäten. Wir sind oft am Wochenende übers Land gefahren und haben bei den Bauern in den Scheunen nach Schätzen gejagt. Sie kam ja eher aus bescheidenen Verhältnissen, ihre Mutter hat sie allein aufgezogen, sie war Kindergärtnerin.“

„Sie ist vor kurzem gestorben?“, fragte Vicky.

„Ja, sie hat sich selbst das Leben genommen. Völlig überraschend. Das ist noch gar nicht so lange her, vor ein paar Wochen erst. Isa ist fast zusammengebrochen. Sie hat sehr an ihrer Mutter gehangen, die waren so was wie zwei gegen den Rest der Welt.“

„So wie mit meiner Mutter“, sagte Vicky und schluckte die aufsteigenden Tränen runter. „Meine Mutter ist von einem Einbrecher erschlagen worden. Vor einer Woche.“

„Oh, das tut mir Leid. Bei uns ist auch eingebrochen worden“, sagte Dominique. „Aber ich war nicht zu Hause, sondern in Berlin, um Isabelle nach Hause zu holen.“

„Die haben Isabelles Leiche freigegeben?“, fragte Leo.

Dominique nickt. „Ja, wir haben Isas Asche Anfang der Woche neben der ihrer Mutter beigesetzt.“ Vicky sah, wie sich eine Träne aus Dominiques Auge löste. Am liebsten wäre sie aufgestanden und hätte ihn in den Arm genommen.

„Hat ihre Mutter einen Abschiedsbrief hinterlassen?“, fragte Leo.

„Ja. Aber es war irgendwie komisch. Isa wollte auf keinen Fall darüber reden, sie hat mir diesen Brief nicht gezeigt. Sie stand komplett neben sich, als sie den Abschiedsbrief ihrer Mutter bekam, war wie vor den Kopf geschlagen. Ich grüble bis heute, was der Grund dafür gewesen sein mag, denn so kannte ich

Isa gar nicht. Wir haben über alles geredet, ich dachte immer, wir hätten keine Geheimnisse voreinander. Im Juni wollten wir heiraten. Alles war bereits geplant, die Einladungen an unsere Gäste waren herausgeschickt, die Hotels gebucht, wir wollten groß feiern im Loire-Schlösschen meiner Großtante."

Auch so eine reiche Familie, genau wie bei George, dachte Vicky.

„Gibt es den Brief hier irgendwo?", fragte Leo.

„Ich weiß es nicht, ich habe alles abgesucht, aber ich habe keinen Abschiedsbrief ihrer Mutter gefunden. Glaubt mir, ich wollte wissen, wieso sie nach Berlin gefahren ist. Solange sie lebte, hätte ich ihr natürlich niemals hinterhergeschnüffelt, so was gab es einfach nicht zwischen uns. Aber jetzt. .. Ich will so gern verstehen. Doch es ist nichts zu finden. Absolut nichts."

„Was ist denn geklaut worden, als du in Berlin warst?", fragte Vicky.

„Nichts Besonderes, ein bisschen Schmuck von Isa, zwei Tablets, ein Notebook, technische Geräte halt."

„Und ein Abschiedsbrief. Vielleicht."

„Ist der Drucker auch geklaut worden?"

„Ja, da habe ich mich noch gewundert, weil diese Dinger sind doch schwerer zu tragen, als der Preis heute rechtfertigt."

„Hatte Isa ein Notebook mit in Berlin?"

„Nein, nur ihr iPhone, und das ist verschwunden. Wahrscheinlich hatte sie das beim Joggen eingesteckt, um Musik zu hören oder am See zu lesen. Es ist jedenfalls noch nicht wieder aufgetaucht."

„Wie war sie so, meine Schwester?", fragte Vicky und wunderte sich, wie einfach und fast selbstverständlich ihr das Wort Schwester über die Lippen kam. „Sie war wundervoll", sagte Dominique. Und dann zeichnete er ein Psychogramm, in dem Vicky sich wiedererkannte. Sie sei neugierig gewesen, sagte er, ehrgeizig, manchmal zu ehrgeizig. Sie konnte sich in ihre Fälle verbeißen, immer auf der Seite der Schwachen. Sie sei flapsig gewesen, immer zu einem frechen Spruch bereit, spontan, mit einem eigenen, manchmal boshaften Humor. Aber auch selbstironisch, eine, die über sich lachen konnte. Eine liebevolle Geliebte und der beste Kumpel, den man sich vorstellen konnte. Stark. Eine, auf die man sich verlassen konnte. Da liefen Vicky die Tränen herunter. Isabelle, meine Schwester, dachte sie. Ela ist zu spät gekommen. Vicky schaute Leo hilfesuchend an. „Hatte Isabelle ein eigenes Zimmer in diesem Haus?", fragte er.

„Nein, aber das Zimmer oben, neben unserem Schlafzimmer haben wir beide als Arbeitszimmer genutzt. Da hatte sie ihren eigenen Schreibtisch."

„Dürfen wir mal?", fragte Leo.

Dominique schien über diese Ablenkung froh zu sein, denn er erhob sich sofort. „Selbstverständlich, kommt", sagte er und reichte Vicky die Hand, um sie aus dem Sessel herauszuziehen. Sie stiegen eine breite Treppe hinauf in den ersten Stock. Die Tür zu einem großen Badezimmer in dunkelgrünem Marmor mit goldenen Wasserhähnen war geöffnet. Feudal, dachte Vicky. Sie betraten einen Raum links davon. Zwei Schreibtische standen einander gegenüber, der Raum war in neutralem Weiß gehalten. „Die Geräte sind wie gesagt alle geklaut worden", sagte Dominique.

„Wenn Isabelle einen Fall zu Hause aufarbeiten wollte, hat sie dann die Akte mitgenommen oder einen USB-Stick genutzt?", fragte Vicky.

„Manchmal. Oft hat sie sich die angefangenen Schriftsätze aber einfach per E-Mail gesandt. Wenn wir uns etwas gegenseitig zeigen wollten, haben wir uns sogar von einem Tisch zum anderen E-Mails geschickt."

„Hattet ihr denselben E-Mail-Account?"

„Nein, natürlich nicht. Isabelle hatte den Account über ihre Kanzlei, und für private Sachen hatte sie einen Yahoo-Account. Da komme ich überall auf der Welt ran, hat sie mal gesagt."

„Und du weißt nicht zufällig das Passwort von Isabelle?“, fragte Leo.

Dominique sah Leo fassungslos an. „Dass ich daran noch nicht gedacht habe. Doch. Klar kenne ich ihr Passwort!“

Vicky merkte, wie ihr heiß wurde. „Hast du einen neuen PC hier im Haus?“, fragte sie Dominique.

„Natürlich, ich arbeite oft von zu Hause aus. Mein Notebook ist unten im Esszimmer. Verdammt, warum habe ich nicht früher daran gedacht? Kommt, wir versuchen es, vielleicht finden wir ja irgendetwas in Isabelles E-Mails, das uns einen Hinweis gibt, warum sie nach Berlin gefahren ist und was sie da wollte.“

Die drei stiegen die Treppen ins Erdgeschoss hinunter. Dominique führte sie in ein Esszimmer, das wieder von ihrer Antiquitätenleidenschaft erzählte. Über einer reich verzierten Holzanrichte, die fast die gesamte Stirnseite des Raumes einnahm, hing ein Stillleben mit einem toten Fasan neben einer Weinkaraffe mit goldenem Rahmen. In der Mitte des Raumes stand ein überdimensionaler Refektoriumstisch, auf dem Dominique sein Ultrabook abgestellt hatte. Vicky und Leo setzten sich auf die eine Seite des Tisches, Dominique auf die andere. Er öffnete das Ultrabook und sagte: „Ich versuche es jetzt mal bei Yahoo.“ Kurz darauf schaute er über den Rand des Notebooks Vicky an. „Kommt her, ich bin drin.“

Leo war aufgesprungen, und auch Vicky erhob sich. Sie setzten sich links und rechts neben Dominique, der Isabelles Posteingang öffnete.

Er scrollte die Mailbox rauf und runter. „Da ist nichts, was interessant sein könnte. Das sind alles Mails von Freunden, Kopien von Facebook-Nachrichten, nichts Unbekanntes.“

„Geh doch mal in die gesendeten Mails“, sagte Vicky.

„Moment, hier ist eine de-Adresse“, rief Leo und zeigte auf eine Adresse, die sich zwischen all den fr-Nachrichten versteckt hatte.

43. Schlachtensee

George saß in einem bequemen Korbstuhl mit dicken Polstern, die Sonne war bereits hinter dem Schlachtensee untergegangen. Er musterte den alten Mann, der ihm gegenübersaß. Gerhard Grunwald war eine beeindruckende Gestalt. Ein Gesicht wie aus Stein gemeißelt, stechende graue Augen unter weißen, buschigen Augenbrauen. Sein Haar war immer noch voll und schneeweiß. Solange er saß, wirkte er groß und mächtig. Dabei war er George an der Tür sehr hager erschienen, früher war er vielleicht sogar mal groß gewesen. Aber jetzt ging er gebeugt am Stock. George vermutete einen Schlaganfall, denn seine rechte Hand schien er nicht zu gebrauchen.

„Sie haben mir gesagt, dass Vicky glaube, ihre tote Zwillingsschwester gefunden zu haben. Ich möchte Ihnen einige Fotos zeigen", sagte der alte Mann und öffnete eine Kiste, die er neben sich auf dem Tisch stehen hatte. Sie war mit einem altmodischen Blumenmotiv überzogen.

Grunwald nahm ein Foto, das offensichtlich ganz oben in der Kiste lag, und reichte es George mit zitternder Hand. Es war ein altes Bild, schwarz-weiß mit einem gezackten Rand, an der Ecke hatte es ein Eselsohr. Es wirkte, als sei es tausendmal betrachtet worden, es war wohl sein Bild aus glücklichen Tagen. Es zeigte eine langbeinige, schlanke, elegante Frau in einem hellen Kostüm mit Bleistiftrock und Bolerojäckchen. Sie trug die Haare in halblangen, dunklen Wellen, ihre dunklen Augen schauten fast ein wenig spitzbübisch in die Kamera, an der Hand hielt sie ein kleines, etwas pummeliges Mädchen in einem weißen Faltenrock, Lackschuhen und Söckchen. Die Frau war eine Schönheit. Sie sah aus wie Vicky.

„Das ist Trudi, meine Frau, mit unserer Tochter Petra."

George schüttelte fassungslos den Kopf. „Das gibt es doch gar nicht, so eine Ähnlichkeit."

„Warten Sie ab, es kommt noch besser." Wieder griff der Mann in seine Kiste, diesmal holte er ein Foto hervor, das eine bildhübsche junge Frau zeigte, mit einer dunklen Afro-Mähne und großen Augen, die von einem kohlpechschwarzen Lidstrich dick umrandet waren.

„Das ist meine Tochter Petra. Da war sie 20. Da war sie noch ein ganz normales junges Mädchen. Ein bisschen zu ehrgeizig vielleicht, aber ganz normal, ganz normal."

George griff nach dem Foto. Petra war ihrer Mutter Trudi wie aus dem Gesicht geschnitten, das konnten auch der dicke Lidstrich und die schreckliche Frisur nicht verbergen. Und sie sah haargenau aus wie Vicky. Wie Vicky vor ein paar Jahren, damals, als sie sich auf dem Camden Market in London in die Arme gelaufen waren.

„Was ist passiert?", fragte George, der bereits ahnte, dass der alte Mann ein tragisches Geheimnis hatte.

„Sie ist in die falschen Kreise gekommen, meine Kleine. So viel Leid, sie hat so viel Leid über uns gebracht. Dabei war sie ein gutes Kind, nicht wahr."

Der Alte nahm mit der linken Hand zitternd ein Glas mit Wasser vom Tisch und trank einen Schluck.

„Sie wollte unbedingt in Hamburg studieren, meine kleine Petra. Jura und Wirtschaftswissenschaften. *Das ist doch nichts für ein Mädchen*, habe ich gesagt. Aber sie wollte nie ein Mädchen sein, hat sich schon als kleines Kind benommen, wie ein Lausbub. Es gab keinen Baum, der für sie zu hoch war. *Warum wirst du nicht Lehrerin? Da hast du viele Ferien und lernst etwas, das du später als Mutter brauchen kannst*, habe ich gesagt. Sie wollte nicht Mutter werden, sie wollte mit den großen Jungs spielen. Natürlich konnten wir es ihr nicht abschlagen, ich konnte nie Nein sagen, wenn meine Frauen mich mit diesen großen Kulleraugen angeguckt haben, nicht wahr, Sie wissen, wovon ich rede."

George nickte lächelnd. Natürlich würde er das nie vor einer Frau zugeben.

„Kaum war meine Kleine in Hamburg, hat sie diesen Wirrkopf kennengelernt, diesen linken Spinner, diesen Demagogen, diesen Soziopathen im Jesus-Look. Der hat sie in die falschen Kreise gebracht, Politologen, Soziologen, Revoluzzer. Er war einer ihrer Anführer, natürlich, nur ein außergewöhnliches Alpha-Männchen konnte meiner begabten Tochter imponieren. Und er muss ihr sehr imponiert haben, denn nach ein paar Monaten dieser Mesalliance war Petra von ihm schwanger."

George hatte Grunwald gebannt gelauscht. Jetzt sah er, wie der Alte wieder in die Kiste griff und lächelnd ein Bild hervorholte. „Hier", sagte er, „das sind sie, meine beiden kleinen Augensternchen, Birgit und Manuela." Er reichte ihm eine Farbaufnahme, die jetzt reichlich verblasst war und etwas Unwirkliches an sich hatte. Auf einem blass giftgrünen Rasen saßen zwei pummelige Mädchen in hellrosa geblümten Kleidchen, das eine breitbeinig mit einem gestreiften Ball zwischen den gespreizten Beinen, daneben ihre Zwillingsschwester, die versuchte, den Ball von ihrer Schwester zu ergattern. Die beiden machten jenes verknautschte, ernsthafte Gesicht, das kleinen Kindern zu eigen ist, wenn sie total in ihr Spiel versunken sind. Ihre Haare kräuselten sich zu Hunderten dunkelbrauner Locken, und ihr Gesichtsschnitt war der ihrer Mutter und Großmutter.

Aber schlimmer noch – George erkannte dieses Gesicht sofort. Vicky trug ein Bild von sich selbst als Kind an der Hand ihrer Mutter Fiona immer bei sich. Auf dem Foto, das Grunwald ihm gereicht hatte, war eindeutig Vicky zu sehen. George schluckte.

„Petra hat die Babys einfach bei uns abgegeben. Sie störten sie beim Studieren, wie sie es nannte. Dabei hat sie gar nicht studiert. *Könnt ihr auf sie aufpassen?*, hat sie meine Frau gefragt."

George atmete tief durch. Er schaute hoch in das versteinerte Gesicht des alten Mannes. „Ich verstehe überhaupt nichts mehr", sagte er. „Diese Frau sieht aus wie meine Frau Vicky. Wir haben vor ein paar Tagen ihre Mutter Fiona in England begraben. Aber Fiona hatte nicht die leiseste Ähnlichkeit mit ihrer Tochter."

Der Alte kramte wieder in der Kiste.

„Warten Sie." Gerhard Grunwald zog einen Zeitungsausschnitt aus der Kiste. „Nein, nein, das ist nicht die Mutter. *Das* hier ist die Mutter der Zwillinge. Meine Tochter Petra. Die Mörderin."

George griff danach. Es war ein vergilbter Ausschnitt aus der Berliner Lokalzeitung *Der Tagesspiegel* vom Februar 1978. Von einem grobkörnigen Schwarz-Weiß-Foto schaute George das bekannte Gesicht aus großen, dunklen Augen fragend an. Diesen skeptischen Ausdruck kannte er von Vicky, sie kräuselte manchmal genauso die Stirn.

Die Überschrift lautete: „Rote Armee Fraktion: Suche nach Petra Grunwald ausgedehnt."

George las den Artikel langsam, um ihn auch richtig zu verstehen. Erschüttert gab er ihn dem Alten zurück. „Mein Gott, das muss ja furchtbar für Sie gewesen sein. Habe ich das richtig verstanden? Ihre Tochter war Mitglied der RAF, der Roten Armee Fraktion? War das nicht die deutsche Terrorgruppe, die in den 70er Jahren ganz Europa in Atem gehalten hat und Politiker und Wirtschaftsführer und Flugzeuge und was weiß ich noch entführt hat?"

„Ich sagte ja, in die falschen Kreise gekommen. Dabei hatte sie so ein ausgeprägtes Gerechtigkeitsgefühl. Sie hat sich immer für die Armen und Schwachen eingesetzt. Aber dieser Kerl, in den sie sich in Hamburg verliebt hatte, der hat sie dazu verführt, alles zu verraten. Sogar ihren eigenen Taufpaten, ihren Onkel Lothar und seine Frau Susanne, unsere besten Freunde."

„Das verstehe ich nicht, wieso verraten?", fragte George.

„Als Verbandschef war Lothar natürlich gut bewacht damals, so wie wir alle, in der Blütezeit der RAF. Wir waren als Wirtschaftsführer ja beliebte Ziele für die RAF. Aber Petra kannte alle Schwachstellen und privaten Verhältnisse und hat sie ihren Revoluzzerfreunden verraten. Der Mord an Susanne und Lothar war nur mit Insiderwissen durchführbar. Meine eigene Tochter hat meinen besten und ältesten Freund verraten. Wir sind schon zusammen zur Schule gegangen. Können Sie sich das vorstellen? Ihren Taufpaten?"

George schüttelte den Kopf. „Nein, ehrlich gesagt nicht. Und wie ging es dann weiter?"

„Sie können sich nicht vorstellen, was damals hier los war. Die Polizei hat eine Großfahndung nach Petra und ihren Freunden veranstaltet. Ganz Deutschland war sozusagen abgeriegelt worden. Rasterfahndung nannte man das damals. Und dann gingen sie ihnen ins Netz. Hätte Petra nicht geschossen, wäre der Spuk an diesem Dienstagmorgen in Mönchengladbach vorbei gewesen. Die arme Frau, diese Gabriele, sie war die Mutter von zwei kleinen Kindern. Geht einkaufen und rennt meiner Tochter direkt vor die Flinte."

„Petra hat eine unbeteiligte Frau erschossen?"

„Genau so ist es. Wie konnte meine Tochter damit leben? Das habe ich mich immer und immer wieder gefragt, nicht wahr. Wie konnte sie damit leben, sie hatte doch ein Gewissen, sie war doch diejenige, die immer von Gerechtigkeit in der Gesellschaft sprach, die jede verdammte Nacktschnecke von einer Gartenseite zur anderen getragen hat, damit niemand drauf tritt. Wie kann eine solche Frau töten? Ich wollte es nicht glauben, ich konnte es nicht glauben, dass ich dieses Monster großgezogen habe. Und ein paar Wochen später waren die Zwillinge aus unserem Haus verschwunden. Wie hat sie es geschafft, die beiden Kleinen zu entführen? Wir waren besser bewacht als Fort Knox. Natürlich hatte die Polizei gehofft, dass Petra sich ihren Mädchen nähern wird, und wollte sie dabei fassen. Wir haben nie herausgefunden, wie sie die Kinder entführen konnte."

„Das ist ja furchtbar", sagte George und schluckte. „Diese ganze Ungewissheit. Ich nehme an, Sie haben Ihre Tochter und Ihre Enkelinnen selbst suchen lassen."

„Selbstverständlich haben wir das. Wir haben Detektive auf der ganzen Welt angeheuert, standen jahrzehntelang in Verbindung mit dem Bundeskriminalamt. Aber die Spuren verliefen alle im Sand. Der Vater der Zwillinge hat sich zwei Jahre später bei einem Selbstmordattentat in die Luft gesprengt. Seine Spur hatten wir in Venezuela verloren. Es war hoffnungslos.

Meine Frau Trudi ist daran zerbrochen. Sie hat sich das Leben genommen."

George schluckte und sah aus dem Fenster. Er spürte, dass der alte Mann nur mit Mühe seine Tränen zurückhalten konnte. Das also war Vickys Großvater. „Wie sind Sie darauf gekommen, dass Vicky Ihre Enkelin sein könnte?", fragte George.

„Ich habe sie vor ein paar Wochen morgens am Schlachtensee joggen gesehen. Ich bin nicht mehr so gut zu Fuß, müssen Sie wissen. Deshalb sitze ich morgens auf der Terrasse oder im Wintergarten und beobachte das Treiben unten am See mit einem Fernglas. Das ist vor allem im Frühling interessant, wenn die Bäume noch kein Laub tragen. Und da sah ich sie. Sie hatte etwas an sich, das mich magisch angezogen hat. Zunächst waren es ihre Bewegungen, diese besondere Art, wie sie beim Laufen den Kopf hielt, genauso wie Trudi und später auch

Petra. Einmal ist sie stehen geblieben und hat hinüber zu mir geschaut. Und dabei hat sie gelächelt. Wissen Sie, George, das war wie ein Lächeln aus einer anderen Welt. Ich kann es Ihnen gar nicht erklären, aber sie hat nur gelächelt und plötzlich war alles wieder da. Ich habe dann auf sie gewartet, unten am See, an der *Alten Fischerhütte*. Manchmal lief sie sogar zweimal am Tag. Das habe ich zumindest gedacht. Nie, nie wäre ich auf den Gedanken gekommen, dass meine beiden kleinen Mädchen gleichzeitig wieder zurück sind. Einmal habe ich sie angesprochen, wollte sie von Nahem sehen, wollte ihre Stimme hören. Es war Petras Stimme, diese tiefe, sanfte Stimme, die ich an meiner Tochter so geliebt habe. Ich war mir ganz sicher, dass diese Frau meine Enkelin ist."

„Und wie haben Sie herausbekommen, wie sie heißt und wo sie wohnt?"

„Junger Mann, ich verfüge nicht erst seit den Tagen der RAF über Mittel und Wege."

George glaubte ihm aufs Wort.

„Wenn ich nur wüsste, ob Vicky Birgit oder Manuela ist", sagte der Alte.

„Oh, das ist leicht, Vicky träumt immer, wenn sie unter Stress steht, von einem kleinen Mädchen, das ruft: Ela, Ela."

„Ja, dann ist Vicky wohl unsere Manuela. Die Ältere von den beiden. Ein paar Minuten älter, natürlich nur."

„Was uns aber fehlt, sind die Verbindungsstücke. Wieso wurden die Zwillinge getrennt? Ich verstehe nicht, was passiert sein könnte."

„Sie sagten, Ihre Schwiegermutter sei vor kurzem in England begraben worden. Was war das für eine Frau?", fragte der Alte.

„Oh, die Dame war etwas Besonderes. Es schien ausgeschlossen, dass sie jemals in ihrem Leben etwas Unrechtes getan haben könnte. Und Vicky liebte ihre Mutter über alles." George erzählte dem alten Mann von seiner frommen und aufopferungsbereiten Schwiegermutter. „Die Florence Nightingale von Branksome." Natürlich erzählte er ihm auch, dass Fiona einem Raubmord zum Opfer gefallen war. Und dass Vicky aus einem Krankenhaus geflohen war.

„Wir werden Hilfe brauchen." Gerhard Grunwald zog sein Handy aus der Tasche und wählte eine Nummer. „Sind Sie noch wach?", bellte er ins Telefon.

George sah verstohlen auf die Uhr. Es war bereits nach elf Uhr abends. Man musste jemanden schon sehr gut kennen, um ihn um diese Zeit anzurufen. Oder ihn sehr gut bezahlen, schoss es ihm durch den Kopf. Gerhard Grunwald beorderte den „guten Peter" zu sich nach Hause. Wer auch immer das war.

44. Tassin-la-Demi-Lune

„Hier ist eine Mail in Englisch an eine Detektei in Berlin“, sagte Dominique. Er las laut vor:

Sehr geehrter Herr Winter,

wie ich Ihnen bereits telefonisch sagte, habe ich die Adresse Ihrer Detektei als Empfehlung von einem Lyoner Kollegen erhalten, für den Sie einmal in einer delikaten Angelegenheit in Deutschland recherchiert haben.

Ich möchte mich Ihnen noch einmal kurz vorstellen. Mein Name ist Isabelle Girard, ich bin achtunddreißig Jahre alt und werde demnächst heiraten. Meine Mutter, Juliette Girard, hat sich vor einigen Wochen das Leben genommen und hat mir ihre Beweggründe dafür in einem ausführlichen Abschiedsbrief erläutert, der der Grund meiner Anfrage ist.

In der Anlage übersende ich Ihnen den gescannten Brief als pdf. Ich bitte Sie, in Deutschland nach vermissten Personen zu suchen, die in der Zeit, die in diesem Brief angegeben ist, verschwunden sind, um so meine Familie vielleicht ausfindig zu machen. Ich weise Sie darauf hin, dass ich in keinem Fall einen Kontakt zu eventuellen Familienmitgliedern herstellen will. Ich werde demnächst heiraten, wir wünschen uns ein Kind und ich möchte jetzt wissen, welche Vorfahren ich habe.

Bitte senden Sie mir Ihre Vorschuss-Rechnung zum Zeichen Ihres Einverständnisses. Ich freue mich auf Ihren Anruf.

Mit freundlichen Grüßen

Isabelle Girard

„Gibt es da einen Anhang?“, fragte Vicky aufgeregt.

Dominique nickte, öffnete den Anhang. Er überflog das Schreiben und zeigte es Leo. „Das ist ein ziemlich langer Brief auf Französisch. Ich schätze mal, ich sollte das für Vicky übersetzen. Er ist von Juliette, Isas Mutter.“

Leo fing an zu lesen.

45. Juliette

Geliebte Isabelle,
wenn Du diesen Brief erhältst, werde ich hoffentlich meine Ruhe gefunden haben und bei meinem Schöpfer sein. Sollten meine diesbezüglichen Versuche nicht erfolgreich sein, so bitte ich Dich, von allen lebensverlängernden Maßnahmen abzusehen. Ich bin bereit für den Tod. Schon sehr lange.

Ich halte diese entsetzlichen Schreie nicht mehr aus. Solange Du noch klein warst und ich mich um Dich kümmern musste, haben sie mich nur nachts aus dem Schlaf gerissen. Wenn ich dann Deine Schultasche gepackt oder Dir das Frühstück bereitet habe, verstummten sie. Wenn ich mit meinen behinderten Kindern gearbeitet habe, schwiegen die Stimmen. Aber jetzt höre ich die Schreie Tag und Nacht. Ich kann die Stimmen unterscheiden, oh ja, jede einzelne hat einen Namen, heute noch, nach all den Jahren. Ich höre das Wimmern der Babys, das Weinen der Kinder, Isabelle.

„Moment, Moment mal, so schnell kann ich nicht verstehen, was da steht. Kannst du das drucken?“

„Klar“, sagte Dominique, „ich drucke uns gleich drei Exemplare, dann können wir gemeinsam lesen.“ Während Dominique nach oben ging, um den Brief aus dem Drucker zu holen, übersetzte Leo den Anfang des Briefes.

„Oh Gott“, sagte Vicky, „das hört sich ja furchtbar an.“ Leo übersetzte weiter, das Drucken schien länger zu dauern.

Die Ärzte haben mir Psychopharmaka verschrieben, gegen die Stimmen. Ich brauche keine Psychopharmaka, nie wieder will ich Psychopharmaka nehmen. Ich bin nicht psychisch krank, und ich bin auch nicht verrückt. Depressionen nennen das die Ärzte, psychotische Symptome, aber was wissen die schon. Du wirst vielleicht bald selbst Mutter sein, eine bessere, als ich es jemals war. Hab keine Angst vor Deinen Genen, mein liebes Kind. Deine Mutter war weder verrückt noch war sie eine Selbstmörderin.

Wer seine Geschichte verleugnet,
der ist dazu verdammt,
sie zu wiederholen.

Diesen Satz fand ich auf einem Schild, an einem Ort, der das Paradies hätte sein sollen.

Und wie ich meine Geschichte verleugnet habe. Ich habe geschwiegen, geleugnet und gelogen. Alle habe ich angelogen, meine Familie, meine Nachbarn, meine Freunde, mich selbst, Dich. Vor allem Dich, geliebtes Kind.

Dominique kam mit einem dicken Packen Papier die Treppe herunter. „Liebe Güte, das ist richtig viel Papier. Und ich fürchte, es ist grauenvoll, jedenfalls das, was ich auf den ersten Blick so gesehen habe.“ Leo nahm ihm den Packen ab und sortierte die Blätter in drei Stapel.

„Ich glaube, ich muss Vicky das Satz für Satz übersetzen. Dauert ein bisschen, Häseken.“

„Fang endlich an“, sagte Vicky, die sich fühlte wie ein Kaninchen, das starr vor einer Schlange saß.

Wann aber beginnt eine Geschichte? Beginnt sie an dem Tag, an dem ich Serge kennenlernte? Oder wäre Serge nicht möglich gewesen ohne meinen Vater, diesen strengen, selbstgerechten erzkatholischen Mann, der meiner Mutter und mir das Leben zur Hölle gemacht hat. War Serge nur der Prinz aus Tausendundeiner Nacht, der zufällig vorbeigaloppierte und mich aus dem Gefängnis meiner Jugend entführte?

Es war kurz vor dem Abitur, als meine Periode ausblieb. Was das in den siebziger Jahren bedeutete, kann man sich heute gar nicht mehr vorstellen. Mein Leben schien zu Ende, noch ehe es begonnen hatte. Wie sollte ich meinem Vater auch sagen, dass ich ein Kind erwartete von einem Serge, dessen Existenz ich bis zu diesem Zeitpunkt peinlich geheim gehalten hatte? Mein Vater hätte mich totgeschlagen und wie immer meine Mutter leiden lassen. Eine Heirat mit einem Maghrebiner wäre für meinen Vater nicht in Frage gekommen, Pied-Noir-Enkelkind wäre genau die Schande gewesen, vor der er sich immer gefürchtet hatte. Auch eine Abtreibung wäre in einem katholischen Elternhaus selbstverständlich nicht in Frage gekommen.

Ich musste weg – eine andere Lösung gab es nicht. Geld hatte ich nicht, eine Idee, was zu tun war, hatte ich auch nicht, und einen Mann, der das mit mir durchstehen würde, hatte ich erst recht nicht.

Serge war ein Abenteurer. Er träumte von der großen weiten Welt. Bei der Armee gab man ihm diesen Fragebogen, auf dem er ankreuzen konnte, wohin er wollte. Deutschland stand darauf, Französisch-Guayana und Somalia. Er hat mir erzählt, dass er gefragt habe, was am weitesten weg sei von Lyon. Aber ich bin sicher, dass er Französisch-Guayana nur deshalb ankreuzte, weil er „Papillon" gelesen hatte. Teufelsinsel, das war ganz nach seinem Geschmack. Sein Berufsziel hieß: Krieg.

Bis in den achten Monat konnte ich meinen Zustand geheim halten. In den Sommerferien hatte ich einen Job als Verkäuferin angenommen, um mir das Geld für eine Flugkarte zu verdienen. In der ersten Schulwoche im letzten Schulhalbjahr bestieg ich ein Flugzeug. Ziel meiner Flucht: Cayenne. Dafür brauchte man Gott sei Dank kein Visum.

Am Flughafen in Rochambeau meldete ich mich bei der Behörde und sagte, dass ich meinen zukünftigen Ehemann suchen würde. Welch ein Aufstand! Natürlich war ich noch nicht volljährig, eine Einwilligung meiner Eltern lag nicht vor, und passenderweise setzten bereits auf dem Flughafen die Wehen ein. Sie konnten mich nicht zurückschicken.

Im Krankenhaus in Cayenne brachte ich fünf Wochen zu früh ein bildschönes, noch etwas schwaches Mädchen zur Welt. Die Militärbehörde hatte Serge ausfindig gemacht, für eine Hochzeit hätten wir allerdings nicht nur die Einwilligung meiner Eltern gebraucht, sondern auch seinen Willen, mich zu ehelichen. Selbstverständlich erkannte er auch die Vaterschaft nicht an. Das war das letzte Mal, dass ich ihn gesehen habe. In der Geburtsurkunde, die man mir in Cayenne ausgestellt hat, stand: Vater unbekannt. Mein kleines Mädchen war so schön, deshalb nannte ich sie Isabelle.

Vicky hatte gespannt gelauscht. „Moment mal, das verstehe ich nun absolut nicht. Sie nennt meine Zwillingsschwester Isabelle? Von Zwillingen steht da aber nichts, oder habe ich was überhört?"

„Ich verstehe es auch noch nicht, Häseken", sagte Leo, „lass uns einfach weiterlesen."

Im Krankenhaus traf ich Jean, eine reiche Amerikanerin aus San Francisco. Jean hatte zusammen mit ihrem Bruder und einigen Freunden in Brasilien eine Yacht gekauft, mit der sie nach dem ehemaligen Britisch-Guayana unterwegs gewesen waren, als sie einen Blinddarmdurchbruch hatte. Deshalb hatten sie die nächstgelegene Küste angesteuert.

Jean erzählte mir von ihrem Traum. Sie und ihr Bruder hatten kein geringeres Ziel als das Paradies auf Erden. Sie schwärmte von einem Land, in dem Weiß und Schwarz friedlich miteinander leben würden. Ein Land, in dem es keine Vorurteile gab, keinen Besitz, sondern nur Gemeinschaftseigentum. Das Gelobte Land, in dem der wahre Sozialismus praktiziert wurde, geführt von einem barmherzigen, mildtätigen Mann, den sie Dad nannte. Jean und ihre Freunde würden das Gelobte Land mit aufbauen helfen.

Jean war mein Fingerzeig Gottes, davon war ich überzeugt. Jean, meine Prophetin, würde uns helfen. Denn dass das Paradies der Ort war, an den wir gehörten, stand für mich außer Frage. Jean erfasste unsere Situation schnell. Bevor die französischen Behörden uns heim nach Lyon schicken konnten, wies sie ihren Bruder an, uns auf dem Schiff zu verstecken.

Eine Woche später konnte Jean das Krankenhaus verlassen, und mit reichlich Proviant an Bord stachen wir in See.

Wir fuhren an der Küste entlang, vorbei an Suriname. Ich werde nie dieses grenzenlose Blau vergessen, das mir wie eine Verheißung erschien für ein wundervolles Leben für mein Baby und mich. In allem, was ich sah, sah ich Gottes Zeichen. Außer uns waren neun Amerikaner an Bord, drei Männer und sechs Frauen. „Isabelle ist unser erstes Baby“, freuten sie sich. Von der ersten Minute an fühlte ich mich an Bord zu Hause. Diese Menschen waren so großzügig, so fröhlich und unbeschwert, sie leuchteten von innen, ja, sie kamen mir wirklich erleuchtet vor.

Jean und ihr Bruder hatten uns aus Französisch-Guyana herausgeschmuggelt, damit wir nicht zurück nach Lyon geschickt wurden. Nun mussten sie uns nach Guyana hereinschmuggeln, denn natürlich hätten wir dort ein Visum gebraucht. Es war nicht besonders schwer, in einer Bucht verließen wir das Meer und fuhren ins Orinoko Delta.

Dominique hatte auf seinem Notebook die Karte von Südamerika hochgeladen. Er zeigte Vicky, wie der Reiseverlauf von Baby Isabelle gewesen war.

„Verstehe ich nicht", sagte Vicky, „wieso brauchte denn Isas Mutter für Französisch-Guyana kein Visum, und warum musste man sie dann in Britisch-Guyana einschmuggeln?"

„Britisch-Guayana, heute einfach nur Guyana, ist ein südamerikanisches Land, eine selbstständige Republik, während Französisch-Guayana ein Teil von Frankreich ist und im Übrigen heute sogar zur EU gehört", sagte Dominique.

„Da ist auch der europäische Weltraumbahnhof, in Kourou", sagte Leo.

„Komm, lies weiter", sagte Vicky, die vor Nervosität an ihrem Schal herumkaute.

Auf dem Boot gab es alles, was wir benötigten. Jean hatte sogar daran gedacht, für mein Baby waschbare Windeln kaufen zu lassen. Natürlich war die Reise ins Paradies kein Zuckerschlecken. Wir fuhren auf Wasserwegen, die immer schmaler wurden, endlos lange ins Niemandsland, rechts und links Mangrovenufer, nur selten war ein Indianerdorf zu sehen. Eine Familie von rosafarbenen Süßwasser-Delfinen hatte sich uns angeschlossen, sie schienen mit dem Boot Fangen zu spielen. Es war feucht und unglaublich heiß, natürlich war ich das Klima überhaupt nicht gewohnt.

Nach vielen Stunden Fahrt ertönte vom Ufer her lautes Geschrei. Alle waren an Deck und winkten aufgeregt. Offensichtlich hatten wir unser Ziel erreicht. Unser Boot ging vor Anker, wir wateten durch das Wasser an Land und wurden von einer Handvoll Menschen herzlich begrüßt. Willkommen im Paradies. Bis dahin mussten wir allerdings noch ein paar Stunden durch den Dschungel laufen. Es war das erste Mal in meinem Leben, dass ich mit dem Urwald in Berührung kam. Du kannst Dir nicht vorstellen, wie laut die Stille im Dschungel brüllt. Vögel, Insekten, Affen, alles schreit durcheinander. Die Bäume waren genau die gleichen, die man bei uns zu Hause als Grünpflanzen hielt, nur größer. Ich war fasziniert.

Das Empfangskomitee im Paradies waren schwer bewaffnete Wächter. „Wegen der Überfälle“, sagte man uns. Das Paradies bestand damals aus ein paar Hütten. Als wir ankamen, lebten noch nicht sehr viele Menschen dort, fünfzig, sechzig vielleicht, die Kolonie stand noch ganz am Anfang.

Was auch immer später passierte, damals war es für mich wirklich das Paradies. Plötzlich hatten wir eine Familie, die uns Liebe und Achtung entgegenbrachte. Noch nie in meinem Leben habe ich mich so geborgen gefühlt. Natürlich haben wir schwer gearbeitet. Es gab so viel zu tun, wir bauten unser eigenes Gelobtes Land. Eingeborene halfen uns dabei, den Urwald zu roden, wir lernten von ihnen, was man wo und wie am besten anbaut. Und wir lernten von ihnen, uns im Dschungel richtig zu bewegen, nicht zu schnell, um kein Tier zu erschrecken, nicht zu langsam, damit kein gefährliches Tier fürchten musste, dass wir etwas von ihm wollten. Die Könige des Dschungels sind die Insekten. „Aber das gefährlichste Tier im Dschungel ist der Mensch“, pflegten die Einheimischen zu sagen.

Als wir ins Camp kamen, war man gerade dabei, für eine Schotterstraße zum nächsten Marktflecken die Bäume zu roden. Es war ein harter Kampf mit dem Regenwald, dem wir Zentimeter für Zentimeter unser Land abringen mussten.

Aber mit der Zeit ging es vorwärts, wenn auch nur langsam. Wir bauten Häuser, legten Bananen- und Mangoplantagen an, pflanzten Zitronen- und Orangenbäume, Tabak, Kokospalmen, Bohnen und Chili. Und wir bauten Maniok an. Draus machten wir Mehl, mit dem wir dann unser Brot gebacken haben. Später kam eine Hühnerzucht dazu, auch Schweine und ein paar

Rinder wurden gehalten. Es war eine gute, eine ehrliche Arbeit, wir lachten dabei und sangen.

Dad lernte ich zunächst nur über Lautsprecher kennen, denn seine Worte begleiteten uns bei unserer Arbeit, wir empfingen ihn per Radiokurzwelle.

Ja, ja, ja, mein Herz jubilierte, wenn ich seinen Worten lauschte, das war es, was ich wollte. Eine sozialistische Gemeinschaft, in der alle Menschen gleich waren und Schwarz und Weiß in Eintracht miteinander leben konnten.

Meine kleine Isabelle war der Liebling der Gemeinschaft. Sie hatte bald mehr als hundert Mütter und Väter, und als sie ihre ersten Schritte machte, waren schon ein paar Spielkameraden dazugekommen. Ich übernahm neben meiner geliebten Arbeit die Betreuung der Kleinkinder. Ich war, wenn man so will, die erste Kindergärtnerin des Projekts. Anfangs war meine Krabbelgruppe so klein, dass ich sie ohne Probleme von Feld zu Feld mitnehmen konnte.

Im Laufe der Zeit kamen immer mehr Brüder und Schwestern nach Guyana. Bald hatten wir alles, was ein funktionierendes Gemeinwesen benötigt: Wir bauten ein Lazarett mit einem ordentlichen Operationssaal, eine Zahnklinik, einen Kindergarten und sogar eine Schule. Es gab eine Zentralküche mit einem großen Essraum, wo wir uns regelmäßig zu den Mahlzeiten trafen. Für alle qualifizierten Arbeiten hatten wir Spezialisten. Falls nötig, wurde jemand angeworben, der einen von uns zum Spezialisten ausbildete. Am Abend sahen wir Filme, sangen, beteten und diskutierten.

An dieser Stelle stockte Leo. „Oh, verflucht. Ich ahne, worauf das hinausläuft."

Dominique sah ihn aufmerksam an. „Denkst du das Gleiche wie ich?"

Leo nickte.

„Wollt ihr mich dumm sterben lassen oder was, ich verstehe im Moment nur Bahnhof", sagte Vicky.

Da drangen von unten Geräusche hinauf.

„Was war das?", fragte Vicky. Auch Dominique hatte lauschend den Kopf gehoben. „Ach, nur die Nachbarskatze, die kommt immer durchs Kellerfenster und macht auf der frisch gewaschenen Wäsche ein Nickerchen."

Leo übersetzte weiter.

Dad kam immer häufiger zu uns, ich liebte ihn, wie ich meinen eigenen Vater nie habe lieben können. Er war ein charismatischer Mann, der mich von der ersten Sekunde an faszinierte. Man hatte das Gefühl, dass sein Blick direkt ins Herz traf und er all die Dinge sah, die man vor anderen so gern verbirgt. Ich habe ihn wirklich verehrt.

Immer wieder habe ich mich gefragt, wann es schiefzugehen begann. Dabei war es vielleicht bereits in den USA schiefgelaufen, lange bevor ich zu der Gruppe gestoßen war.

Wir waren damals so etwas wie die Vorhut für unsere Gemeinde. Die Gründermütter und -väter sozusagen. Dad hatte das Gelände in weiser Voraussicht gekauft, weil unsere Brüder und Schwestern in den USA ins Visier der CIA geraten waren. Wir hatten alles vorbereitet, damit die gesamte Gemeinde umsiedeln konnte, wir waren darauf vorbereitet gewesen, dass die anderen folgen würden. Allerdings war es dann wie eine Massenflucht, als sich 1977 fast die gesamte Gemeinde aus den USA in Guyana niederließ.

Für uns, die wir das Camp aufgebaut hatten, war das eine riesige Umstellung. Auf einmal war unser Paradies von mehr als tausend Menschen besiedelt.

Das Land musste jetzt sehr viele ernähren, manchmal waren die Essensrationen deshalb knapp bemessen. Noch war es uns nicht gelungen, uns vollständig selbst zu versorgen, obwohl wir schon seit zwei Jahren unsere landwirtschaftlichen Produkte entweder in Georgetown verkauften oder aber bei den Indianern gegen Waren eintauschten, die wir benötigten. Wenn abends alle gleichzeitig duschen wollten, kamen oft nur noch Tropfen aus den Duschen, die wir vor unseren Häusern gebaut hatten. Doch diese Probleme waren zu meistern.

Wahrscheinlich war ich noch zu naiv oder zu weltfremd, um zu begreifen, was damals passierte. Ich war fest davon überzeugt, dass wir die Lebensform der Zukunft gefunden hatten, eine Zukunft, in der alle Menschen glücklich werden konnten.

Die einzigen Informationen, die wir über den Rest der Welt hatten, stammten von Dad. Er sagte uns, dass man uns nicht so leben lassen wollte, wie wir wollten. Dass die Anfeindungen gegen unsere Gemeinde immer heftiger wurden. Dad berichtete darüber in unseren nächtlichen Sitzungen. Was uns alle am tiefsten verletzte, waren die Lügen, die ehemalige Mitglieder über uns und unser Camp angeblich verbreiteten. Dad sagte, wir wären von Feinden umzingelt: Da war auf der einen Seite die CIA, die uns misstrauisch beäugte, da waren hysterische Angehörige, die den Rest der Welt glauben machen wollten, dass wir entführt und gegen unseren Willen im Camp festgehalten wurden, und da waren Medien, die Dad verteufelten und uns für Spinner erklärten. Hinzu kamen Übergriffe auf das Camp, Eingeborene, die das Lager in der Nacht überfielen und uns bestahlen.

Immer häufiger wurden wir abends in den Gemeinschaftsraum gerufen, in dem Dad zu uns sprach. Er hatte erkannt, dass wir fest zusammenhalten mussten, um diese Anfeindungen zu meistern. Das Schlimmste war das Misstrauen, das sich dadurch zwischen uns einschlich. Am Anfang waren wir frei und glücklich gewesen, aber jetzt fühlten wir uns plötzlich von den „Neuen“ bespitzelt.

Dad forderte absolute Loyalität. Wir mussten ihm Treue bis in den Tod schwören. „Seid ihr bereit, für unsere Sache zu sterben?“, fragte er. Er begnügte sich nicht mit Lippenbekenntnissen, er stellte uns auf die Probe. „Weiße Nacht“ nannte er das. Es war ein Ritual. Er schrie unseren Feinden, die unsere Gemeinschaft zerstören wollten, zu, dass wir uns nie, nie ergeben würden, was wir wiederholten, wieder und wieder. Er sagte uns, dass sie kommen würden, um uns zu holen, und dann würden wir gefoltert werden und ermordet.

„Oh Gott, jetzt weiß ich auch, wovon sie schreibt!“, rief Vicky, der ein Schauer über den Rücken gelaufen war.

Draußen vor dem Camp waren immer öfter Schüsse zu hören. Wer unsere Feinde waren? Die CIA natürlich, die Kapitalisten, sagte Dad bei unseren nächtlichen Versammlungen. Es wäre eine Verschwörung gegen uns im Gange, sagte er, und es sei besser, wenn wir das Gift, das er uns verabreichen würde, trinken würden. Und wir tranken gehorsam, wohl wissend, dass wir rot gefärbtes Zuckerwasser tranken. Er wollte wissen, wer sich weigerte, um herauszufinden, wer loyal zu ihm stand.

Im Lauf der Zeit wurden diese nächtlichen Sitzungen immer häufiger und die meisten von uns immer müder. Ich war so müde, dass ich krank wurde. Ich bekam hohes Fieber, Erbrechen, Durchfall und fühlte mich von Tag zu Tag schlechter. Heute würde ich das psychosomatische Störungen nennen. Man brachte mich in unser Krankenhaus, das ich mit meinen eigenen Händen mit aufgebaut hatte.

Krankenhäuser scheinen mein Schicksal zu sein. So wie ich einst meine Prophetin Jean in Cayenne im Krankenhaus getroffen habe, so lernte ich diesmal Fiona näher kennen. Jean gehörte inzwischen zu denen, die in Amerika Lügen über uns verbreiteten. Dafür hatten Fiona und ich etwas gemeinsam: Wir waren die Einzigen im Camp, die keine Amerikaner waren. Fio-

na war Engländerin, sie war zu uns in San Francisco gestoßen, über die Verwandten ihres verstorbenen Mannes. Fiona arbeitete als Krankenschwester in unserer Klinik, allerdings war sie jetzt wegen einer Nierenkolik im Krankenhaus meine Bettnachbarin.

„Halt“, rief Vicky aufgeregt, „das ist doch meine Mum, Fiona ist meine Mutter!“ Leo blickte nur kurz auf und las weiter.

Natürlich bekamen wir dennoch mit, dass wir alle zusammengerufen wurden. Die Wachen waren wohl auch in unserem Zimmer gewesen, aber wir waren mit anderem beschäftigt: Ich umarmte die Toilettenschüssel, während Fiona durch die Gegend hopste in der Hoffnung, dass ihre Nierensteine sich lösen würden. Mit einem Mal hörten wir Schüsse. Das war zunächst nichts Ungewöhnliches, wie gesagt, es gab öfter Schüsse, wenn wir uns im Gemeinschaftsraum trafen. Doch dann hörten wir Schreie, unglaubliche Schreie. Es sind diese Schreie, die mich ein Leben lang begleitet haben.

Wir liefen zum Fenster. Aber es war nichts zu sehen, man hörte nur diese unmenschlichen Schreie, Rufe, Schüsse. Fiona und ich stürzten zum Ausgang – unsere Babys, wir mussten zu unseren Kindern, auch Fiona hatte eine kleine Tochter. Alle Schmerzen waren vergessen, unsere Kinder, wir mussten zu unseren Kindern. Vorsichtig schlichen wir uns durch die Büsche Richtung Gemeinschaftshaus. Wir wussten ja nicht, was uns erwartete, es hörte sich an wie ein Überfall. Die CIA? Banditen?

Und dann sahen wir es: Menschen, Leiber, da lagen sie, auf den Wegen zum Gemeinschaftsraum, aneinandergeklammert, mit offenen Mündern, überall, überall, der Erdboden war übersät mit Menschen – Freunde, Brüder und Schwestern. Und dann hörten wir wieder Gewehrsalven. Danach war es totenstill. Nicht einmal ein Vogel schrie. Fiona rannte ohne Deckung auf die Leiber zu, untersuchte sie, schüttelte den Kopf, schrie, schrie, oh Gott, sie schrie: VICKY! VICKY! Ich stolperte vorwärts, ihr nach, schrie: ISABELLE! BELLA! Keine Antwort, kein Rascheln, kein Wimmern.

Im Gemeinschaftsraum haben wir sie gefunden. Wir waren wie von Sinnen, wateten zwischen Leibern von Kindern, Babys, so viele tote Babys, Hunderte, so viele tote Kinder. Isabelle. Mein Baby, meine schöne, dunkelhäutige Isabelle. Ihr Händchen hatte sie in das T-Shirt eines kleinen Jungen verkrallt, die großen, dunkelbraunen Augen schauten ungläubig, der Mund war leicht geöffnet, so, als wollte er Mama rufen. In diesem Moment bin ich gestorben.

Ich versank zwischen den Kindern, die noch ganz warm waren. Als ich wieder zu mir kam, rüttelte Fiona an mir. „Komm, komm um Gottes willen, komm hier weg!“, flüsterte sie. Ich rappelte mich auf und folgte ihr. Willenlos. Fiona nahm meinen Arm und rannte im Schatten der Hecken mitten hinein in die Pflanzungen. Ich folgte ihr, fragte nicht wohin, wir liefen blind, es war dunkel, Nacht, wir stolperten, hatten keine Lampe, nichts, nur weg, nur weg, immer geradeaus. Wir dachten nichts, wir fühlten keinen Schmerz, wir fühlten nichts mehr, wir waren ausgelöscht.

Irgendwann blieben wir stehen und lauschten in die Nacht. Nichts war zu hören außer dem üblichen Lärmen des Dschungels. Die Stille brüllte uns an – oder war es das Blut, das in unseren Ohren rauschte? Wohin, Fiona, wohin? Weg, weg, einfach nur weg. Wir strauchelten durch den Dschungel, es war uns egal, welche giftigen oder gefräßigen Tiere wir erschreckten, dem gefährlichsten Tier hatten wir soeben ins Maul geschaut. Als der Morgen dämmerte, hörten wir Hubschrauber, sie hatten wohl das entdeckt, was später als Massaker von Jonestown in die Geschichte eingehen würde. Nur schnell fort, weg, ganz weit weg. Wir haben nicht diskutiert, ob wir weiterlaufen oder umkehren sollen, wir haben überhaupt nicht geredet. Wir waren stumm vor Schmerz, vor Schreck, sicher standen wir unter Schock, ich weiß es nicht. Natürlich wussten wir nicht, wohin, es war wie ein Zwang weiterzulaufen, immer vorwärts, immer vorwärts. Ich weiß nicht, wie viele Stunden wir durch den Dschungel geirrt sind, als wir plötzlich ein Wimmern hörten. Es war das Wimmern eines verletzten Tieres, das Weinen eines verzweifelten Kindes. Es war ein Wimmern, das jeder Mutter signalisiert: Es ist ernst, ich brauche Hilfe. Wir blieben wie ferngesteuert stehen. Wir sahen nichts. Sollten wir rufen? Besser nicht. Ich erinnerte mich daran, was die Eingeborenen uns beigebracht hatten. Nicht zu schnell und nicht zu langsam bewegen im Dschungel. Kein Tier aufschrecken, keinem Tier das Gefühl geben, es zu verfolgen. Und so bewegte ich mich zwischen all den Ficus Benjamini und den Palmen und Gummibäumen hindurch und schaute vorsichtig nach, woher das Wimmern und Weinen rührte. Es kam hinter einem kleinen Wasserfall hervor, wo ich etwas Rotes leuchten sah. „Hallo, ist da jemand?“, rief ich. Das Weinen wurde lauter. Fiona lief an mir vorbei und kletterte über einen kleinen Felsen, hinter den Wasserfall. Vor dem Wasserfall hatte sich ein kleiner Teich gebildet.

Da steckte Fiona den Kopf durch den Wasservorhang und rief: „Komm her, bitte! Aber langsam und vorsichtig.“ Ich umrundete den Teich, kletterte wie zuvor Fiona über den glitschigen Felsen und rutschte in die Tiefe, ohne mich halten zu können. Dumpf schlug mein Körper auf einem Felsen auf, ich versuchte, den Sturz abzufedern, es gelang mir nicht. Ich landete direkt neben Fiona, die sich über den Körper einer Frau beugte. Ich hob mühsam den Kopf, versuchte, die Beine zu bewegen, die Hände, ich fühlte keine Schmerzen mehr, es war heiß und feucht, ich hatte wahrscheinlich hohes Fieber oder ich halluzinierte, auf jeden Fall lag neben mir eine Frau, die ich noch nie gesehen hatte.

„Was ist mit ihr?“, fragte ich. Und dann sah ich sie. Zwei kleine Mädchen hockten wimmernd und weinend unter einer

Felsspalte. „Kommt her", sagte ich, aber die beiden Mädchen, offensichtlich Zwillinge, waren so verstört, dass sie sich nicht von der Stelle bewegten. Oder sie verstanden mich nicht. „Was ist mit der Frau?", fragte ich.

Fiona schüttelte den Kopf. „Sie ist schon ganz kalt", raunte sie mir zu.

„Wie?"

„Genickbruch, glaube ich", sagte Fiona.

Wieso waren sie hier, mitten im Dschungel, was machte die Frau mit ihren Zwillingen hier? Diese Frage haben wir nie klären können. Aus den Mädchen bekamen wir keinen Ton heraus, sie wimmerten wie kleine Kätzchen, sie ließen sich nicht anfassen. Und wie sollten wir sie trösten, waren wir selbst doch absolut trostlos.

„Wir müssen die Frau begraben", sagte ich zu Fiona.

„Und womit?"

Fiona hatte recht. Also schleppten wir Steine, die in dieser nach oben einen Spalt offenen Höhle lagen, und deckten ihren Leichnam so gut es ging ab, um ihm Schutz vor Tieren zu bieten.

Als wir ihre Tasche durchsuchten, förderten wir Maniokbrot, Trockenfrüchte und Nüsse zutage. Außerdem fanden wir einen Pass. Im dämmrigen Licht, das durch die Öffnung der Höhle zu uns herunter drang, sahen wir, dass es ein Pass der Deutschen Demokratischen Republik war: Monika Brüggemann, geboren in Ostberlin, ebenso wie ihre Kinder Cornelia und Katharina. Wir nahmen den Pass mit. In einer Seitentasche fanden wir ungefähr dreihundert Dollar und Schlüssel. Für ein Auto, ein Boot, eine Wohnung? Und wir fanden eine Landkarte. Eine Landkarte! Ich hatte in all den Jahren, die ich nun in Guyana lebte, niemals eine Landkarte gesehen, hatte keine Vorstellung davon, wo wir uns befanden. Wir breiteten die Karte auf dem Boden der Höhle aus. Rot war ein Weg eingezeichnet, außerdem gab es Kreise und Pfeile.

„Wo eigentlich sind wir genau?“, fragte ich.

„Schwer zu sagen.“

Die Kartografie in Britisch-Guayana hatte seit Wilhelm von Humboldt keine ernsthaften Fortschritte gemacht. Fiona fand Port Kaituma und Matthews Ridge anhand der Bahnlinie, die in die Karte eingezeichnet war. Wir wussten, dass das Camp sich in etwa in der Mitte dieser beiden Ansiedlungen befand, hatten wir doch einst eigenhändig eine Schotterstraße dorthin gebaut. Aber wohin waren wir gelaufen? Monika hatte ein ganzes Stück oberhalb von Port Kaituma am Kaituma-Fluss einen roten Kreis gezogen. Was war dort? Ein Boot? Wahrscheinlich. Denn von diesem Kreis aus führte eine rote Linie den Fluss entlang zur Mündung und weiter hoch nach Venezuela, wo der Fluss in den Orinoco mündete. War das ihr Ziel gewesen? Venezuela?

Die beiden kleinen Mädchen saßen mit dem Rücken zum Felsen und starrten uns an. Wir kamen uns vor wie Grabräuber, wie Parasiten, die in der Tasche ihrer toten Mutter wühlten. Wir leerten die Tasche auf dem Boden der Höhle aus, um die Habseligkeiten von Monika zu sortieren und zu entscheiden, was wir mitnehmen würden. Etwas kullerte heraus. Ein Kompass! Nicht, dass ich in der Lage gewesen wäre, nach einem Kompass zu reisen, ich war noch nicht einmal in der Lage, ordentlich eine Karte zu lesen. Fiona schüttelte die Tasche. „Ganz schön schwer“, meinte sie und fasste noch mal hinein. „Nichts drin, trotzdem viel zu schwer.“ Sie zerrte am Futter. Es riss mit einem lauten Ratsch. Fiona starrte in die Tasche, dann starrte sie mich an. „Das glaube ich nicht“, sagte sie und griff in das Futter. In der Tasche befanden sich Bündel mit braunen Geldscheinen. 1000 Deutsche Mark stand darauf. Wir legten sie aufeinander und zählten. Es waren hundertachtzehntausend DM. Einhundertachtzehntausend. Wir sahen uns fassungslos an, allerdings wussten wir auch nicht genau, wie viel das Geld wert war. Da

Frankfurt am Main darauf stand, wussten wir, dass es sich um westdeutsches Geld handeln musste. „Und jetzt?“

„Das verstehe ich nicht“, sagte Vicky. „Wie kommt es, dass eine Frau mit einem Pass der Deutschen Demokratischen Republik so viel Westgeld hat? Außerdem dachte ich immer, die wären hinter dem Eisernen Vorhang eingeschlossen gewesen. Wie kam die Frau dann nach Guyana?“, fragte Vicky.

Dominique sagte: „Vielleicht war sie eine Terroristin. Die sollen ja auch mit DDR-Pässen im Ausland untergetaucht sein. Habe ich jedenfalls mal irgendwo gelesen.“ Leo nickte. „Stimmt, ich meine mich auch an so etwas zu erinnern. Das war in den 70er Jahren, da gab es in Westdeutschland die RAF, die Rote Armee Fraktion. War doch klar, dass die DDR alles getan hat, um die innere Stabilität der Bundesrepublik zu torpedieren. Die RAF kam denen dabei doch gerade recht. Ja, so etwas könnte es sein.“ Leo las weiter:

Wir packten alles wieder in die Tasche. „Wir müssen versuchen, das Boot zu finden, damit können wir weg.“

„Und wie willst du das machen?“, fragte ich.

„Wir sind an einer Quelle, nicht wahr? Eine Quelle fördert Wasser zutage. Und Wasser fließt in einen Fluss, und ein Fluss fließt ins Meer. Die Frau war auf dem Weg zum Fluss, also sind auch wir auf dem Weg zum Fluss. Lass uns dem Wasserlauf folgen.“ Das klang logisch.

Wir mussten weg. Und wir mussten die Mädchen mitnehmen. Die Mädchen wollten nicht, sie wollten bei ihrer toten Mutter bleiben. Oder verstanden sie uns einfach nicht? Laut Monikas Pass waren sie drei Jahre alt.

Fiona kletterte als Erste aus der Höhle, ich hievte die Mädchen hoch und kletterte hinterher. Wahrscheinlich wäre es einfacher gewesen, ins Wasser zu springen als über den Felsrand zu balancieren, aber können Dreijährige schwimmen?

Die Mädchen schrien und klammerten sich an Zweige, sie wollten nicht weg, nicht weg von der Höhle, in der ihre Mutter begraben war. Ich nahm ein Mädchen auf den Arm und ging voran. „Ela!", schrie das andere Kind uns hinterher. „Ela!" Fiona nahm das andere Kind auf die Schulter, und dann liefen wir an dem kleinen Fluss entlang, der sich von dem Tümpel vor dem Wasserfall in den Dschungel ergoss. Das Wasser war glasklar und nicht sehr tief, so dass wir immer, wenn der Weg durch umgestürzte Bäume versperrt war, aufs Flussbett ausweichen konnten. Der kleine Fluss führte durch oben offene Höhlen.

Von fern hörten wir das Dröhnen von Flugzeugmotoren, sie flogen wahrscheinlich die Sandpiste in Port Kaituma an. Nach ein paar Stunden machten wir zum ersten Mal Rast. Wir aßen von Monikas Proviant, die beiden Kinder verweigerten die Nahrung, obwohl wir ihnen gut zuredeten.

Gegen Nachmittag erreichten wir ein Plateau, von dem aus sich unser kleiner Fluss als schmaler Wasserfall in einen großen Fluss ergoss. Und jetzt? Wir stiegen über glitschige, giftgrüne Felsen, ließen uns auf dem Hintern runterrutschen, jeder ein Kind an der Hand. Die Mädchen gaben keinen Mucks von sich, aber sie halfen auch nicht mit, dass wir vorankamen.

Unten am Berg sahen wir es: Verborgen unter dem Wasserfall, rechts und links gut versteckt im Regenwald, lag das Boot im Wasser. „Ich schwimme rüber", sagte ich. Mit ein paar kräftigen Stößen in dem erstaunlich tiefen Wasser war ich am Boot angelangt und zog mich an einer Strickleiter hoch. Die Kajüte war verschlossen. Der Schlüssel, den ich im BH transportiert hatte, passte. Ein Steg lag auf dem Vorderdeck, ich schob ihn an Land, damit Fiona und die Mädchen einsteigen konnten. Und jetzt? „Na los, lass uns schauen, ob wir den Motor flott kriegen." Wir mussten uns anschreien, da der Wasserfall, der das Boot so trefflich verbarg, wie ein Güterzug an uns vorbeidonnerte. Wir öffneten die Kajüte und staunten, denn hier war alles zwar klein, aber vom Feinsten eingerichtet. Es gab eine Kochnische, ein Chemieklo, Betten und eine Sitzecke, die ebenfalls in Betten umzuklappen war.

Fiona ging nach oben und startete den Motor. Er sprang sofort an. Außerdem fanden wir mehrere Kanister mit Benzin. Es hatte jemand sehr gut vorgesorgt. Aber wer?

„Wir müssen aus dem Stand Vollgas geben, um durch den Wasserfall zu kommen“, sagte Fiona.

„Bist du schon mal so ein Boot gefahren?“

Fiona kam von der englischen Küste, sie war mit Booten aufgewachsen, sagte sie. Manchmal schickt der liebe Gott uns Engel.

Und dann fuhren wir los, hinein ins Niemandsland. Ich kannte den Fluss, auf diesem Weg war ich damals in mein Paradies gereist. Ab und zu ein Indianerdorf, aber nichts, was uns aufhalten würde, hier am Ende der Welt.

Wohin? Erst einmal weg, war unsere Devise, wir versuchten dem Grauen zu entfliehen. Bis zu diesem Zeitpunkt hatten wir nicht ein Wort darüber gesprochen, was eigentlich passiert war, und schon gar nicht, wie es weitergehen sollte. Als es dunkel wurde, ankerten wir in einer Bucht und versuchten, die störrischen, wimmernden Mädchen ins Bett zu legen. Sie klammerten sich aneinander und weinten sich gegenseitig in den Schlaf, sie waren total erschöpft. Zum ersten Mal seit dem Grauen im Camp saßen wir uns gegenüber und sahen einander an.

Wie geht es jetzt weiter? Was machen wir hier eigentlich? Warum sind wir nicht geblieben? Was ist passiert? Nicht einmal die letzte Frage konnten wir beantworten, denn wir waren nicht dabei gewesen. Unsere Brüder und Schwestern – hatten sie wie so oft das rote Zuckerwasser getrunken, nur dass es diesmal wirklich Gift war? Wir hatten aber auch Schüsse gehört. Waren vielleicht diejenigen erschossen worden, die sich geweigert hatten, Gift zu trinken? Bei den Kindern hatten wir Spritzen gefunden. Aber wer hatte unsere Kinder vergiftet? Der CIA, die Kapitalisten, Dad, unsere Brüder und Schwestern?

Doch ganz gleich, wer die Schüsse abgefeuert, die Spritzen gesetzt hatte. Ganz gleich, ob die Frauen und Männer freiwillig Gift getrunken haben. Wir haben unsere Kinder getötet! Ich, Juliette Girard, habe meine Tochter Isabelle umgebracht. Ich habe mein schönes, kleines Mädchen getötet, indem ich ihr nicht geholfen habe, ich nicht für sie da war, indem ich sie in dieses Dschungelcamp gebracht habe, das ich für das Paradies hielt. Ich bin die Mörderin, ich ganz allein.

Fiona sprach das aus, was ich dachte. „Wir haben sie umgebracht. Wir haben unsere eigenen Kinder umgebracht."

In diesem Moment ging die Tür der Kajüte auf. „Hunger", sagte eines der beiden Mädchen, von dem wir nicht wussten, wie sie wirklich hieß. Conny und Kathie waren bestimmt nicht die richtigen Namen von den Zwillingen, ebenso wie Monika garantiert nicht auf den Namen Monika getauft war. Wie sollte eine Frau, die einen Pass der Deutschen Demokratischen Republik hatte, hinter dem Eisernen Vorhang aufgetaucht sein, mit über hunderttausend westdeutschen Mark in der Tasche? Monika war mit ihren Zwillingen auf der Flucht, davon mussten wir ausgehen. Vor wem oder was – wir wussten es nicht.

Ich stand auf und nahm das Mädchen auf den Arm. „Willst du eine Suppe?", fragte ich auf Deutsch, das ich in der Schule gelernt hatte. Das Mädchen nickte und steckte seine kleine Nase an meinen Hals. Ich hielt das Kind ganz fest und streichelte seine warme, weiche Haut, seine weichen, dunkelbraunen Ringellöckchen. „Nie, nie, nie, werde ich dich alleine lassen, mein Kind, meine Kleine, ich verspreche es dir, ich werde auf dich aufpassen, solange ich lebe, damit dir kein Unheil geschieht, meine süße Kleine, meine Isabelle", flüsterte ich.

Ich hielt Dich ganz fest, ich habe Dir an diesem Abend in dieser Kajüte versprochen, Dich nie wieder loszulassen, und ich habe Dich nie wieder losgelassen, ich war immer für Dich da, solange Du mich brauchtest, meine große, wunderbare Tochter Isabelle. Ich flößte Dir eine Suppe ein, und nachdem Du gierig die Hälfte geschlürft hattest, sagtest Du auf Deutsch: „Ela hat auch Hunger." Fiona ging mit einer Schale Suppe zu Deiner Schwester.

Wir haben nie wieder darüber gesprochen, was wir zu tun haben. Wir wussten es. Gott hatte uns unseren Weg gezeigt. Am nächsten Morgen fuhren wir mit Dir und Deiner Schwester Richtung Venezuela.

Tagsüber stand Fiona am Steuer, während ich mich um Euch kümmerte. Der Fluss wurde immer breiter. Die Grenze verlief laut Karte da, wo der Amacuro den Kaituma kreuzte. Wir hofften, dass wir die Grenze passiert hatten, so genau wussten wir das nicht, denn wir hatten bis auf ein paar Indianeransiedlungen am Ufer kein menschliches Wesen gesehen. Wir haben es tatsächlich zum Orinoco geschafft, zu diesem wunderbaren, breiten Strom, der uns den Weg in die Zukunft zu weisen schien. Wir wussten nichts über Venezuela, außer dass die Hauptstadt Caracas hieß. Da wollten wir hin, denn dort würde es Botschaften geben, die uns neue Pässe ausstellen konnten. Aber wie kam man nach Caracas? Bahnstrecken sahen wir nicht auf der Karte, ein Auto hatten wir nicht, und an den Ufern des Orinoco sah es auch nicht so aus, als würde von dort ein Pendelverkehr nach Caracas verkehren. Also fuhren wir weiter ins Landesinnere, vorbei an Frachtkähnen, die mit Erdschätzen beladen waren. Bis jetzt waren wir auf einsamen Wasserstraßen unterwegs gewesen, der Orinoco war ein anderes Kaliber. Wir beschlossen, den Fluss so schnell wie möglich zu verlassen, möglichst in einer größeren Stadt, aus der wir gut wegkommen könnten.

Und dann sahen wir sie: Eine majestätische Hängebrücke überspann den Orinoco an einer Stelle, wo er sich verengte. Heute weiß ich, dass das die Angosturabrücke war. Wir legten an. Wir brauchten Geld, um uns Richtung Caracas zu bewegen, venezolanisches Geld, nicht diese braunen Scheine in Monikas Tasche. Also verkauften wir das Boot an einen Mann, der das Geschäft seines Lebens machte: Er fuhr uns zum Flughafen und besorgte uns Flugscheine nach Caracas für den nächsten Tag. Dann bezahlte er uns noch ein Hotel für die Nacht und hinterließ uns ein Bündel einheimischer Geldscheine. Wir waren gerettet, der kleine Flughafen mit seinem Barackenterminal war unser Tor nach Hause.

Vor dem Abendessen gingen wir noch einkaufen: Wir kauften uns allen etwas zum Anziehen, was zivilisiert genug war, dass wir uns damit in der Stadt blicken lassen konnten. Beim Abendessen in einer kleinen Bar unter freiem Himmel schmiedeten wir unsere Legende. Wir würden uns in Caracas, nachdem wir ein bisschen Geld gewechselt hatten, trennen. Wir hätten Urlaub gemacht, in Caracas, als man uns unsere Ausweise gestohlen hat. Die Botschaften würden uns neue Ausweise ausstellen, die englische Botschaft für Fiona und ihre Tochter Vicky, die französische Botschaft für Isabelle und mich. Denn dass wir Töchter in diesem Alter hatten und mit diesem Namen, das war schließlich aktenkundig.

Aber wie waren wir nach Caracas gekommen? Wie war das mit einem Visum, das wir natürlich nicht beantragt hatten? Würden unsere Botschaften das nicht merken, oder würden sie nachfragen, bei den Fluggesellschaften zum Beispiel, wie wir ins Land gekommen sind?

Wir waren beide keine weltgewandten Reisenden damals, sondern zwei junge, unerfahrene Frauen. Rasch wurde uns klar, dass wir Hilfe von Einheimischen brauchten.

Wieder war es Fiona, die die rettende Idee hatte. Wir würden Zuflucht in katholischen Kirchen suchen. Ein katholischer Geistlicher musste das Beichtgeheimnis wahren. Wir konnten einem solchen Geistlichen die Wahrheit sagen, auf seine Hilfe hoffen, vor allem, wenn wir der Gemeinde eine großzügige Spende hinterließen, wenn man uns weiterhalf. Schließlich wollten wir das Geld, das wir bei Monika gefunden hatten, nicht für uns verbrauchen. Wenn es denn einem guten Zweck dienen konnte und uns zudem nach Hause brachte, dann erfüllten wir damit bestimmt Gottes Wunsch, wie Fiona es ausdrückte.

Am nächsten Morgen flogen wir mit Euch nach Caracas. Am Flughafen in Caracas haben Fiona und ich zunächst ein wenig Geld gewechselt. Am Abend vorher im Hotel hatten wir bereits das Restgeld geteilt, jeder von uns hatte es gut versteckt. Am Taxistand am Flughafen von Caracas haben wir uns für immer getrennt. Wir waren davon überzeugt, dass wir nur so eine Chance haben würden.

Du wirst mich jetzt dafür verurteilen, dass ich mit der Frau, die Deine Zwillingsschwester aufgezogen hat, keinen Kontakt gehalten habe. Aber das wäre für uns alle viel zu gefährlich gewesen, wir mussten unter allen Umständen verhindern, dass irgendjemand unseren Schwindel mit den Zwillingen entdeckte. Wir versprachen uns, einander niemals zu suchen.

Nein, Isabelle, mein Schatz, ich kenne den Namen Deiner Schwester nicht, ich weiß auch nicht, wo sie später aufgewachsen ist und was aus ihr geworden ist. Fiona wird sie als Vicky, ihre Tochter erzogen haben, denn das war unser Plan. Du nanntest sie Ela.

Wir beide haben Unterschlupf gefunden in einem Franziskanerkloster. Die Franziskanerinnen von Maria Hilf haben mir geholfen, einen neuen Pass zu bekommen, mit dem wir beide dann nach ein paar Wochen das Land verlassen konnten. Das Geld von Monika ist sicher wirklich Bedürftigen zugutegekommen, der Orden unterhält viele Missionsstationen in Südamerika.

Verzeih mir, ich habe versucht, Dir nach all dem eine gute Mutter zu sein. Ich habe versucht, Dir die Geschehnisse von damals so genau wie möglich zu erklären, all das hat sich tief in meine Erinnerung eingegraben. Ich hoffe, Du verstehst jetzt, warum ich nicht mehr länger leben will. Ich liebe Dich von ganzem Herzen, Isabelle.

Leb wohl,

Juliette Girard

Vicky hatte inzwischen ihr Kopftuch als Taschentuch umfunktioniert. Die Tränen flossen ihr übers Gesicht. Leo hatte mit letzter Kraft gelesen, auch auf seinen Wangen schimmerte es feucht. Dominique lag über seinem Notebook und schluchzte. „Warum hat Isabelle mir denn nichts gesagt, sie würde heute noch leben, wenn wir das gemeinsam durchgestanden hätten."

„Das Massaker von Jonestown." Leo tippte etwas in sein Tablet ein. „Mal sehen, was Wikipedia dazu sagt. 913 Tote, Peoples Temple nannte sich die Sekte. 913 Tote, stellt euch das mal vor."

„Ein wahnsinniger Massenselbstmord", sagte Dominique. „Moment mal, die Kinder können sich nicht selbst umgebracht haben, das ist eindeutig Mord."

„Ich will ins Bett, jetzt sofort", sagte Vicky, „ich muss alleine sein."

„Wo schlaft ihr denn?", fragte Dominique.

„Im Hotel Cour des Loges", sagte Leo. „Kannst du uns ein Taxi rufen?"

„Quatsch, ich bring euch hin, jetzt sofort?"

„Bitte, ich muss das erst mal allein verdauen", sagte Vicky.

„Vielleicht kannst du mich auf dem Weg zum Hotel an der Garage um die Ecke von Isabelles Büro absetzen, da habe ich unseren Mietwagen geparkt", sagte Leo.

46. Schlachtensee

„Wer hat etwas davon, wenn Vicky stirbt?"

Gerhard nickte. „Ja", sagte er, „das ist die Frage aller Fragen." George schaute ihn aufmerksam an. Er weiß es, dachte George, er weiß, wer den Mord an der Frau von der Krummen Lanke begangen hat.

„Sehen Sie zu, dass Sie Ihre Frau in England erreichen", sagte Gerhard. „Aktivieren Sie alle Freunde, derer Sie habhaft werden können. Wir müssen Vicky in Sicherheit bringen. Um den Rest werde ich mich kümmern. Sie ist wirklich in Lebensgefahr, soviel Zufälle, wie Sie mir geschildert haben, gibt es gar nicht."

George erzählte Gerhard noch einmal, dass er im Moment keinen Kontakt zu seiner Frau hatte. „Man hat mir mein iPhone in Heathrow gestohlen, ich habe jetzt eine neue Nummer."

„Verflucht, so finden sie sie, über Ihr Handy! Vicky hat wahrscheinlich hundertmal auf Ihre Mailbox gesprochen und gesagt, wo sie zu erreichen ist. Das war kein zufälliger Raub in Heathrow, das war gezielt."

George war heiß geworden. Natürlich, Gerhard hatte recht, er hatte die Verfolger auf Vickys Fährte gesetzt. Und nun? „Wie soll ich sie finden?"

„Haben Sie keinen Festnetzanschluss?", fragte Gerhard.

„Doch, aber ich habe in der ganzen Hektik zwei Tage vergessen, den Anrufbeantworter auf Empfang zu stellen. Aber auch heute ist nicht darauf gesprochen worden. Es gab nicht mal einen Anruf."

Gerhard schaute ihn zweifelnd an. „Das ist allerdings merkwürdig. Sind Sie sicher, dass niemand in Ihrer Wohnung war?"

George schüttelte den Kopf. „Sie meinen …"

„Ja, ich meine. Geben Sie mir mal Ihre Telefonnummer, na los!"

George nannte Gerhard die Telefonnummer. Der Alte wählte und ließ es tuten. Der Anrufbeantworter schaltete sich ein. Gerhard krächzte: „Test, Test, Test. Das ist nur ein Test."

„So", sagte der Alte, „und nun ab mit Ihnen nach Hause. Ich will wissen, ob Sie meine Nachricht auf dem AB haben oder ob da einer manipuliert hat. Aber vorher geben Sie Ihre Handynummer auf mein Telefon und ich meine auf Ihres. Ich will auf dem Laufenden bleiben, verstanden?"

Als George das Haus in der Terrassenstraße verließ, kam ihm ein älterer Mann entgegen. Das ist wahrscheinlich der geheimnisvolle Peter, dachte er. Was für ein ungewöhnlicher Typ, der Alte. Doch George kam nicht umhin, ihn ein wenig zu bewundern. Er hatte mehr durchgemacht, als ein normaler Mensch aushält.

47. Lyon

Vicky hatte sich auf den Beifahrersitz in Dominiques grauen SUV gekuschelt und starrte blicklos aus dem Fenster. Dominique hatte Leo im Parkhaus Berthelot in der Rue de Marseille abgesetzt und fuhr Richtung Brücke. „Treffen wir uns morgen noch mal? Ich will noch so viel von dir wissen“, sagte Dominique auf Englisch.

Vicky nickte. „Natürlich. Aber erst einmal muss ich mit all dem allein sein.“

Dominique war auf die Pont de la Guillotière gefahren, von der aus man einen wundervollen Blick auf das alte Lyon hatte, als der SUV von einem lauten Knall erschüttert wurde. Instinktiv trat Dominique auf die Bremse. Vicky schaute in den Seitenspiegel und sah weit hinten einen Feuerball. Sie schrie auf. „Was ist da passiert?“

„Da muss etwas explodiert sein, da hinten, im Cours Gambetta, wo wir hergekommen sind.“

„Oh Gott, Leo!“ Vicky wurde panisch. „Dreh um, Dominique, dreh sofort um!“ Dominique fuhr bis zum Ende der Brücke und wendete bei der nächstbesten Gelegenheit. Schon von weitem sah Vicky, dass das, was da brannte, der gleiche Typ Wagen war, den sie am Morgen am Flughafen gemietet hatten, ein grauer SUV, ähnlich dem von Dominique.

„Leo, Scheiße! Halt an, wir müssen Leo helfen.“ Der Verkehr hatte gestockt, Menschen liefen in Panik zusammen, von fern hörte man bereits Martinshörner. Vicky wollte aussteigen aber Dominique hielt sie zurück. „Nein! Hiergeblieben, nicht auch noch du“, sagte er und tat das Gleiche wie die Autos vor ihm. Er wendete erneut.

„Wo willst du hin, ich muss Leo da rausholen!“, schrie Vicky.

Dominique schüttelte den Kopf. „Wir müssen hier weg, so schnell es geht. Wenn derjenige, der versucht hat, dich umzubringen, glaubt, dass du gerade in Flammen aufgegangen bist, bist du vorerst in Sicherheit. Wir fahren jetzt zu mir nach Hause, du kannst auf keinen Fall zurück ins Hotel!“

„Aber Leo, ich muss ihm helfen.“ Vicky wollte aus dem Wagen springen.

„Bleib hier, verdammt noch mal“, herrschte sie Dominique an. „Nicht auch noch du! Du kannst Leo nicht helfen.“

Vicky kauerte sich in ihren Sitz, sie zitterte am ganzen Körper. Ihr war entsetzlich kalt, obwohl es draußen ein warmer Maiabend war. Schweigend fuhren sie zurück nach Tassin-la-Demi-Lune. Vicky versuchte das Handy von Leo zu erreichen. Sie hörte nur ein seltsames Tütütütüt in der Leitung.

Plötzlich machte Dominique eine Vollbremsung. „Nein, das ist falsch! Wir fahren nach Berlin. Jetzt. Ohne Umweg.“

Vicky zitterte immer noch. Sie hatte kaum hingehört. „Was hast du gesagt?“

„Es wäre ein Fehler, nach Tassin zu fahren“, sagte Dominique. „Die werden mich auch beobachten. Vielleicht irgendwas manipulieren. Denk an das Geräusch vorhin, von dem ich dachte, es sei die Katze.“

Vicky nickte und nickte. Dominique blickte sie von der Seite an. „Ich glaube, Mädel, du stehst unter Schock.“ Er fuhr um mehrere Ecken und warf immer wieder einen Blick in den Rückspiegel, ob irgendjemand sie verfolgte. Er hatte das Radio angedreht, in der Hoffnung, irgendeine Nachricht zu dem explodierten Fahrzeug zu erhalten. Zwar waren von allen Seiten Martinshörner zu hören, doch im Radio lief nur Musik. Deshalb gab Dominique Gas und bald befanden sie sich auf der Ausfallstraße zur Autobahn.

Vicky versuchte immer wieder, Leo auf dem Telefon zu erreichen. „Vielleicht war das gar nicht sein Auto."

Dominique sagte: „Vicky, komm, gib es auf. Wir haben beide gesehen, dass es ein grauer SUV war, der genau an der Stelle explodierte, an der sich Leo gerade befinden musste."

Vicky hackte hektisch auf ihrem Handy herum.

„Wohin fahren wir?", fragte Vicky nach einer Weile.

„Nach Berlin."

„Wieso?"

„Vicky, versuch ein bisschen zu schlafen."

„Mir ist so kalt."

Dominique griff nach hinten und zerrte eine Decke nach vorn. „Hier, wickle dich darin ein. Wir werden auf der nächsten Raststätte Geld ziehen und dann bringe ich dich nach Hause."

„Nach Hause?" Vicky nahm die Decke. „Ich will nur noch ins Bett, weg von all dem, ich will weinen, allein sein, ich will nicht in diesem blöden Auto sitzen, irgendwo auf der Autobahn. Ich will die Augen zumachen und schlafen. Ich will schreien. Es ist so kalt hier."

Dominique sah ein McDonald s und setzte den Blinker.

„Zuerst besorgen wir dir mal was Heißes zu trinken, Vicky", sagte er und strich ihr sanft über den Kopf. Vicky zuckte zusammen, er hatte die Wunde auf ihrem Kopf berührt. Die Wunde. Wie lange war das jetzt her? Drei Tage. Drei Tage und ein halbes Leben.

Dominique parkte und sah Vicky aufmerksam an. „Bleib bitte im Auto, ich schließe ab, damit dir niemand was tun kann. Soll ich dir was zu essen mitbringen?"

„Essen? Nein." Dominique hörte sich an, als stünde er ein paar Meter von ihr entfernt. Als hätte er Schaumstoff vor dem Mund.

„Bis gleich."

Vicky lehnte sich zurück in das Polster des SUV und schloss die Augen. Was machte sie hier auf der Autobahn mit einem wildfremden Mann? Er war der Mann ihrer Schwester. Ja, sie erinnerte sich. Vicky zog die Decke enger um sich, sie hatte Schüttelfrost. Leo ist tot. Ich muss es Ian sagen. Leo. Meine beste Freundin. Leo ist meinetwegen gestorben. Vicky versuchte, ihre klappernden Zähne zu beruhigen. Leo, Leo, Leo. Nie wieder würde er eine seiner berühmten, ätzenden Theaterkritiken schreiben. Nie wieder mit Ian lachen. Nie wieder mit ihr mailen. Nie wieder würde jemand Häseken zu ihr sagen. Sie hatte sich so wohl mit ihm gefühlt. Geborgen. Geliebt. Ja, geliebt. Sie hatte Leo von ganzem Herzen geliebt. So wie man einen Bruder liebt. Oder eine Schwester. Isabelle. Sie erinnerte sich nicht. Sie hatte absolut keine Erinnerungen. Weder an Isabelle noch an Guyana. Es kann doch nicht alles weg sein, was man in seiner Kindheit erlebt. Es ist, als hätte man in diesen frühen Jahren gar nicht existiert. Oder doch? Ela, Ela. Daran konnte sie sich erinnern. An das Rufen. Isabelle hatte um Hilfe gerufen, nach ihr gerufen. Und sie hatte ihr ganzes Leben gewusst, dass da noch jemand war. Irgendwie hatte sie es gewusst. Mami. Verdammt, Mami, meine geliebte, wunderbare Mami. Musste Mum auch sterben, weil sie ein Geheimnis hatte, das auf keinen Fall entdeckt werden sollte? Wieso hatte diese Frau, die ihre Mutter war, sie mit in den Dschungel genommen?

Mutter? Das war nicht ihre Mutter. Fiona war ihre Mutter und würde immer ihre Mum bleiben. Alles andere stimmte einfach nicht. Mami, meine über alles geliebte Mami. Vicky liefen die Tränen herunter, aus ihrer Nase verabschiedete sich etwas, das sie in besseren Zeiten Rotz genannt hätte. Sie wischte sich mit ihrem Kopftuch das Gesicht ab, sie musste aussehen, wie unter den Steaker gekommen, aber das war jetzt auch egal. Nie, niemals, würde sie eine andere Mutter haben als Mum in Branksome. Was auch immer noch passieren würde, sie war ein Teil dieser Familie, von der jetzt nur noch sie und Onkel Willy übrig waren. Sie sehnte sich nach dem Geruch von Onkel Willy, wie gern würde sie jetzt in seine Arme flüchten. Diese Mischung aus billigen Zigarren, Schnaps und Schweiß. Diese ganz besondere Onkel-Willy-Mischung. Mum und Onkel Willy waren ihre Familie. Und sie würden es immer, immer bleiben. So wie Leo ihr bester Freund war. Er war es auch geblieben, nachdem sie geheiratet hatte, nachdem sie aus London weggegangen war. Nachdem er sich in Ian verliebt hatte. Mein Gott, Ian. Ich muss ihn benachrichtigen. Scheiße. Scheiße. Scheiße.

Dominique kam mit zwei Bechern Kaffee und einer Tüte Donuts zurück. Er öffnete die Beifahrertür und gab Vicky den heißen Becher in die Hand. „Komm, trinke einen Schluck." Vicky schluckte gehorsam. Er hielt ihr die Tüte mit den Donuts hin. Vicky schüttelte den Kopf. Er zog die Decke fester um sie und schloss die Tür zum Beifahrersitz. „Auf nach Berlin, okay?"

„Ja", sagte Vicky. „zu meinem Mann. Nach Hause."

Ich bin nicht in Berlin zu Hause. Ich bin in Branksome zu Hause. Bin ich etwa Deutsche? Du hast ja gar keine Vorurteile, hatte George gesagt. George. Oh Gott, George. Warum erreichte sie ihn nicht? Hoffentlich war ihm nichts passiert. Sie versuchte, mit einer Hand Georges Nummer anzurufen. Es gelang ihr nicht, das Handy fiel ihr aus der Hand, so sehr zitterte sie. Sie kleckerte sich mit Kaffee voll. Verdammt. Krieg dich wieder ein Vicky, sagte sie sich. Komm, sortier dich.

„Vielleicht trinkst du erst mal den Kaffee, solange er noch heiß ist", sagte Dominique. Sein Ton war sanft, fürsorglich. Trotzdem hätte sie ihn am liebsten angeschrien. Wie kam dieser Mann dazu, ihr Vorschriften zu machen? Sie kannte ihn doch gar nicht. Er war der Mann ihrer Schwester. Vicky musterte ihn von der Seite. Er war grau im Gesicht. Auch er hatte sein Liebstes verloren. Sie durfte nicht ungerecht sein. Er fühlte genauso wie sie. Die Frau, die er heiraten wollte, hatte seine Hilfe verschmäht. So wie sie Georges Hilfe verschmäht hatte. Wahrscheinlich fühlte er sich sogar schuldig.

Wie fühlt man sich, wenn man den liebsten Menschen auf der Welt verliert? Leer. Absolut leer. Ausgelöscht, wie tot. Hat Mum sich so gefühlt, damals, im Dschungel von Guyana? Wie fühlt sich eine Frau, die gerade die Leiche ihres kleinen Mädchens gefunden hat. Schuldig? Weil sie die Kleine dahin gebracht hat? Grauenvoll. Schuld ist kein Gefühl. Genauso wie Leere kein Gefühl ist. Du bist leer. Du fühlst dich nicht leer. Mum konnte nicht mehr richtig denken. Sie war krank, hatte Fieber, war traumatisiert. Ja, heute würde man das traumatisiert nennen. Heute sind sofort ein paar Psychologen zur Stelle, wenn irgendjemand auch nur sieht, dass jemand anderem etwas passiert. Aber die beiden Frauen damals im Dschungel, die haben das ganz allein mit sich abgemacht. Deshalb war Fiona wohl in den letzten Jahren das, was die anderen in ihr sahen. Die Florence Nightingale von Branksome. Der Engel der Kranken, der Armen, der Bedürftigen. Die Mutter Teresa von Dorset. Sie konnte so oft in die Kirche gehen und so viele Bibelkreise abhalten, wie sie wollte, die Schuld, die Erinnerung, das alles würde sie nie nie nie losgelassen haben. Mami, geliebte Mum. Mein Mamilein. Die beste Mutter auf der Welt. Die liebste. Die zärtlichste. Die behutsamste. Die fürsorglichste. Wenn ich doch nur geahnt hätte, wie sie sich gefühlt haben muss. All die Jahre. Was sie für schreckliche Träume gehabt haben muss. Nachts, wenn sie neben dem Bett ihres verstorbenen Mannes lag und leise in ihre Kissen weinte.

Ja, sie hat geweint, ich habe oft gehört, dass sie geschluchzt hat. Aber ich habe gedacht, dass sie vor Sehnsucht nach Vati fast verrückt wird. Dabei hat sie Sehnsucht nach ihrem Kind gehabt, nach Victoria. Deshalb hieß sie Victoria, der Sieg der Hoffnung über den Tod. Es muss sie zerrissen haben. Jede Nacht. Vielleicht hat sie deshalb so viele Nachtschichten gemacht. Nachts kamen die Schatten. George. Ich muss George erreichen.

Sie stellte den Rest des Kaffees in die Ablage und fingerte nach ihrem Handy, das neben ihren Sitz gerutscht war. Was für einen Tag haben wir eigentlich? Freitagabend. Es ist Freitagabend. Niemand ist mehr in Georges Büro. Warum hatte sie nicht früher dort angerufen? Weil es zu einfach war? Zu naheliegend. Ich bin so blöd, so blöd. Zu Hause ging wieder niemand ans Telefon. Entweder George wollte sie nicht zurückrufen. Oder aber der Anrufbeantworter war einfach kaputt. Aber er hätte doch vom Handy. ..? Vielleicht ist sein Handy auch kaputt. Ganz schön viele Zufälle auf einen Haufen. Hoffentlich ist ihm nichts passiert. Komm, Vicky, denk nach. Wie kannst du George erreichen? Lisa. Sie musste Lisa anrufen. Aber wo? Auskunft. Natürlich. Lisa, ihre Deutschlehrerin würde ihr helfen.

Und dieser Detektiv Winter. Den musste sie auch anrufen. Sie hatte sich die Nummer ins Handy getippt. Aber zuerst Lisa.

48. Schlachtensee

Er fühlte sich so kräftig und wach wie lange nicht mehr. Seine arthritischen Glieder spürte er trotz der vorgerückten Stunde ebenso wenig, wie ihn sein schlaffer Arm störte, den er seit seinem Schlaganfall vor zwei Jahren nicht mehr richtig bewegen konnte. Er würde seine Kleine retten. Gott hatte ihm eine letzte Chance gegeben. Nein, die würde er nicht auch noch vertun, so wahr er Gerhard Grunwald hieß. Gerhard der Große, er wusste es wohl, dass sie ihn so nannten. Und er wusste auch, dass Michael verbittert dagegen ankämpfte. Der Boss kommt, er hörte es, wenn er mit seinem Fahrer in die Bank fuhr, er hörte es am Tor, wenn er in die Firma fuhr, ja, er würde der Boss bleiben, solange er lebte. Deshalb hatte er Peter zu sich bestellt. Peter Neumann. Sein rettender Engel, sein Beschützer, sein Schatten. Peter Neumann war seit der schweren Zeit, als die RAF es auf sie alle abgesehen hatte, sein Personenschützer gewesen. Er hatte eine eigene Abteilung in der Bank, auch wenn Michael der Meinung war, dass Neumann einfach zu alt geworden sei, um den modernen Anforderungen gerecht zu werden. Michael war manchmal ein wenig naiv. Wie sein Vater, dieser dämliche Spieler. Niemals würde er Neumann vor die Tür setzen, niemals. Er kam aus einer Generation, in der Loyalität noch zählte, ein Handschlag noch Bedeutung hatte.

Peter Neumann war der Einzige, der zumindest ahnte, wie es in ihm ausgesehen hatte, all die Jahre. Wie er sich fühlte hinter seiner versteinerten Maske. Neumann war derjenige, der seine Tochter überall auf der Welt gesucht hatte. Der die führenden Detekteien in aller Herren Länder auf Petras Spur gesetzt hatte. Neumann war derjenige, der über alles informiert war, der auch die kriminellen Seiten dieser Welt kannte. Neumann mit den alten Kontakten zur Polizei und zum BKA. Neumann mit den Kontakten in die Unterwelt.

Neumann hatte ihm auch von den kleinen Geschäften erzählt, die Michael an den Rand des Ruins gebracht hatten. Hatte sein Neffe wirklich geglaubt, dass er ihn nicht überwachen lassen würde? Für wie dämlich hielt dieser Verlierer ihn eigentlich? Er hatte die ganze Zeit gewusst, dass Michael sich mit Lehman-Papieren auf seine Kosten verspekuliert hatte.

„Nun, was sagst du?“, fragte er Neumann, als dieser sich gesetzt hatte.

„Kompliziert, kompliziertes Geflecht.“

„Das weiß ich selbst“, bellte der Alte.

„Isabelle Girard“, sagte Neumann. „Geboren in Lyon als Tochter von Juliette Girard. Girard hat sich vor einigen Wochen das Leben genommen. Ihre Tochter machte daraufhin Urlaub in Berlin und wurde im Riemeisterfenn vergewaltigt und erdrosselt.“

„Isabelle ist Birgit.“

Neumann nickte. „Habe mir so was schon gedacht.“

Grunwald hatte ihn vor ein paar Stunden angerufen und ihn beauftragt, den Namen der Toten aus dem Fenn ausfindig zu machen.

„Vicky ist Manuela, und Manuela ist verschwunden. Sie hat durch Nachrichten auf die Mailbox ihres Mannes eine Spur gelegt, die ist so breit wie der Sankt-Lorenz-Strom. Er hat sich das Handy in London klauen lassen.“

„Wir müssen Vicky finden und in Sicherheit bringen.“

„Was ist mit dem Jungen?“, fragte Neumann. Grunwald selbst nannte Michael immer nur den Jungen.

„Ach, der Gedanke ist Ihnen also auch schon gekommen“, sagte Grunwald.

„Nun, er ist der Einzige, der etwas zu verlieren hat“, sagte Neumann.

„Nehmen wir einmal an, dass mein Herr Neffe jemanden beseitigen lassen will. An wen würde er sich wenden?“

„Da gibt es einige Möglichkeiten“, sagte Neumann.

„Wie viele Möglichkeiten gibt es, dies diskret zu tun? Es soll zufällig aussehen. Unfall?“

Neumann starrte ihn an.

„Was ist los, Neumann, ist dir was eingefallen? Rede!“

Neumann schüttelte den Kopf, als wollte er einen lästigen Gedanken abwehren. „Da läutet was im Hinterkopf.“

„Lass es laut läuten“, sagte Grunwald.

„Es gab da mal, warte, lassen Sie mich rechnen, also vor ungefähr zehn, zwölf Jahren …“

„Neumann, konzentrier dich!“

„Ja, Boss. Nein, es war im Jahr 2000, genau, da hatten wir das Problem, dass osteuropäische Schutzgelderpresser uns im Visier hatten. Der Junge, der Chef der Detektei Winkler und sein Adlatus – Namen sind Schall und Rauch – und ich, wir haben die Situation analysiert und eine Strategie entwickelt, wie wir uns in Zukunft davor schützen könnten. Dabei haben wir alle Szenarien durchgespielt, was passieren könnte. Ein Szenario waren Morddrohungen. Ihr Neffe meinte, dass man so etwas ja wohl nicht ernst nehmen müsse, Mordkommandos seien ja wohl eine Räuberpistole aus irgendwelchen B-Movies. Da erzählte Winkler, dass es mitnichten eine Räuberpistole sei, Berlin wäre als Standort für einen Mordauftrag sogar ganz besonders gut geeignet, durch die Nähe zu Polen und die Möglichkeit, nicht nur schnell in ein anderes Land, sondern auch schnell in einem anderen Bundesland, also nach Brandenburg zu verschwinden. Und dass es da ganze Unternehmensgruppen gebe, die sich auf Mord mit Unfallcharakter spezialisiert hätten. Oder auf Morde, die zufällig aussehen. Raubmord. Vergewaltigung. So was."

„Russen?", fragte Grunwald, der zu Russen ein gespaltenes Verhältnis hatte. Einerseits hatte er fünf Jahre in russischer Kriegsgefangenschaft verbracht, andererseits hatte er einige Russen, insbesondere Russinnen, kennengelernt, die ein sehr großes Herz hatten.

„Auch, aber die machen das wohl hauptsächlich unter sich aus. Auf den deutschen Markt haben sich vor allem die Polen spezialisiert, wie gesagt, der räumlichen Nähe wegen."

„Ist damals ein Name genannt worden, eine Idee, wie man an diese Leute herankommt?"

„Lassen Sie mich nachdenken und recherchieren."

„Wir müssen sie stoppen, Peter. Wenigstens die Kleine soll überleben. Wenigstens meine Kleine."

Neumann erhob sich. „Ich geh arbeiten, Sie hören von mir, Boss."

Der Alte nickte. Er wusste, dass er sich auf Neumann verlassen konnte.

49. Zehlendorf

George fuhr nach Hause. Checkte den Anrufbeantworter. Nichts. Er schaute sich die eingehenden Anrufe an. Nichts. Niemand hatte ihn angerufen. Niemand. Da war manipuliert worden. Er ging in die Küche, in der ein eindeutiger Geruch von Sojasauce hing. Der *Economist* lag falsch herum auf dem Küchentisch. Er las ihn immer von hinten nach vorn. Aber er lag jetzt mit der Titelseite nach oben auf dem Tisch. Verdammt noch mal, das gibt es doch gar nicht, dachte er. Er hatte eindeutig Besuch gehabt. Das gefiel ihm nicht. Er musste Vicky irgendwie erreichen. Bei wem könnte sie sich nur versteckt haben?

Früher hatten wir noch so etwas wie ein altmodisches Notizbuch. Mit all den Telefonnummern, die man heute so im Handy hat. Wo könnte Vicky ihr altes Adressbuch aufbewahrt haben. Im Schlafzimmer? Im Nachttisch? Im Schminktisch? In ihren Schreibunterlagen? Bei dem Babybuch, das sie akribisch führte. Neben dem Notebook. Auf ihrem Schminktisch. Also in der Schublade unter ihrem Schminktisch. Das wäre logisch. George stand auf und ging ins Schlafzimmer. Voilà! Er kannte seine Frau doch gut. Da war es. George setzte sich mit dem Adressbuch an den Küchentisch. Er würde jetzt jeden einzelnen Namen anrufen, dessen er habhaft werden konnte. Es war lange nach Mitternacht, aber das zählte nicht. Jetzt mussten alle mithelfen,

Vicky zu finden. Es klingelte. George sprang erschreckt auf. Wer war das? Vicky?

Er sprintete zur Tür und schaute in die Überwachungskamera. Lisa. Die Frau, die Vicky das Kochen von Königsberger Klopsen beigebracht hatte. Ein Engel. Er drückte den Türöffner.

„Lisa, kommen Sie rein."

Lisa entschuldigte sich wortreich wegen der späten Störung. Aber sie habe eine Nachricht von Vicky.

„Gott sei Dank!" George zog sie in die Wohnung. „Wo ist sie?", fragte er und bedeutete ihr, ins Wohnzimmer zu gehen.

„Vicky versucht seit Tagen, Sie anzurufen. Sie kann Sie nicht erreichen."

„Ja, das habe ich befürchtet. Oh Gott, geht es ihr gut? Ist sie gesund? Wo ist sie?" George zitterte fast.

„Sie ist auf dem Weg nach Berlin. Wieso gehen Sie nicht ans Telefon? Das soll ich Sie fragen."

„Man hat mir mein Handy in Heathrow geklaut. Und auf dem Anrufbeantworter kommen keine Nachrichten an. Es gibt auch keine Rückrufnummern."

„Hier ist Vickys neue Telefonnummer. Ihr Handy ist bei einem Unfall kaputtgegangen."

Lisa reichte ihm einen Zettel, auf dem sie Vickys Nummer notiert hatte. Sie drehte sich um. „Schönen Abend noch."

George hatte kaum die Geduld für Höflichkeit. „Vielen lieben Dank", sagte er und schloss die Tür hinter ihr. Sofort tippte er die Nummer in sein iPhone. Es meldete sich eine verschlafene Stimme.

„Vicky, Schatz, ich bin's." George war sich sicher, dass man die Alpen von seiner Seele plumpsen gehört hatte. „George, oh George, ich bin so froh, dich zu hören", sagte Vicky.

„Wo bist du?"

„Wo sind wir?", hörte George Vicky fragen. Und eine männliche Stimme murmelte etwas von „kurz hinter Straßburg".

„Was machst du in Straßburg? Vicky, geht es dir gut? Ich habe mir solche Sorgen gemacht!“

„Es geht schon, George, es geht schon. Es ist so furchtbar viel passiert. Ich weiß gar nicht, wie ich es dir erklären soll, wo ich anfangen soll.“

„Ich habe dir auch eine Menge zu erzählen. Oh, Vicky, wann bist du zu Hause?“

„Bald, George, bald. Warum hast du dich denn nicht gemeldet?“

„Man hat mir mein Telefon in England geklaut! Ich habe eine neue Nummer!“

„Aber warum gehst du zu Hause nicht an den Apparat, ich habe tausendmal angerufen. Erst ging der Anrufbeantworter nicht an und seit gestern habe ich dir x-mal auf den Papagei gesprochen.“

„Vicky, jemand hat irgendetwas an unserem Telefon manipuliert. Vicky, hier stimmt etwas ganz und gar nicht! Ich fürchte, wir werden sogar abgehört. Schatz, du bist in allergrößter Gefahr. Komm auf keinen Fall zu uns nach Hause, hörst du! Nimm dir ein Hotel und ruf mich dann auf dieser Handy-Telefonnummer an, okay?“

„Was, ich soll in ein Hotel gehen? George, es ist alles so durcheinander. Bin ich jetzt nirgendwo mehr sicher, warum passiert das alles?“

„Vicky, es ist wahnsinnig kompliziert. Es gibt anscheinend jemanden, der dich umbringen will. Weil derjenige deine wahre Identität kennt.“

„Was weißt du darüber?“

„Ganz sicher nicht alles, und ich kann jetzt hier auch nicht reden. Nimm dir ein Hotel. Und ruf mich auf diesem Handy an, mit dem wir gerade telefonieren. Bitte!“

„George, ich muss in Berlin etwas erledigen.“

„Liebling, lass uns hier nicht weitersprechen, ich habe ein

ungutes Gefühl dabei. Ich werde diese Wohnung auch schnellstens verlassen!“

„George, ich liebe dich. Pass auf dich auf, ja!“

„Ich liebe dich auch. Pass du auf dich auf. Wer ist übrigens der Kerl, mit dem du eben geredet hast?“, fragte George.

„Dominique Durand. George, ich weiß, du wirst mich jetzt für verrückt halten. Er ist der Mann meiner Zwillingsschwester.“

„Ich weiß, dass du nicht verrückt bist. Sei vorsichtig, Kleines. Versteck dich, bis ich auf dich aufpassen kann.“

„George, Leo ist tot.“

„Leo? Äh – dein früherer, äh, deine sogenannte beste Freundin aus Studienzeiten?“

„Er ist meinetwegen gestorben, George. Er hat versucht, auf mich aufzupassen.“ George hörte Vicky schluchzen.

„Liebling, Vicky, ach Schatz, ich umarme dich. Komm schnell nach Berlin und ruf mich an, ich melde mich auch.“

„Leb wohl.“ Vicky hatte das geflüstert.

„Bis ganz bald“, sagte George und legte auf. Er war während des Gesprächs die ganze Zeit durch die Wohnung getigert. Jetzt setzte er sich auf die Kante der cremefarbenen Couch und dachte nach. Er musste weg. Also ging er ins Schlafzimmer. Er nahm sein Bordcase, das immer halb fertig gepackt in der Ecke stand, und warf das Nötigste hinein. Dann griff er sich Portemonnaie und Schlüssel aus der gelben Schale im Eingang, prüfte, ob alle Fenster geschlossen waren, und verließ die Wohnung.

Nachdem er die Tür abgeschlossen hatte, atmete er auf. Er fuhr mit dem Fahrstuhl in die Tiefgarage. Natürlich würde er jetzt nicht mit seinem Auto fahren. Er war mittlerweile sicher, dass die Wohnung überwacht wurde. Was sollte er tun? Er überlegte, ob er die Neun auf seinem Telefon rufen sollte. Die Kurzwahl, unter der er Vickys Großvater gespeichert hatte. Nein, dachte er, es ist mitten in der Nacht, er ist ein alter Mann, damit muss ich jetzt alleine klarkommen. Er lief durch den Keller in den Gartenaufgang, erklomm die Stufen und ging hinter dem Haus durch den Wald, der zu dem gegenüberliegenden Grundstück führte. Vicky hatte ihn mal darauf aufmerksam gemacht, wie ein Hund durch den Gartenzaun geschlüpft war. George fand das Loch im Zaun und zwängte sich hindurch. Ein Scheinwerfer ging an und blendete ihn, gleichzeitig jaulte eine Sirene auf. Fort Knox ist nichts dagegen, dachte er und hoffte, dass ein eventueller Bewacher vorn in der Straße nichts davon mitbekommen würde. Er lief durch den gepflegten Garten, vorbei an einem Teich, über den eine Brücke führte, die größer war als der Tümpel, über den sie führte.

„Wer ist da? Stehen bleiben!" Ein Mann war auf die Terrasse getreten. George sah im Scheinwerferlicht, dass er ein Gewehr im Anschlag hatte. Über ihm hingen Geweihe an der Hauswand. George betete, dass der Jäger nicht nervös wurde. Er blieb stehen, stellte sein Bordcase auf die Erde und hob die Hände. „Bitte helfen Sie mir", sagte er ruhig, „ich bin einer Ihrer Nachbarn." Der Mann bedeutete ihm mit dem Gewehr, näher zu kommen, während George fieberhaft überlegte, was für eine Geschichte er ihm erzählen sollte.

„Was machen Sie mitten in der Nacht auf meinem Grundstück?", fragte der Mann, der nach Georges Schätzung ungefähr siebzig Jahre alt sein musste. Immer noch fuchtelte er ihm mit dem Gewehr vor der Nase herum.

„Bitte rufen Sie mir ein Taxi", sagte George.

Der Alte grunzte. „Ich rufe die Polizei und sonst gar nichts."

Auch gut, dachte George, vielleicht ist das die Lösung. Die Polizei. Warum nicht. Der Alte gab ihm einen Schubs mit dem Gewehr. Er trug einen gestreiften Pyjama und Badeschlappen und bedeutete ihm, durch die geöffnete Terrassentür in das Haus zu treten. Der Wohnraum war nur spärlich erleuchtet. Dutzende Geweihe schauten ihn aus dunklen Höhlen blicklos an.

„Hinsetzen!"

George setzte sich in einen grünen Veloursessel, in dem er fast versank.

„Hände auf die Armlehnen!"

Gehorsam legte er die Hände auf die Armlehnen.

Der Alte ging rückwärts zum Telefon.

„Wo jagen Sie?", fragte George.

„Im Garten", sagte der Alte.

George konnte nicht anders, er musste lachen. „Schade, ich dachte, Sie könnten mir einen Tipp geben, wo ich eventuell in der Umgebung ein Jagdrevier pachten könnte oder eine Beteiligung daran. Ich bin erst seit fünf Monaten in Berlin und ehrlich gesagt, mir fehlt etwas."

„Sie sind Engländer?", fragte der Alte zögernd.

„Waschecht mit schottischen Einschüssen. Wer in unserer Familie nicht jagen will, wird frühzeitig zum Psychiater geschickt."

Der Alte lachte. „Fuchsjagd?"

„Ist bei uns üblicher als hier. Hören Sie, ich habe ein vielleicht etwas delikates Problem. Ich habe eine Freundin, die in dem Haus gegenüber wohnt. Deren Mann eigentlich auf Geschäftsreise ist. Wir wollten uns ein schönes Wochenende machen, und plötzlich hören wir, wie sein Auto unten in die Garage fährt. Ich bin einfach über den Garten nach hinten raus. Bitte, seien Sie ein Gentleman und befreien Sie mich aus dieser unwürdigen Situation. Ein Taxi würde wirklich helfen."

George hoffte, dass der Alte nicht seinen Ausweis sehen wollte.

„In welchem Stock wohnt denn die Dame?"

„Im ersten."

„Ach, die Hübsche mit den braunen Haaren und den großen Titten?"

„Genau die." George lächelte. Seine Frau war also aufgefallen. Sein Blick fiel auf ein Fernglas, das auf der Anrichte unter dem Stillleben mit dem röhrenden Hirsch stand.

„Habe verstanden, Sir. Ich rufe Ihnen ein Taxi. Kommen Sie das nächste Mal aber bitte von vorn in mein Haus, würde mich freuen. Sie müssen mir über die Jagd in England berichten. Und über meine hübsche, sündige Nachbarin. Sexy!“

George atmete innerlich durch. So ein oller Lustmolch! Er hasste das Jagen. Aber der olle Lustmolch bestellte ihm ein Taxi.

50. Schöneberg

George ließ sich mit dem Taxi ins Interconti bringen. Für heute war sein Bedarf an Aufregungen gedeckt. Er wollte nur noch schnell Vicky Bescheid sagen, wo er war, und dann schlafen. Er musste einen klaren Kopf haben, um die ganze Situation zu überdenken.

Nachdem er eingecheckt hatte, schmiss er seinen Bordcase auf das Bett und zog sich erst einmal aus. Schnell unter die Dusche und dann Vicky einen Gutenachtkuss geben. Von seinem kleinen Abenteuer heute Nacht würde er ihr nichts erzählen, damit sie sich nicht noch mehr ängstigte als nötig.

Als er aus der Dusche kam, suchte er sein Handy. Er hatte es doch in die Hosentasche gesteckt, als er das Haus verlassen hatte, das hätte er schwören können. Doch es war nicht in der Hosentasche, es war auch nicht in der Tasche seiner Leinenjacke und schon gar nicht im Bordcase. Oh nein, bitte nicht schon wieder! George setzte sich aufs Bett und dachte nach. Okay, wenn ich das Handy verloren habe, dann im Garten von diesem Spinner mit den Geweihen. Dort würden es seine beziehungsweise Vickys Verfolger nicht finden, hoffte er. Aber wie sollte er jetzt Vicky erreichen? Er hatte die Telefonnummer im Handy gespeichert. Lisa hatte den Zettel wieder mitgenommen. Wie kam er jetzt zu Lisa? Wie hieß Lisa mit Nachnamen? Wo wohnte sie? George hätte am liebsten seinen Kopf auf die Tischplatte gehauen. Das gab es doch gar nicht! Vicky würde halb verrückt werden vor Angst. Was sollte er tun? Er entschied: schlafen. Erst mal ein paar Stunden schlafen.

Und dann würde er zu Gerhard Grunwald fahren. Warum hatte er den Alten nicht noch einmal angerufen? Weil er vor ihm einen gehörigen Respekt hatte. Er hatte ihn so spät in der Nacht nicht mehr stören wollen. George entschied, dass er in dieser Nacht nichts mehr tun konnte, außer ein paar Stunden zu schlafen. Er programmierte den Weckruf auf 6.30 Uhr. Nicht viel Zeit für eine Mütze voll Schlaf.

51. Berlin-Mitte

„Hallo, Vicky, aufwachen!", sagte Dominique Durand. Vicky schaute hoch in ein graues Gesicht, das im unteren Bereich eindeutig blau schimmerte.

„Was ist?"

„Wir sind in Berlin."

„Wo?" Vicky hatte Mühe, zu sich zu kommen. „Entschuldigung, ich bin wohl eingeschlafen."

„Gut so, Schlaf heilt alle Wunden", sagte Dominique.

„Wo sind wir?" Vicky sah sich um. Sie standen in einer Tiefgarage.

„Am Potsdamer Platz. Ich dachte, das Hyatt ist anonym genug, ich habe hier mal eine Konferenz gehabt. Komm, wir gehen jetzt schlafen!"

Vicky versuchte ihre Gliedmaßen zu sortieren. Eigentlich gab es nichts, was ihr nicht wehtat. Sie fühlte nach dem Schal, unter dem sie in Lyon ihre Wundmale verborgen hatte. Sie hatte auf dem Schal gesessen, außerdem war er nass, sie hatte stundenlang ihre Tränen damit getrocknet. „So kann ich doch nicht in ein Hotel."

Dominique musterte sie und nickte. „Ja, das stimmt, du würdest auffallen wie ein rosa Pudel. Warte mal." Er ging um das Auto herum und holte etwas aus dem Kofferraum. „Hier, vielleicht wickeln wir deinen Kopf einfach ein“, sagte er und reichte ihr den Verbandskasten.

Vicky wickelte sich einen Verband um den zerschundenen Kopf.

„Das sieht schon besser aus.“ Dominique klebte ihr das Verbandsende mit Hansaplast fest. „Komm.“ Sie gingen durch das Parkhaus zum Fahrstuhl, der sie direkt ins Hotelfoyer brachte. Vicky hielt sich im Hintergrund, während Dominique mit seiner Kreditkarte eine Suite mietete. Als sie dort angekommen waren, rief Dominique den Zimmerservice an und bestellte Frühstück für zwei.

Vicky war an das Fenster im Wohnzimmer getreten, von dem aus man über den Marlene-Dietrich-Platz gucken konnte, der im Moment menschenleer war. Ein einsamer orangefarbener Wagen saugte vor dem Musicaltheater die Reste der vergangenen Nacht in sich auf: die McDonald's-Tüten und die weggeworfenen Kinokarten, die Zigarettenkippen und die verlorenen Taschentücher. Ein paar Stunden nur hatte der Platz Ruhe vor den Touristenhorden, die hier ein Berlin suchten, das es in Wirklichkeit gar nicht gab. Ein Betrunkener schlief auf der Mauer um den künstlichen See, in dem sich die gerade aufgehende Sonne blutrot spiegelte. Was für merkwürdige Gedanken ich habe, dachte Vicky, dabei muss ich einfach nur mal unter die Dusche.

Dominique hatte die Zimmer inspiziert. „Ich denke, du nimmst das große Schlafzimmer“, sagte er.

Vicky war es gleichgültig, sie wollte nicht schlafen. Sie wollte George anrufen und ihm sagen, wo sie war, und sie wollte diesen Detektiv aufsuchen. Das war das Wichtigste. Aber sie sah ein, dass Dominique schlafen musste, den sie die ganze Strecke hatte alleine fahren lassen, während sie unter ihren Tränen in einen unruhigen Schlaf weggedämmert war.

Der Zimmerservice klopfte und brachte das Frühstück. Vicky hatte keinen Hunger, aber eine Tasse Kaffee tat ihr jetzt gut.

Dominique schlief beim Essen fast ein. Sie befahl ihm, ins Bett zu gehen.

„Nur, wenn du versprichst, dich aus diesem Hotel nicht wegzubewegen", antwortete er gähnend.

Sie würde ihm alles versprechen, Hauptsache sie konnte jetzt alleine sein. Denn das war es, wonach sie sich am meisten sehnte. Seit Lyon, seit Leo, oh Gott, wie lange war das jetzt her? Sie musste so viele Dinge tun, Ian anrufen. Vicky stürzte den Kaffee herunter und verabschiedete sich ins Bad. Sie hatte keine Wäsche dabei, nichts zum Wechseln, egal, sie würde sich jetzt ein heißes Bad einlaufen lassen und ihre Wunden lecken.

52. Schlachtensee

„Ja“, bellte der Alte ins Telefon. Es war sieben Uhr morgens, er hatte nicht eine Stunde geschlafen. Sie waren alle bei ihm gewesen. Seine Mädchen. Alle tot. Bis auf eine. Manuela. Vicky. Er sehnte sich danach, ihr die Kräusellocken aus dem eifrigen Gesichtchen zu streichen. Er sehnte sich nach ihrem Lächeln, diesem Lächeln aus einer anderen Welt. Neumann war am Apparat. Auf ihn war Verlass.

„Ich melde Vollzug“, sagte Neumann.

„Rede!“

Neumann breitete seinen Plan aus. Gerhard Grunwald nickte beifällig mit dem Kopf. Ja, das war ein echter Neumann. Dafür schätzte er seinen alten Sicherheitschef. Dafür und dafür, dass dieser ihn niemals verraten würde. Nur über seine Leiche. „Das wird funktionieren“, sagte er zufrieden. „Aber sei schnell.“

„Ich erreiche den Ehemann nicht.“

„Was zum Teufel …“

„Er geht einfach nicht ans Telefon.“

„Ich muss jetzt auflegen. Wir machen es wie abgesprochen.“ Verflucht. Die Truppen mussten zusammenstehen. Wieso meldete der Junge nicht Vollzug? Wieso hatte der nicht angerufen, nachdem er nach Hause gefahren war? Das hatten sie schließlich so abgesprochen. Dabei war ihm der Junge eigentlich ganz sympathisch gewesen, ein bisschen verweichlicht vielleicht, aber nichts, was man nicht richten konnte. Das würde sich auswachsen. Später. Seine Vicky hatte eine gute Wahl getroffen. Die Gedanken wirbelten durch seinen Kopf, er musste aufpassen, dass er bei dem Tempo noch mitkam. Ihm blieb jetzt nur noch zu warten. Neumann würde sich wieder melden. Dann würden sie Gewissheit haben. Er drückte die Neun auf seinem Handy, auf dem er die Nummer von George gespeichert hatte. Niemand ging ans Telefon, er ließ es lange klingeln, obwohl er nicht auf die Mailbox sprechen wollte. Herrgott, spinnt der denn, dachte er. Wieso ging George nicht ans Telefon? Das würde alles verdammt knapp werden. Er hörte, wie Frau Birkholz unten die Tür aufschloss.

53. Berlin-Mitte

Nachdem Vicky lange gebadet hatte, fühlte sie sich ein wenig besser. Sie hatte sich auf das Bett in ihrem Hotelzimmer gelegt. Es war Zeit, George zu sagen, wo sie war. Im Nebenzimmer schlief Dominique. Er war todmüde gewesen. Im wahrsten Sinne des Wortes. Vicky war viel zu aufgeregt, um jetzt noch schlafen zu können. Sie wollte so schnell wie möglich zu George, endlich, sie fühlte sich seit Tagen, als ob ihr jemand einen Teil ihres Körpers amputiert hätte.

Sie fand die Nummer von seinem neuen iPhone in ihrem Handy. Es war spät genug, sie konnte ihn jetzt ruhig wecken. Sie wählte die Nummer. Nichts. Die Mailbox sprang an. „Guten Morgen, Murmeltier, hier ist deine Frau. Bitte ruf mich an."

Eigentlich wollte sie ihm noch sagen, dass sie im Hyatt am Potsdamer Platz war. Aber das unterließ sie angesichts all der blöden Erfahrungen der letzten Tage. Wer weiß, vielleicht hatte wieder jemand Georges Telefon. Sie durfte nicht schon wieder eine Spur legen. Denn wieso nahm George nicht ab?

Wenn er schlief, würde er sie anrufen, sobald er wach war. Wo war er? In welches Hotel würde er gehen? Wahrscheinlich ins Interconti, da waren sie in der Anfangszeit gewesen, damals, als sie in Berlin eine Wohnung gesucht hatten. Sie rief beim Portier an und bat, dass eine Verbindung zum Hotel Interconti hergestellt werden sollte. Dort fragte sie, ob ein Mr. McIntosh abgestiegen sei. Die Telefonzentrale vom Interconti bejahte und fragte, ob sie verbinden solle. Natürlich sollte sie verbinden. Vicky war erleichtert. Sie kannte ihren Mann eben doch. Es klingelte und klingelte. Niemand meldete sich in seinem Zimmer. Sie legte auf. Wahrscheinlich war er frühstücken.

Langsam stand sie auf und betastete ihre Wunden. Die Rippen schmerzten noch immer gewaltig, aber sie puckerten nicht mehr. Die Wunde auf ihrem Kopf war verschorft, sie hatte das Pflaster entfernt. Wenn sie die Haare nach hinten band, würde man die Verletzung kaum sehen. Ihr Gesicht sah inzwischen auch nur noch aus, als hätte sie schwere Akne. Sie würde sich einen Concealer kaufen, dann konnte sie die kleinen Schnitte abdecken. Das Auge war inzwischen gelbgrün, nicht attraktiv, aber nichts, was eine Sonnenbrille nicht verstecken könnte. Vicky zog sich an und fuhr nach unten. Alles, was sie brauchte, würde sie in den Potsdamer Platz Arkaden finden. Zahnbürste und Zahnpasta, Concealer, Make-up, frische Unterwäsche, ein Kopftuch, ein T-Shirt. Heute Mittag hatte sie einen Termin bei dem Detektiv, den ihre Schwester angeheuert hatte. Sie hatte ihn gestern noch aus dem Auto angerufen. Vicky war sich sicher, dass die Geschichte bald aufgeklärt war. Sie wollte endlich wieder in Ruhe leben. In Ruhe leben? Konnte sie das? Würde der Gedanke an Leo sie nicht verfolgen bis ans Ende ihrer Tage? Sie hatte immer noch nicht Ian angerufen. Wenn sie nur wüsste, was sie Ian sagen sollte. Oh verdammt, es war alles so kompliziert. Wie in Trance lief sie durch die Arkaden, da hinten war doch irgendwo ein Douglas, sie griff sich T-Shirts im Vorbeilaufen von Ständern, die im Gang standen, bezahlte, Farbe egal, Größe egal, alles war egal. Sie wollte nur noch zu George. Als Vicky endlich wieder in ihrem Hotelzimmer war, staunte sie, wie viel man in knapp einer halben Stunde einkaufen konnte, ohne es zu merken. Sie schmiss die Tüten auf das Bett und putzte sich erst einmal die Zähne.

54. Krumme Lanke

Er stand wieder vor der U-Bahn-Station Krumme Lanke und nutzte die öffentliche Telefonzelle. Wobei Zelle nicht der richtige Ausdruck war, es handelte sich mehr um eine Telefon-Zapfstelle in anheimelndem Telekom-Magenta. Er hatte sich beherrschen müssen, um nicht laut zu schreien. Die letzten Tage hatten an seinen Nerven gezerrt. Der Termin bei der Bank in Frankfurt hatte ihn an den Rand seiner Kraft gebracht, man hatte ein wenig die Daumenschrauben angesetzt. Wenn er doch bloß nicht … Ach, vergiss es, sagte er sich, es lohnt sich nicht, um verschüttete Milch zu weinen. Er konnte die Zeit nicht zurückdrehen und seinen Fehler mit Lehman wiedergutmachen. Also Augen zu und durch.

„Dann sehen Sie zu, dass Sie die Information herbeischaffen!“, sagte er leise. Gefährlich leise. Er war mit seiner Geduld am Ende. Krzysztof konnte ihm nicht genau sagen, ob das Paket abgefangen worden sei. Man glaube ja, habe es aber noch nicht zu hundert Prozent abchecken können.

„Selbstverständlich“, sagte Krzysztof ebenso leise.

„Ich will, dass man Vorkehrungen für Berlin trifft. Falls sie hier wider Erwarten aufkreuzen sollte. Postieren Sie Ihre Leute vor ihrem Haus. Ich will ganz sichergehen.“

„Wir nicht Anfänger“, sagte Krzysztof.

Michael merkte, dass er einen leichten Schweißgeruch absonderte, als er sich in das Polster seines Phaeton fallen ließ.

Sein Blick fiel auf den Boden, irgendein Papier war ihm wohl heruntergefallen. Er bückte sich und zog einen halb unter dem Vordersitz versteckten geschlossenen Umschlag hervor. Auf dem Umschlag stand sein Name. Nur sein Name, keine Adresse, kein Absender. Merkwürdig. Wo kam dieser Umschlag her, hatte ihn jemand auf seinen Aktenkoffer gepackt?

Er öffnete den Umschlag und hielt den Atem an. Sein Herz machte einen Kopfsprung und in seinen Ohren sauste es, als habe sein Blut auf Schallgeschwindigkeit beschleunigt.

„Sagen Sie, Schumi, war hier jemand am Wagen?", fragte er seinen Fahrer.

„Nicht, dass ick wüsste", sagte Hans Hartmann, den alle in der Bank nur Schumi nannten. „Ich habe mir eben mein Frühstück bei Thürmann geholt."

Er schaute auf das leicht geöffnete Fenster hinter dem Fahrersitz. Es war ihnen also jemand gefolgt. Und derjenige hatte Schumis Kaffeepause genutzt, um ihm diesen Brief – oder wie immer man diese Zumutung nennen sollte – zuzustellen. „Machen Sie Ihrem Namen mal alle Ehre und geben Sie Gas, Schumi", wies er seinen Fahrer an. „Ich übernehme die Strafmandate, aber wir haben nur noch zehn Minuten bis zu meiner Verabredung in Wilmersdorf."

Er sah im Rückspiegel, wie Schumi zufrieden grinste, und dann wurde er in die beigefarbenen Lederpolster gepresst. Schumi setzte sich auf die linke Spur, fuhr bei Dunkelorange über die Ampel und bog fünf Meter vor einem entgegenkommenden Auto in die Onkel-Tom-Straße ein. Er drehte sich um, nein, niemand folgte ihm. Wahrscheinlich wusste dieser Jemand ohnehin ganz genau, wohin er fahren würde. Er spürte, dass er immer noch diesen Brief umklammert hielt. Seine Handflächen waren feucht geworden. Er holte seine Lesebrille aus dem

Futteral, aber der Inhalt des Briefes war auch ohne Brille klar und deutlich gewesen:

Gegen die sofortige Zahlung von einer Million € sehen wir davon ab, der Polizei einen Tipp zur wahren Identität der Toten aus dem Riemeisterfenn zu geben. Details zur Geldübergabe folgen. Onkel Otto

Hielt der ihn für gehirnamputiert? Gab es wirklich jemanden auf der Welt, der glaubte, er könne zwei und zwei nicht zusammenzählen? Es gab überhaupt nur einen einzigen Menschen, der wusste, wer die Tote aus dem Riemeisterfenn war. Und dieser jemand versuchte, ihn jetzt zu erpressen. Onkel Otto, dass ich nicht lache, dachte er. Woher sollte er eine Million Euro bekommen? Absolut unmöglich. Er konnte nicht schon wieder … Nein, in der Bank war nicht ein Cent mehr zu holen, er lief bereits barfuß über glühende Kohlen. Winter musste weg. So einfach war das. Nun denn, auch das würde Krzysztof richten. Ironie des Schicksals. Der Mann, der ihm einst den Kontakt zu Krzysztof unwissentlich vermittelt hatte, würde nun durch dessen Unternehmen sterben. Selbst schuld. Das kam davon, wenn man den Hals nicht vollkriegte. Er bat Schumi, am Fehrbelliner Platz zu halten. Dort gab es ebenfalls eine öffentliche Telefonsäule. Er musste erneut verdammt dringend anonym telefonieren.

55. George

Er wachte auf mit rasenden Kopfschmerzen. Das Telefon klingelte penetrant. Er nahm den Hörer hoch und meldete sich mit Namen. Aber es war nur der automatische Weckruf. George brauchte ein paar Minuten, bis er sich orientiert hatte. Er rief in der Telefonzentrale an und bat darum, mit Gerhard Grunwald verbunden zu werden. Zehn Minuten später meldete ihm die Zentrale, dass in Berlin leider kein Gerhard Grunwald mit Telefonnummer registriert sei. Natürlich, dachte George, wäre ich auch nicht an seiner Stelle. Also sprang er unter die Dusche, rasierte sich, zog sich an und ließ sich, ohne vorher gefrühstückt zu haben, ein Taxi rufen. Er musste dringend zu dem Alten. Es war halb neun, als er in der Terrassenstraße vorfuhr. Frau Birkholz öffnete die Tür. „Ich schätze, Sie werden schon erwartet." Sie führte ihn auf die Terrasse, wo Gerhard Grunwald in einem riesigen Rattansessel saß, der ihn klein und zerbrechlich erscheinen ließ.

Seine Stimme war jedoch das genaue Gegenteil: „Ich habe gesagt: Anrufen. Wieso haben Sie nicht angerufen? Wieso gehen Sie nicht ans Telefon, Junge?", rief er ihm entgegen.

George setzte sich ihm gegenüber und zuckte die Schultern. „Asche auf mein Haupt, ich habe es wohl verbockt." Dann erzählte er ihm von seiner nächtlichen Odyssee.

Gerhard der Große betrachtete ihn unter buschigen, weißen Augenbrauen wie ein lästiges Insekt. „Gewöhnen Sie sich daran, dass ich meine, was ich sage, so alt bin ich nun auch wieder nicht, als dass Sie Rücksicht nehmen müssten."

George nickte. Er würde diesen Fehler nicht noch mal machen. „Also, was haben wir: Eine Ehefrau in Berlin, auf die hoffentlich der Ex-Mann ihrer Schwester aufpasst, und ein verschwundenes Telefon mit Vickys Nummer. Also los, Junge, holen Sie sich das Telefon wieder. Aber dalli."

George musterte den Alten. Nur sein Vater hatte jemals in diesem Ton mit ihm gesprochen. George nickte und lächelte leise in sich hinein. „Bin schon unterwegs", sagte er.

Es klingelte. Auf dem Weg nach draußen traf er auf Peter Neumann.

56. Vicky

Vicky überlegte. Sie musste unbedingt nach Hause. In ihrem neuen Handy hatte sie nicht die Telefonnummer von Ian. Wie um alles in der Welt sollte sie ihn sonst benachrichtigen? Es half nichts. Auch wenn die Wohnung möglicherweise beobachtet wurde, sie brauchte ihr Adressbuch. Sie konnte unmöglich so lange warten, bis die französischen Behörden die englischen Behörden von Leos Unfall unterrichten würden und dann irgendein Polizist bei Leos Onkel, seinem einzigen noch lebenden Verwandten, anrufen würde. Ich muss mit Ian reden. Ian, der wahrscheinlich panisch, weil er so lange nichts von Leo gehört hatte, in Japan oder Korea oder Vietnam auf irgendeiner Vernissage hockte und sich quälte, weil seine Anrufe nicht beantwortet wurden. Bei dem Gedanken an Leo kamen ihr wieder die Tränen. Sie musste Ian anrufen. Das war sie Leo schuldig.

George machte ihr im Moment weniger Sorgen, schließlich wusste sie, wo er abgestiegen war. Von Dominique hörte man durch die geschlossene Zimmertür leichte Schnarchgeräusche. Der Gute war total fertig. Sie würde sich jetzt ein Taxi nehmen und nach Hause fahren. Sie würde das Taxi unten warten lassen, der Taxifahrer würde schon aufpassen, dass ihr nichts zustieß. Von zu Hause aus konnte sie dann zu diesem Detektivbüro fahren. Leise schloss sie die Tür der Suite hinter sich und fuhr mit dem Fahrstuhl nach unten.

Das Taxi fuhr an der Nationalgalerie vorbei in die Potsdamer Straße. Vicky saß grübelnd auf dem Rücksitz. Es fiel ihr schwer, ihre Gedanken zu sortieren, da gab es ein großes schwarzes Loch in ihrem Gehirn mit der Überschrift: WARUM? Weshalb musste ihre Mutter sterben, ihre Zwillingsschwester, Leo? Warum, weshalb, wieso. Die drei großen Ws hämmerten in ihrem Kopf. Was hatte diese Frau, ihre sogenannte Mutter, mitten im Dschungel zu suchen? Mit zwei kleinen Kindern? Wovor war sie weggerannt? Kam sie wirklich aus der damaligen DDR? Aber sie war Deutsche. Vielleicht. Wahrscheinlich. Vicky schaute aus dem Seitenfenster. Sie passierten gerade das ehemalige Kontrollratsgebäude. Es lag wie ein Fremdkörper zwischen Geschäften mit überbordenden türkischen Brautmoden, klotzigem Goldschmuck und mit Bergen von kunstvoll gestapelten Melonen, Auberginen und Granatäpfeln vor der Tür. Auf der Straße liefen Männer mit weißen Kappen und grauen Anzügen, ihre Frauen in gebührendem Abstand hinter ihnen, mit schmucklos gebundenen Kopftüchern und langen grauen Mänteln. Die Frauen schoben Kinderwagen und trugen orangefarbene und grüne Plastiktüten, durch die man Zucchini und Zitronen schimmern sah. Die Fassaden der Häuser waren überwuchert von Satellitenschüsseln, die wie Pilze aus jedem Balkon wuchsen. Ab und zu sah man an den Ecken junge Männer zusammenstehen, sie rauchten und diskutierten und rochen bereits von weitem nach dunklen Geschäften in dunklen Hausfluren.

Berlin, dachte Vicky. Isa war nach Berlin gefahren. Vielleicht hatte hier alles angefangen. „Ich bin ein Berliner." Das hatte Kennedy in seiner weltberühmten Rede vor dem Schöneberger Rathaus nach dem Mauerbau gesagt. PR-Sprech, Lippenbekenntnis, was sonst. Lisa hatte es ihr stolz erzählt. Lisa liebte Berlin. Bin ich vielleicht eine Berlinerin? So wie die Jungs in den dunklen Hausfluren? So wie die Frauen mit den Plastiktüten? Vicky merkte, dass sie kaum fähig war, einen Gedanken festzuhalten, weiterzudenken, Schlüsse zu ziehen. Der Taxifahrer war auf die Stadtautobahn eingebogen und beschleunigte das Tempo. Vicky wurde in die Polster gedrückt. Habe ich Angst?, fragte sie sich. Und zu ihrem großen Erstaunen stellte sie fest, dass sie nur vor einer einzigen Sache wirklich Angst hatte: Es Ian zu sagen. Verdammt, ja, der Gedanke daran, Ian zu sagen, dass seine große Liebe ihretwegen gestorben war, erfüllte sie mit einer solchen Panik, dass sie kaum noch Luft bekam.

57. Gerhard

Er hatte sie alle weggeschickt. So machte man das in seiner Familie. Dezent, unspektakulär, leise. George war beschäftigt, Neumann und seine Leute waren im Einsatz, Frau Birkholz war einkaufen. Es war an der Zeit zu handeln. Gerhard Grunwald legte das Foto seiner kleinen Schwester zurück in die Kiste. Er nannte diese Kiste seine Büchse der Pandora. Verena, seine kleine Schwester. Weit weg das Ganze. Sehr weit weg. Und nun ihr Sohn Michael. Der war ihm geblieben. Kam nach seinem Vater, diesem Tunichtgut. Nicht nach Verena. Vielleicht wäre alles anders gekommen, wenn er damals nicht im Krieg in Russland gewesen wäre. Wenn er nicht in Gefangenschaft gekommen wäre ... Fünf lange Jahre lang. Konnte sie nicht abhalten von den Dummheiten. Ja, Dummheiten, das hat sie gemacht. Wie ihr Sohn. Dabei hatte er Michael aufgenommen wie einen Sohn. Wie seinen Sohn. Einen Sohn, den er nie hatte. Er hatte immer gedacht, dass er Söhne kriegen würde. Aber es hatte nur zu einer Tochter gereicht. Nur? Vielleicht wäre, wenn er Petra als Sohn erzogen hätte, alles anders gekommen. Wenn sie ihm nicht hätte etwas beweisen wollen. Wenn er aus ihr nicht ein Vollblutluder hätte machen wollen. Wenn er sie bewundert hätte, wenn sie oben auf dem Baum stand und rief: *Guck mal, Vati!* Warum hatte er Petra nicht so sein lassen, wie sie nun einmal war?

Aber wie war sie eigentlich? Sie war wie er. Sie war so, wie er sich einen Sohn gewünscht hätte. Dickköpfig, stur, intelligent, stark, neugierig, mutig, visionär. Mit einem stark ausgeprägten Gerechtigkeitssinn. Ein Alpha-Tierchen. Verantwortungsbewusst. Sie fühlte sich berufen. Sie wollte die Prophetin einer besseren Welt sein. Und dann wurde sie Mörderin. Verschwendung, das Ganze. Vielleicht, wenn er sie als Sohn erzogen hätte …

Petra war so ganz anders als dieses Weichei Michael. Da war Hopfen und Malz verloren. Schlechte Gene. Der Vater. Ein Spieler mit einem schwach ausgeprägten Willen. Undiszipliniert. Verantwortungslos. Ihm ging es nur um sein eigenes Wohl. Schade, er hatte sich so bemüht, Michael zu lieben. Schon wegen seiner kleinen Schwester. Ja, Verena hatte er geliebt. Aber vielleicht war es das, was ihm abhandengekommen war. Liebe. Die Fähigkeit zu lieben. Gerhard Grunwald griff auf den Grund der Kiste. Er spürte das beruhigende Gefühl, das von dem kalten Eisen ausging. Es gab Dinge, die musste man selbst erledigen, wenn man ein Mann war. Es war Zeit zum Sterben.

58. Zehlendorf

Vicky ließ das Taxi vor dem Haus in der Gilgestraße halten. Nichts Verdächtiges war zu sehen. „Bitte warten Sie hier auf mich“, sagte sie zum Taxifahrer. Der brummte irgendetwas in einer für sie unverständlichen Sprache, was sich jedoch nach widerwilliger Zustimmung anhörte.

Vicky suchte die Schlüssel in der Handtasche, die Leo für sie gekauft hatte. Sie musste sich bemühen, nicht wieder in Tränen auszubrechen. War das wirklich erst vorgestern gewesen? Gott sei Dank hatte sie die Schlüssel und ihren Pass in dem Safe im Langtry Manor gelassen. Sonst wären die auch bei dem Autounfall in Branksome in Rauch aufgegangen. Vicky stieg mit zitternden Knien aus dem Auto. Der Gedanke an zu Hause, an all das, was in den vergangenen Tagen passiert war, überwältigte sie mit einer solchen Wucht, dass sie Mühe hatte, sich auf den Beinen zu halten. Es war, als hätten sich die Ereignisse in Lyon wie ein schützender Vorhang über ihre Trauer, ihre Wut, ihre Angst gelegt. Die Geschichte ihrer Schwester und der Schmerz um Leo hatten den Schmerz um ihre Mutter und ihren eigenen Schmerz überlagert.

Plötzlich war alles wieder da. Sie stand vor ihrem Wohnhaus und war nicht fähig, einen Schritt zu tun. Los, geh rein, Mädel, sagte sie sich, hier stehst du wie auf dem Präsentierteller. Sie atmete einmal tief durch, was sie sofort bereute, weil ihre Rippen sich unsanft zu Wort meldeten. Während sie aufschloss, warf sie einen raschen Blick über die Schulter. Die enge Straße war rechts und links mit parkenden Autos zugestellt. Wurde sie beobachtet? Vicky sah niemanden, die Autos am Straßenrand waren leer. Sie öffnete die Tür und stieg so schnell wie möglich die Treppen hoch. Sie wagte nicht, den Fahrstuhl zu nehmen, aus Angst vor einer Überraschung, wenn sich die Türen öffneten.

Mit zitternden Fingern schloss sie die Wohnungstür auf. „Hallo, ist da jemand?“, rief sie laut, als sie den Wohnungsflur betrat. Das Rufen im Walde, dachte sie, trotzdem klopfte ihr Herz wie ein Drummer auf Speed. Ohne sich großartig umzugucken, ging sie ins Schlafzimmer zu ihrem Schminktisch, in dem sie ihr Adressbuch aufbewahrte. Sie zog die Schublade heraus. Kein Adressbuch. Mist. Hatte sie es woanders – nein, sie wusste ganz genau, dass das Verzeichnis hier in der Schublade gelegen hatte.

George, durchzuckte es sie. Natürlich, George hatte bestimmt all ihre Freunde alarmiert, als sie so sang- und klanglos verschwunden war. Hatte er es mitgenommen? Oder im Wohnzimmer liegen gelassen? Sie fasste in ihre Handtasche und holte das neue Handy heraus. Wieder musste sie an Leo denken. Der Telefonempfang in der Wohnung war lausig. Sie ging damit zum Fenster, weil man dort besseren Empfang hatte und drückte auf die Nummer, die sie gestern von Georges Handy gespeichert hatte. Während sich das Handy einwählte, schaute sie hinaus auf den Garten mit dem Sandkasten unter den uralten Kastanien. Heute kam von dort unten kein Kinderlachen. Sondern ein Klingelgeräusch. Die Mailbox schaltete sich ein. Vicky drückte die Auflegetaste. Das Klingelgeräusch erstarb. Vielleicht war er unter der Dusche und konnte sie nicht hören. Vicky versuchte es noch mal. Wieder drang aus dem Garten ein Klingelgeräusch. Vicky öffnete das Fenster. Ja, da unten an der Grenze zum Nachbargrundstück klingelte es. George ging immer noch nicht an den Apparat. Vicky legte erneute auf. Es hörte auf, im Garten zu klingeln. Vicky drückte die Wahlwiederholungstaste. Und wieder klingelte es unter den rot blühenden Kastanien.

Panik stieg in Vicky hoch. George! War er in den Garten gegangen und war ihm dort etwas zugestoßen? Sie steckte ihr Handy ein und verließ die Wohnung. So schnell sie konnte, lief sie in das Kellergeschoss. Von dort erreichte man nicht nur die Tiefgarage, sondern auch den Garten. Als sie die Treppe zum Garten hoch eilte, sah sie aus den Augenwinkeln durch das Garagenfenster Georges Range Rover in der Garage stehen. Vicky drückte wieder die Rückruftaste. Am Ende des Gartens, vor dem Zaun zum Nachbargarten, war ein kleiner Wald stehen geblieben: ein paar Kastanien, eine Eiche, Scheinjasminbüsche und Flieder, der sich gerade anschickte, zu blühen. Vicky folgte dem Klingelgeräusch. Als der Anrufbeantworter ansprang, legte sie auf und wählte erneut. Sie bahnte sich ihren Weg durch die ebenfalls blühenden Zierkirschensträucher und kämpfte sich durch den von trockenen Eichenblättern und blühendem Bärlauch bedeckten Boden, immer in Richtung des klingelnden Handys. Kurz vor dem Zaun, der, wie sie wusste, an der Ecke ein großes Loch hatte, blieb sie an einem amerikanischen Wildkirschbaum mit ihrem T-Shirt hängen. Das Klingeln war nun ganz nahe. Da löste sich ein Schatten hinter der Kastanie. Vicky schrie auf und trat die Flucht nach vorn an. Denn zurück konnte sie auf keinen Fall, der Schatten war kurz hinter ihr.

„Hallo, so bleiben Sie doch stehen“, rief der Schatten.

Nichts hatte Vicky weniger im Sinn. Sie rannte auf das Loch im Gartenzaun zu, als sie von hinten gepackt wurde. Vicky wehrte sich, so gut sie konnte, und trat dem Schatten mit den Hacken in die Weichteile. Der Schatten schrie auf und ließ kurz von ihr ab. Vicky wand sich los und lief weiter, duckte sich, um durch das Loch im Gartenzaun zu gelangen. Das Klingelgeräusch war verstummt. Sie schlüpfte durch den Zaun, ihr Schatten war ihr keuchend auf den Fersen. Als sie wieder auf die Beine kam, schaute sie in den Lauf eines Gewehrs.

59. Charlottenburg

Wie gut, dass Samstag war. Alle hatten frei. Er saß in seinem ehemaligen Büro und wartete. Neumann hatte alles vorbereitet. Gründlich und akkurat. Wie immer. Er hatte Michael einbestellt. Ob er etwas ahnen würde? Oh ja, er wusste sehr wohl, dass er Michael von oben herab behandelte. Dass es seinen Neffen wurmte, wenn er von allen in der Firma als *Der Boss* bezeichnet wurde. Dafür konnte er nichts. Menschen haben nun mal Autorität. Oder eben nicht. Michael hatte sich nicht den Respekt seiner Mitarbeiter verdient. Sie betrachteten ihn als Parvenü, unabhängig davon, ob sie schon unter ihm gearbeitet hatten oder von Michael selbst eingestellt worden waren. Michael verlangte Anerkennung, Respekt und Loyalität von seinen Mitarbeitern, aber er war nicht bereit, ihnen das Gleiche entgegenzubringen. Das mögen Menschen nicht. Dabei war Michael nicht einmal ein schlechter Betriebswirt. Aber er war ein Menschenverächter. Menschenverächter sollten nicht Chef werden. Gerhard hatte schon von seinem Vater gelernt, dass er für jeden Einzelnen, der für ihn arbeitete, verantwortlich war. Dass die Firma etwas Größeres war als man selbst, etwas, das in jedem Falle und mit jedem Einsatz am Leben erhalten werden musste. Die Firma war kein Eigentum, sie war etwas Geliehenes, das von Generation zu Generation weitergegeben wurde. So war er erzogen worden. Warum hatte er Petra nicht auch so erzogen? Weil sie ein Mädchen war. So wie Verena. War früher so.

Gerhard hörte, wie die Tür zum Sekretariat geöffnet wurde. Er fühlte das kalte Eisen in seiner Hosentasche. Michael öffnete mit Schwung die Tür zu seinem Zimmer. Als er Gerhard in seinem Besucherstuhl sitzen sah, schrak er zusammen. „Du bist schon hier!"

„Setz dich", herrschte Gerhard ihn an. Michael lief um seinen riesigen Kirschholzschreibtisch herum und setzte sich.

Er sieht ganz klein dahinter aus, dachte Gerhard. Der Schreibtisch ist eine Nummer zu groß für ihn.

„Möchtest du etwas trinken?", fragte Michael.

„Ich bin nicht hier, um Höflichkeiten auszutauschen", sagte Gerhard. „Ich habe dir einige Papiere auf deinen Schreibtisch gelegt. Ich möchte, dass du einen Blick darauf wirfst." Er zeigte mit der gesunden Hand auf die aufgereihten Papiere. Neumann hatte eine Aufstellung aller unterschlagenen Summen gefertigt. Einfach, klar und für jeden auf den ersten Blick verständlich. Michael war sichtbar um zwei Töne blasser geworden.

„Äh, äh, du weißt?", stotterte er.

„Hältst du mich für einen Idioten? Ich wusste es vom ersten Tag an, als du anfingst, die Firma zu betrügen. Neumann hat mich auf dem Laufenden gehalten. Ja, da staunst du, der alte, ausrangierte Neumann. Du konntest allen ein X für ein U vormachen, aber nicht unserer guten alten Abteilung für Sicherheit."

„Aber, warum …"

„Warum ich dich nicht zur Rede gestellt habe? Ich wollte sehen, wie weit du gehen würdest. Was du anstellen würdest, um das wieder in Ordnung zu bringen. Dass du mit deinem Erbe gespielt hast, war dir doch wohl klar, oder?"

Michael senkte den Kopf. „Ich wollte doch nur Mamas Erbe zurückholen", sagte er.

„Ich weiß." Gerhard nickte. So in etwa hatte er sich das gedacht. „Leider dumm gelaufen."

„Ja."

Sie starrten sich über den großen Schreibtisch hinweg an.

„Und jetzt?", fragte Michael. „Kann ich das wiedergutmachen?"

Gerhard lächelte. „Ja." Er holte den Revolver aus seiner Tasche und richtete ihn auf Michael. „Ja, das kannst du wiedergutmachen. Doch das macht Birgit auch nicht wieder lebendig."

„Um Gottes willen, Onkel Gerhard! Willst du mich umbringen?"

„Am liebsten ja." Gerhard war ganz ruhig, die Waffe in seiner gesunden Hand zitterte kaum.

60. Zehlendorf

„Hände hoch“, sagte der Mann hinter dem Gewehr. In diesem Moment hechtete der Schatten an ihr vorbei und stieß den alten Mann zu Boden. Das Ganze war so schnell gegangen, dass Vicky es kaum mitbekommen hatte. Was ging hier vor? Sie musste weg, nach vorn ging es nicht weiter, dort kämpften zwei Männer um ein Gewehr. Also den Rückzug antreten, dachte Vicky und kroch zurück durch den Zaun. Ein Schuss löste sich. Vicky hörte ihn, wusste, dass da jemand geschossen hatte, auf wen geschossen hatte, auf sie? Sie musste raus aus diesem Garten, einfach laufen, weglaufen, egal wohin, sie brauchte Schutz – Schutz vor wem eigentlich? – egal, nur einfach weg.

Wo sollte sie hin? Zurück in die Wohnung? Der Taxifahrer wartete draußen noch. Hoffentlich. Sie rannte durch die Büsche zurück auf das Gartengrundstück ihres Hauses. Sie würde durch die Tiefgarage müssen, durch den dunklen Kellergang, anders kam man nicht auf die Straße, sie hatte Angst vor dieser Tiefgarage, wo es so viele Möglichkeiten gab, sich zu verstecken, oder sollte sie den Wagen nehmen, der unten geparkt war? Warum hatte George den stehen lassen? Er wird sich was dabei gedacht haben. Sie hörte Schritte hinter sich, das Laub raschelte, jemand schnaufte, sie drehte sich um, sah einen älteren Mann laufen, hörte, wie jemand laut schimpfte, konnte die Worte nicht verstehen, sie rannte die Treppe zur Tiefgarage hinunter, öffnete die Tür, hatte keine Zeit, das Licht anzumachen, ließ die Tür hinter sich ins Schloss fallen, rannte durch diese dunkle Schneise, öffnete die Seitentür und prallte gegen einen Menschen. Vor Schreck sackte sie in sich zusammen.

61. Michael

„Wir haben noch ein Schreiben vorbereitet. Mit einem Geständnis."

„Ich unterschreibe alles, bitte nimm die Waffe weg", flehte Michael.

„Bist du sicher?", fragte Gerhard. „Auch die Mordaufträge an Krzysztof?"

Michael schaute ihn fassungslos an. „Woher weißt du das?"

„Du bist so unglaublich dämlich. Dein Detektiv Winter hat bestätigt, dass er dir vor einigen Jahren mal von Krzysztofs Unternehmen erzählt hat. Und dass er dich angerufen hat, als Birgit ahnungslos bei ihm auftauchte."

„Dieses Arschloch. Der hat versucht, mich zu erpressen!"

„Irrtum, hat er nicht. Ich bin Onkel Otto. Ich brauchte eine Bestätigung, dass du hinter der ganzen Sache stecktest. Und du hast nach Drehbuch funktioniert."

„Wie meinst du das?"

„Krzysztof hat ein gewinnorientiertes Unternehmen. Gegen gute Bezahlung bekommt man dort alles. Auch Auskünfte. Also los, unterschreib!" Gerhard Grunwald hielt immer noch die Waffe auf seinen Neffen gerichtet.

„Das machst du nicht, Onkel Gerhard", jammerte Michael. „Ich habe es meiner Mutter doch auf dem Sterbebett versprochen, dass ich ihr Erbe wieder zurückhole. Ich konnte Birgit nicht am Leben lassen, so versteh doch. Die Firma gehört rechtmäßig zur Hälfte meiner Mutter. Ich habe sie dreißig Jahre mit aufgebaut. Das ist mein Lebenswerk. Und jetzt soll so ein Pipimädchen aus Frankreich kommen und alles ruinieren. Ich musste handeln. Das hättest du auch getan, Onkel Gerhard!“

„Los, unterschreib!“ Gerhard Grunwald war gefährlich leise geworden.

„Nein, nein, ich kann nicht!“

„Du wirst es unterschreiben. Es ist im Übrigen auch egal, jetzt hat Krzysztof einen Kontrakt auf dich. Also unterschreib!“

„Onkel Gerhard! Das kannst du doch nicht tun! Mein ganzes Leben habe ich unter dir gelitten. Glaubst du, mit so einem kaltherzigen Mann wie dir lebt es sich einfach? Du bist doch nur verbittert und ekelhaft. Ich hasse dich!“

„Spar dir die Spucke. Unterschreib! Dann lasse ich dich am Leben.“

Michael nahm einen Stift und unterschrieb die einzelne Seite, die abseits der anderen Papiere auf seinem Schreibtisch lag. Gerhard lächelte. „Gut so, mein Junge.“ Er legte die Waffe in seinen Schoß und holte ein gefaltetes, weißes Taschentuch aus seiner Hosentasche. Damit wischte er sorgfältig die Pistole ab. Dann stand er auf, nahm das einzelne Blatt Papier, steckte es ein und legte stattdessen die Pistole mit dem Taschentuch auf Michaels Schreibtisch. „Leb wohl“, sagte er, drehte sich um und ging. Als er unten im Hof war, hörte er einen Schuss. Er hoffte, dass Michael wenigstens das ordentlich erledigt hatte.

62. George

In seinen Armen kam sie schnell wieder zu sich. „George“, flüsterte sie.

„Komm schnell weg, Vicky, komm, Liebling.“ Er nahm sie bei der Hand und zog sie zum Ausgang der Tiefgarage.

„Mein Taxi wartet vor der Tür“, sagte Vicky.

„Gut, die Autos sind auch viel zu gefährlich. Die lassen wir erstmal untersuchen, wer weiß, ob da jemand etwas dran manipuliert hat“, sagte George. Er zog an der Strippe, die das Garagentor öffnete. Sie liefen die Auffahrt hinaus, niemand folgte ihnen. Als sie oben an der Einfahrt zur Tiefgarage ankamen, stellte sich ihnen ein Mann in den Weg. „So warten Sie doch, bitte“, sagte er.

Vicky und George hörten nicht auf ihn, sondern drängelten sich an ihm vorbei, um in das wartende Taxis zu gelangen.

„Warten Sie, ich soll Sie zu Gerhard Grunwald bringen!“

„Das ist bestimmt eine Falle“, zischte George Vicky zu und zog sie weiter zum Taxi. Endlich ließen sie sich in die Polster sinken.

„Schnell, schnell, fahren Sie“, sagte George.

„Wohin?“, fragte der Taxifahrer.

„Ins Interconti.“ George wollte mit seiner Frau alleine sein. Er hielt Vicky fest im Arm, sie weinte an seiner Schulter.

„Was war das, George?“, fragte sie schluchzend. „Wer ist Gerhard Grunwald?“

„Später, Liebes.“ George versprach, ihr alles zu erzählen, wenn sie endlich allein wären. Vicky brachte kein Wort mehr hervor, sie saß neben ihm und schluchzte hemmungslos, während sie am ganzen Körper zitterte.

Er schaute aus dem Rückfenster, der Mann, der aus dem Müllplatz auf sie zugetreten war, hatte offenbar nicht die Verfolgung aufgenommen. George hatte seine Mission zwar nicht ganz erfüllt, sein Handy lag immer noch auf der Grenze zum Nachbargrundstück, aber darauf kam es nun nicht mehr an. Hauptsache, er hatte Vicky wieder. Vicky, das Liebste, das er auf der Welt hatte. Er hielt sie ganz fest und versprach sich selbst, sie nie wieder loszulassen.

„Hey, wo fahren Sie denn hin?“, rief er, als er sah, dass das Taxi kurz vor dem Mexikoplatz nach links abbog.

Der Fahrer antwortete nicht, und im nächsten Moment rastete die Türverriegelung ein. Was passierte hier? Wieso antwortete der Fahrer nicht? Das Taxi raste die Matterhornstraße hinunter und bog in die Salzachstraße ein. Erst als das Taxi in den Elvirasteig einbog, begriff George, wohin die Fahrt gehen würde. Was für ein Tyrann, dieser Alte! Und jetzt erkannte er auch den Taxifahrer. Es war der Mann, den er bereits zwei Mal beim Weggehen gesehen hatte. Peter.

George sah Grunwald schon von weitem in der Auffahrt stehen. Der alte Mann wollte seine Enkelin anscheinend nicht eine Sekunde mehr aus den Augen lassen. Nachdem das Taxi mit kreischenden Bremsen neben ihm gehalten hatte, riss Grunwald die Tür auf. „Da seid ihr ja endlich!“

Vicky schaute George verständnislos an.

„Darf ich vorstellen, Vicky, dein Großvater!“ George kletterte aus dem Taxi und half Vicky beim Aussteigen. Zögernd reichte sie Grunwald die Hand. „Victoria McIntosh.“

„Nein“, sagte er, „Manuela McIntosh, geborene Grunwald.“

„Nein“, sagte sie mit zitternder Stimme und wischte sich die

Tränen mit dem Handrücken ab. „Ich bin Victoria McIntosh, geboren in Branksome, Dorset, als Tochter von Fiona Pratchett."

Grunwald musterte sie und nickte. Hinter seiner versteinerten Fassade schien der alte Mann zu lächeln. „Kommt rein, Kinder, Frau Birkholz hat uns den Wintergarten hergerichtet. Zeit, die Puzzleteile zusammenzusetzen."

63. Schlachtensee

Widerstrebend ließ Vicky sich in den Wintergarten führen. Sie hatte überhaupt keine Lust, nach alldem mit fremden Menschen zu reden. Sie wollte mit George allein sein, ihre Wunden lecken und vor allem wollte sie Ian anrufen.

„George, hast du mein Adressbuch mitgenommen? Ich muss unbedingt Ian anrufen", sagte sie auf dem Weg durch das riesige Wohnzimmer, das fast vollständig von einem hellbraunen, sehr alten Perserteppich ausgelegt war. An einer Seite des Zimmers, von dessen Fenstern aus man durch die Baumkronen den Schlachtensee schimmern sah, war ein raumhohes Bücherregal angebracht, das bis zur Decke mit unzähligen Büchern vollgestopft war. Vicky entspannte sich ein wenig in der Ruhe, die dieser Raum ausstrahlte.

„Ja, Schatz, dein Adressbuch habe ich heute früh deinem Großvater gegeben."

„Wieso gibst du so etwas Privates einem fremden Menschen in die Hand?", fragte Vicky empört.

Gerhard Grunwald war vor der Terrassentür stehen geblieben und zeigte nach links zum Wintergarten. „Bitte, kommt rein", sagte er, und mit einem Blick auf George fügte er hinzu: „Ich habe ihm das Buch abgenommen, damit meine Leute überall dort postiert werden konnten, wo du eventuell auftauchen könntest. Wir durften kein Risiko eingehen."

Vicky schluckte. „Waren das Ihre Leute, da in unserem Garten?“ Vorsichtig setzte sie sich in einen der Rattansessel. Ihre Rippen schmerzten immer noch.

„Selbstverständlich, und mein Sicherheitschef Peter Neumann hat vom Taxifahrer das Auto entliehen, damit ihr gesund hier ankommt.“

„Aber wer hat dann auf mich geschossen, wer war der Mann mit dem Gewehr im Nachbargarten?“

George lachte. „Oh Gott, sag bloß, du bist dem Verrückten von gegenüber vor die Flinte gelaufen?“

„Du kennst den?“

„Wir hatten bereits gestern Abend ein kleines Rencontre“, sagte George. „Der Kerl hat dich die ganze Zeit mit dem Fernglas beobachtet.“ Dann erzählte er Vicky, dass er von Gerhard in die Gilgestraße geschickt worden war, um sein Handy wiederzuholen, das er am Vorabend bei dem Zusammentreffen mit dem durchgeknallten Nachbarn verloren hatte.

„Aber der hat geschossen!“, sagte Vicky.

„Der Schuss hat sich gelöst, als ein Mitarbeiter von Neumann dich vor ihm beschützen wollte. Er wusste ja nicht, dass in eurer Nachbarschaft solch ein Umgang gepflegt wird“, sagte Gerhard, der offensichtlich während der kurzen vermeintlichen Taxifahrt von seinen Leuten umfassend informiert worden war.

„Also war ich eigentlich gar nicht in Gefahr“, stellte Vicky fest.

„Nein, in der Gilgestraße nicht mehr“, sagte Gerhard.

Vicky spürte, wie der Alte sie fixierte. Das konnte sie auch. Sie starrte zurück.

Gerhard lächelte. „So und nun kommen wir zu den Einzelheiten.“

„Nein“, sagte Vicky, die nichts mehr hasste, als wenn ihr jemand seinen Zeitplan aufdrängeln wollte. „Ich muss erst Ian anrufen. Und Dominique.“

„Wer sind Ian und Dominique?“, fragte der Alte.

„Ian ist der Mann von Leo, der meinetwegen in Lyon in die Luft gesprengt wurde. Und Dominique ist der Mann, den Isabelle heiraten wollte, der Mann meiner Zwillingsschwester.“

„Birgit!“, rief Gerhard.

Vicky sah, dass in seinen stechenden grauen Augen ein Licht aufglimmte.

Der Alte stand auf. Vicky meinte ihm anzusehen, dass ihn jede Bewegung schmerzte. Er schlurfte in das Wohnzimmer und kam mit einem Mobiltelefon und Vickys Adressbuch zurück. „Ruf an!“ Es klang wie ein Befehl.

„Dazu will ich allein sein!“ Vicky nahm Telefon und Adressbuch und ging damit auf die große Terrasse, die sich an den Wintergarten und das Wohnzimmer anschloss.

„Dominique soll sofort hierherkommen“, rief der Alte ihr nach.

„Was heißt hierher? Haben Sie auch eine Adresse für mich?“

George brachte Vicky einen Zettel mit der Adresse. „Sei lieb zu dem Alten, der ist wirklich großartig“, flüsterte er ihr zu. Er sah sie aufmerksam an. Sie war aschfahl. „Um Gottes willen, Schatz, ich glaube, du musst ins Bett.“

„Nein, ich muss Ian anrufen. Mir ist schlecht vor Angst, George.“

George legte einen Arm um seine Frau. „Ich verstehe. Komm, ich bleibe bei dir.“

„Nein, das muss ich allein erledigen.“

Als George gegangen war, ließ sie sich von der Auskunft zunächst mit dem Hotel Hyatt verbinden. Dominique war auf dem Zimmer und am Rande eines hysterischen Anfalls.

„Verdammt noch mal, wo warst du, ich habe mir fast in die Hose geschissen! Du hast mir versprochen, hier zu bleiben, und ich stehe auf und Madame ist einfach verschwunden. Spinnst du eigentlich?“, schrie er ins Telefon.

Vicky versprach, ihm alles zu erklären, er solle sich einfach ein Taxi in die Terrassenstraße nehmen. Sie gab ihm die Adresse. Das war der leichtere Teil.

Mit zitternden Händen wählte sie Ians Telefonnummer. Wo war er jetzt eigentlich? Wie viel Uhr war es dort, wo er war? Sie konnte nur hoffen, dass sie ihn nicht auch noch mitten in der Nacht aus dem Bett warf.

„Ja“, bellte er ins Telefon. Ian, wie sie ihn kannte. Kein Wort zu viel. Immer barsch, jedenfalls zu ihr.

„Hier ist Vicky“, sagte sie zaghaft. „Vicky McIntosh.“

Das andere Ende der Leitung brüllte sie stumm an.

„Ian?“

Er blieb immer noch stumm. Sie hatte schon Angst, dass die Verbindung unterbrochen worden war.

„Ian, hörst du mich?“

„Jetzt ist es so weit. Jetzt höre ich Stimmen. So weit ist es gekommen. Ihr macht mich alle verrückt. Wer spinnt hier? Ich? Leo? Leo!“

„Ian, hör mir zu, es ist was mit Leo passiert!“

„Verfluchte Scheiße, ich weiß, dass etwas mit Leo passiert ist. Der ist komplett durchgeknallt. Das ist passiert. Von den Toten auferstanden. Verfluchte Scheiße. Leo! Komm sofort her!“

Vicky hielt den Hörer von sich und fragte sich, was da gerade abging. Sie hörte es aus dem Hörer brüllen: „Leo, komm sofort ans Telefon, Vicky ist dran!“

Vicky spürte, wie sich ihr Magen zusammenzog. Sie schluckte, Galle kam hoch, sie schluckte die Galle runter. Dann hörte sie die geliebte Stimme: „Vicky? Häseken, sag was, komm, sprich mit deinem Löwen!“

„Leo, Leo, du lebst, du bist nicht mit dem Auto explodiert?“

„Wieso ich, ich dachte, ihr seid … Oh Gott, Vicky, was ist das schön, deine Stimme zu hören. Mir ist ganz schwummerig, Ian, Vicky lebt!“

„Leo, du bist nicht mit dem Mietwagen aus dem Parkhaus gefahren?“

„Vicky, Häseken, ich bin so froh, deine Stimme zu hören. Nein, ich bin nicht direkt ins Parkhaus gegangen. Du hast gesagt, dass du deine Ruhe haben willst, da dachte ich, ich könnte noch ein wenig unten am Fluss bummeln und vielleicht in der Altstadt eine Kleinigkeit essen. Und dann sah ich, wie ein grauer SUV auf der Brücke explodiert ist, genau so einer, wie Dominique ihn fuhr. Vicky, Vicky, ich war so sicher, dass die irgendwas an Dominiques Wagen manipuliert hatten, mir fiel das Geräusch ein, das wir aus dem Keller in Dominiques Haus gehört haben. Ich hab dann im Hotel angerufen, aber dort bist du nicht aufgetaucht. Und auch Dominique ist nicht nach Hause gekommen. Ich habe noch eine Stunde gewartet unten am Quai. Dann bin ich mit einem Taxi zum Bahnhof, wo ich den nächsten Zug nach Budapest genommen habe. Ian hat heute hier eine Vernissage. Ich wollte nur noch zu Ian und so schnell wie möglich weg aus Lyon.“

„Oh, Leo, wie schön, mir ist ganz schlecht vor Glück, dass du noch lebst. Ich liebe dich, Leo, ich liebe dich so sehr.“

„Wo bist du, Häseken?“

„Angeblich bei meinem Großvater. Ich werde wohl gleich mehr erfahren. Ich bin mir aber nicht so sicher, ob ich das will. Jetzt, meine ich.“ Vicky fing an zu schluchzen. Vor Erleichterung, vor Freude, darüber, dass Leo lebte.

„Leo, grüß mir Ian. Ich dachte, ich müsste ihm jetzt mitteilen, dass du bei einem Unfall ums Leben gekommen bist. Oh Leo, Leo, Leo.“ Vicky konnte nicht mehr reden, so sehr schluchzte sie.

„Dann war das gar nicht euer Auto, das da in die Luft geflogen ist“, stellte Leo fest.

„Nein, und unser Mietwagen war es auch nicht. Wir dachten, sie hätten unseren Mietwagen in die Luft gesprengt. Dominique hat mich daraufhin sofort nach Berlin gebracht.“

„Brauchbarer Junge, grüß ihn von mir. Hast du dein Ehegespons inzwischen wieder in die Arme schließen können?"

„Ja, habe ich, Leo."

„Dann nichts wie zurück in seine Arme, Häseken."

Als Vicky aufgelegt hatte, konnte sie sich kaum mehr auf den Beinen halten, ihre Knie zitterten wie der Wackelpudding ihrer Mutter, mit dem sie ihre Geburtstagsbüfetts gestaltet hatte.

George hatte wohl gehört, dass ihr Telefonat beendet war, und kam auf die Terrasse. „Leo lebt?", fragte er.

Vicky konnte nur noch nicken. „Bitte, ich kann nicht mehr. Kann ich mich hier nicht ein paar Minuten ausruhen?"

George nickte. „Ja, das hast du dir wirklich verdient." Er nahm ihr das Telefon ab und ging damit in den Wintergarten. „Meine Frau braucht ein wenig Ruhe", hörte sie ihn sagen. Gerhard rief seine Haushälterin an, sie solle eine Decke auf die Terrasse bringen.

Vicky fielen die Augen zu. Sie wurde von dem Klingeln des Telefons geweckt. Dann hörte sie, wie Gerhard Grunwald zu seiner Haushälterin sagte: „Stellen Sie durch."

Vicky erhob sich und ging in den Wintergarten, in dem George, Gerhard Grunwald und der Mann saßen, der sie vorhin im Taxi entführt hatte. Sie setzte sich wieder in den Rattansessel und musterte Gerhard Grunwald, der von dem Festnetztelefon aus telefonierte.

Ihr Entführer stand auf und reichte ihr die Hand. „Darf ich mich vorstellen, Peter Neumann. Tut mir leid, dass ich vorhin Ihre Anweisung nicht annehmen konnte. Ich bin der Sicherheitschef von Herrn Grunwald", sagte er auf Englisch. Vicky blickte in das Gesicht des nicht mehr ganz jungen Mannes und entschied, dass sie ihn sympathisch fand.

Sie hörte, wie der Alte sich am Telefon für die Information bedankte. Er legte den Hörer auf und schwieg einen Moment.

Dann sagte er: „Die Polizei hat mich soeben davon in Kenntnis gesetzt, dass mein Neffe sich in unserer Firma erschossen hat. Man hat einen Abschiedsbrief gefunden, in dem er zugibt, erhebliche Summen von Firmengeldern unterschlagen zu haben." Grunwald warf Peter Neumann einen Blick zu. Es war Vicky nicht entgangen, dass dieser kaum merklich genickt hatte.

Es klingelte. Kurz darauf führte Frau Birkholz Dominique in den Wintergarten. Vicky stand auf und umarmte ihn. „Verzeih mir, ich wollte dich nicht erschrecken. Und stell dir vor, Leo lebt! Er hat geglaubt, wir hätten den Unfall gehabt!"

Dominique nahm Vicky in den Arm. „Ich weiß, das wollte ich dir eben auch sagen. Ich habe gerade in der *Le Monde* gelesen, dass die baskische Untergrundorganisation ETA sich zu einem Anschlag in Lyon auf das Fahrzeug eines Staatsanwaltes bekannt hat. Der Staatsanwalt, der gegen die ETA seit Jahren ermittelt hat, ist in seinem dunkelgrauen SUV verbrannt."

„Wie furchtbar! Und uns hat das zu Tode erschreckt", sagte Vicky. Sie stellte Dominique vor. Umgekehrt hätte sie Schwierigkeiten gehabt.

Frau Birkholz servierte eine Platte mit Häppchen und eisgekühlte Getränke.

„So, nun wollen wir aber ganz genau hören, was passiert ist", sagte Gerhard Grunwald.

„Wo sollen wir anfangen?"

„Vielleicht am Anfang. Ich habe gehört, dass du über die Leiche deiner Schwester gestolpert bist."

„Ja", sagte Vicky, „das war wohl der Anfang. Und dann starb meine Mutter an den Folgen eines Raubmords, und ich habe in Poole nur knapp einen Autounfall überlebt."

„Damit begann er wohl, euer Wettlauf mit dem Tod", sagte der Alte und zog ein Papier aus der Tasche. „Ich habe hier das unterschriebene Geständnis meines Neffen, dass er von einem Detektiv namens Winter angerufen worden sei. Dieser teilte ihm mit, dass eine Frau namens Isabelle Girard bei ihm aufgetaucht sei und nach ihrer Familie suche. Auf die Frau passten alle Daten, die er von meinen Enkelinnen hatte. Er wollte mich damit nicht erschrecken, weil es ja noch nicht sicher war, dass es sich bei der Frau um eine der verschwundenen Zwillinge handelte. Erstaunlich, wie viel falsche Rücksicht Menschen nehmen, bloß, weil man das Haltbarkeitsdatum überschritten hat." Grunwald räusperte sich. „Daraufhin bekam mein Neffe Angst um seine Erbschaft und beauftragte ein polnisches Unternehmen mit der Beseitigung von Isabelle Girard. Und dann bist du ihm unter die Augen gekommen, offensichtlich Birgits Zwillingsschwester Manuela. Daraufhin hat er das polnische Unternehmen beauftragt, Manuela durch die Beseitigung ihrer Mutter nach England zu locken und dort ebenfalls per Unfall sterben zu lassen. Als das nicht klappte, begann eine wilde Jagd auf dich, von der du uns sicher noch einiges erzählen kannst, nicht wahr, mein Kind." Bei den letzten Worten sah er Vicky direkt an.

„Mein Name ist Vicky, Victoria McIntosh, geborene Pratchett."

„Das habe ich gehört. Was wir jetzt lösen müssen, ist das Rätsel, wie du zu Mrs. Pratchett gekommen bist."

„Oh, das ist einfach zu erklären", sagte Dominique und warf Vicky einen fragenden Blick zu. „Soll ich?"

Vicky nickte, dankbar, dass nicht sie all das wiedergeben sollte, was sie in diesem erschütternden Brief von Isabelles Mutter erfahren hatte.

Dominique fasste so knapp wie möglich auf Englisch die Ereignisse der späten Siebzigerjahre in Guyana zusammen. Gerhard, George und Peter Neumann hörten gebannt zu.

„Oh Gott, die arme Fiona. Jetzt verstehe ich auch, warum sie so war, wie sie war. Die arme Frau hat zeit ihres Lebens versucht, den Tod ihrer Tochter wiedergutzumachen", sagte George.

Vicky war nicht entgangen, dass Gerhard Grunwald und

Peter Neumann mehrmals Blicke gewechselt hatten. Nun nickte Grunwald Peter zu. „Neumann hatte recht bald vermutet, dass Petra nach Venezuela wollte."

„Nur ist sie nie in Venezuela angekommen", stimmte ihm Neumann zu.

„Weil meine Tochter in irgendeiner Höhle in Guyana verrottet ist", sagte Grunwald bitter. „Vicky, du musst wissen, dass deine leibliche Mutter Petra Grunwald eine international gesuchte Terroristin war. Vielleicht hast du schon mal etwas von der Roten Armee Fraktion gehört. Diese Terrorgruppe hat vor allem in den Siebzigerjahren in Deutschland ihr Unwesen getrieben. Petra hat nicht nur den Tod meiner besten Freunde und einer unschuldigen Frau auf dem Gewissen. Sie hat auch unser aller Leben ruiniert. Ihr – deine Schwester Birgit und du – habt die ersten drei Jahre eures Lebens hier in diesem Haus bei meiner Frau Trudi und mir verbracht. Petra hat euch in einer Nacht- und Nebelaktion von hier entführt. Trotzdem ist es gut, dass ich jetzt weiß, wo Petra begraben ist. So hat die liebe Seele Ruh!"

„Meine Mutter ist Fiona Pratchett", sagte Vicky. „Diese Frau, diese Petra, ist nicht meine Mutter. Eine Mutter entführt nicht ihre Kinder. Von wem waren sie eigentlich … Äh, wer ist unser Vater?", fragte Vicky und fürchtete sich insgeheim vor der Antwort. „Der Vater ist ein Verführer, ein Menschenverächter. Er hat aus meiner Petra erst das gemacht, als was sie geendet ist. Er hat sich all diese und noch mehr Verbrechen ausgedacht und eine rote Zelle angeführt. Neumann hatte seine Spur bis nach Venezuela verfolgt, aber dann ist er auch dort untergetaucht und erst bei einem Attentat wieder aufgetaucht, bei dem er sich selbst in die Luft gesprengt hat."

„Warum haben die das gemacht?", fragte Vicky. Dabei war ihr das alles zu viel, eigentlich wollte sie das überhaupt nicht wissen. Ihre leiblichen Eltern waren Mörder. Reichte das nicht?

„Sie wollten eine bessere Welt erschaffen. Mit Waffengewalt eine bessere Welt. Was für eine Hirnrissigkeit."

Vicky sah hinaus in die grünen Baumkronen. Wie viel Leid doch aus guter Absicht entsteht, dachte sie. Da wollten Menschen eine bessere Welt, und alles, was blieb, war Mord und Totschlag. „Man sollte nicht Gott spielen", sagte sie in das allgemeine Schweigen.

„Schon in der Bibel steht: Du sollst nicht töten", sagte der Alte.

Neumann nickte. „Das fünfte Gebot."

Vicky dachte nach. „Wie sind Sie eigentlich an das Geständnis Ihres Neffen gekommen? Ich meine, wo Sie doch gerade erst von seinem Selbstmord erfahren haben."

„Ich bin gläubiger Christ", sagte Grunwald und lächelte.

„Muss ich jetzt noch Angst haben, dass mich jemand umbringen will?", fragte Vicky, die lieber nicht nachfragen wollte, was Grunwald mit dem letzten Satz gemeint hatte.

„Nein, es ist vorbei. Das Unternehmen, das mein Neffe beauftragt hatte, war käuflich. Neumann hat einen lebensrettenden Deal gemacht."

„Aber woher wussten Sie, wen Ihr Neffe beauftragt hatte?", fragte Vicky.

Neumann ergriff das Wort: „Weil Detektiv Winter vor vielen Jahren mal dieses Unternehmen erwähnt hatte. Er arbeitet seit langem für den Neffen von Herrn Grunwald. Die Detektei ist eine der führenden in Berlin. Da habe ich einen Versuchsballon steigen lassen, und siehe da: Der Schuss traf ins Schwarze."

„Und nun?", fragte Dominique. „Was passiert jetzt? Was ist mit der Polizei?"

„Polizei?" Neumann und Grunwald wechselten wieder einen Blick. „Nur, wenn Manuela das möchte", sagte der Alte.

„Wie sind Sie darauf gekommen, dass ich Ihre Enkelin bin?"

„Das sieht man, meine Kleine." Grunwald griff in seine Büchse der Pandora und holte die alten Fotos hervor.

Vicky und Dominique sahen sich die Fotos an. „Verblüffend", sagte Dominique, „wie ein Ei dem anderen."

„Ich habe Manuela sogar einmal angesprochen, da unten am See", sagte Grunwald.

Vicky lächelte. Ja, jetzt erinnerte sie sich an den alten Mann mit dem Stock. Sie erinnerte sich auch an den Gedanken, den sie damals hatte. So ein Haus kann man nur erben. Gleichzeitig schoss ihr durch den Kopf, dass sie von diesem Mann keinesfalls etwas erben wollte. Dass sie keinesfalls als seine verschwundene Enkelin Manuela durchs Leben laufen wollte, als die Tochter von Topterroristen und Massenmördern. Nein, danke. Sie wollte lieber die Tochter der wunderbaren Fiona Pratchett bleiben, die ihr ein bescheidenes Reihenhäuschen und viel Liebe, Wärme und einen gesunden Menschenverstand vermacht hatte.

„Bitte nennen Sie mich nicht mehr Manuela. Ich bin und bleibe Victoria McIntosh. Und für meinen Großvater Vicky."

Der alte Mann erhob sich langsam aus seinem Rattansessel, ging auf sie zu, nahm ihre Hand und küsste sie.

„Meine Verehrung, Mrs. McIntosh. Vicky."

Epilog

Er blinzelte in die Sonne, die bereits hoch am Himmel stand. Da war sie, sie bog gerade um die Terrasse der Fischerhütte. Sie lächelte dieses besondere Lächeln, das er so sehr liebte. Und winkte. Mit dem gesunden Arm winkte er zurück. „Danke, Frau Birkholz", sagte er, als seine Haushälterin den Korb mit den frischen Croissants auf den gedeckten Terrassentisch stellte, „Sie können jetzt den Cappuccino machen, Mrs. McIntosh wird gleich da sein."

Victoria McIntosh. Ela. Sein Mädchen. Auch wenn sie nicht sein Mädchen sein wollte. Er lächelte in sich hinein. In der tiefen Tasche seines Morgenmantels fühlte er das Papier. Er hatte sein Testament geändert. Sie würde die Erbschaft nicht ausschlagen können, genauso, wie sie ihr Erbe nicht verleugnen konnte. Aber sie würde es erst nach seinem Tod erfahren. Fast zärtlich streichelte er das Papier, das ihm endlich die Kontrolle über sein Leben zurückgegeben hatte. Der alte Fuchs hatte noch einmal zugeschlagen.

Er hatte eine Stiftung zugunsten von Opfern des internationalen Terrorismus gegründet. Seitdem gehörte ihm nichts mehr, alles, was er besaß, hatte er dieser Stiftung vermacht: die Bank, das Haus, die Aktien, die Anlagen. Noch war er Vorsitzender des Stiftungsrats, aber in seinem Testament hatte er

Vorkehrungen für seine Nachfolge getroffen. Er sah in Victoria McIntosh eine würdige Nachfolgerin an der Spitze der Stiftung. Sie würde das Vermögen, das seit Generationen in ihrer Familie vermehrt wurde, nicht nur über die Bank weiter vermehren lassen, sondern dafür Sorge tragen, dass es denen zugutekam, die es wirklich brauchten. Sitz der Stiftung war die Villa, die sein Vater an das Ufer des Schlachtensees gebaut hatte. Und Dominique Durand würde die Leitung der französischen Niederlassung der Bank übernehmen. Übernehmen müssen.

„Hallo Uropa!“, rief Vicky bereits von der Terrassentür aus. Hatte er das richtig verstanden? Als er in ihr eifriges, erhitztes Gesicht schaute, wusste er, dass er richtig verstanden hatte.

„Wir bekommen ein Baby?“, fragte er.

Vicky setzte sich zu ihm an den Frühstückstisch. „Ja, ja, ja, es hat geklappt.“

Er griff ihre Hand und drückte sie. „Jetzt ist alles gut“, sagte er.

Ja, alles würde gut werden.

Hinweis

„Das 5. Gebot“ ist ein rein fiktionaler Roman. Die Figuren und Geschehnisse entspringen ausschließlich meiner Fantasie, eine Beziehung zwischen den als Hintergrund gewählten historischen Ereignissen der späten Siebzigerjahre zueinander ist niemals festgestellt worden. Ähnlichkeiten mit tatsächlich existierenden Personen sind rein zufällig und nicht beabsichtigt. Die Häuser am Schlachtensee und in der Gilgestraße gibt es nicht.

Wer mehr über die historischen Hintergründe erfahren will, kann hier nachschauen:

http://de.wikipedia.org/wiki/Jonestown
http://de.wikipedia.org/wiki/Rote_Armee_Fraktion

Kontakt

Ich würde mich freuen, wenn Sie mir schreiben, wie Ihnen dieses Buch gefallen hat.

nikalubitsch@yahoo.de

Wenn Sie mehr über mich erfahren wollen, dann besuchen Sie mich doch auf

https://www.facebook.com/NikaLubitsch

oder lesen Sie mehr über die wundersame Welt der Nika Lubitsch auf

http://nikalubitsch.blog.de/

Dank an meine TestleserInnen

Christiane Bäcker
Kerstin Bambeck
Angelika Davey
Heike Dietz
Uwe Dreier
Nicole Dirkopf
Sascha Exner
Bianca Frick
Bernd Gößler
Birgit Grigoriou
Kerstin Haake
Claudia Hampel
Sebastian Hopstein
Jan Kersten
Susann Koch
Holger Kohlhepp
Silas Kropf
Susanne Kunjappu-Jellinek
Markus Latt
Svenja Marathey
Claudia Moharitsch
Evelyn Müller
Claudia Ramsbacher
Daniel Rosenow
Jeanette Schneider
Nina Schrade
Sabrina Schühle
Kathrin Schultejans
Anne Stübler
Britta Tlili
Hagen Wolfstetter
Gabi Ziller

Ohne Euch wäre es eine Katastrophe geworden.

192 Seiten · Preis: 8,99 €
ISBN 978-3-86882-447-6
Vertrieb: mvg

Nika Lubitsch

Der 7. Tag

Sybille und Michael sind ein glückliches Paar, jetzt endlich erwarten sie ein Baby. Da verschwindet Michael spurlos. Sybille befindet sich mitten in einem Albtraum, aus dem es kein Erwachen gibt. Als ihr Mann erstochen aufgefunden wird, gibt es nur eine Verdächtige: seine Ehefrau. Die Anklage lautet auf Mord. Während Sybille vor Gericht den Ausführungen der Zeugen zuhört, zieht ihr gemeinsames Leben an ihr vorbei. Am siebenten Prozesstag erkennt Sybille plötzlich die Wahrheit. Sie muss sie nur noch beweisen.

„Der 7. Tag“ hat monatelang die Kindle-Bestsellerliste angeführt, das E-book ist mehr als 135.000-mal verkauft worden. Auf vielfachen Leserwunsch ist es jetzt auch als Taschenbuch erhältlich.

Print!t